深夜の博覧会

辻　真先

JN089828

昭和12年（[illegible]月、銀座で似顔絵描きをしながら漫画家になる夢を追いかける那珂一兵のもとを、帝国新報（のちの夕刊サン）の女性記者が訪ねてくる。開催中の名古屋汎太平洋平和博覧会の取材に同行して挿絵を描いてほしいというのだ。超特急燕号で名古屋へ向かい、華やかな博覧会を楽しむ最中、一報がもたらされた殺人事件。名古屋にいた女性の足だけが東京で発見された⁉　同時に被害者の妹も何者かに誘拐され——。名古屋と東京にまたがる不可解な謎を、一兵はどんな推理を巡らせて解くのか？　空襲で失われてしまった戦前の名古屋の町並みを、総天然色風に描く長編ミステリ。

登場人物

那珂一兵……銀座の夜店で似顔絵を描いている。探偵の才能があるらしい。
降旗瑠璃子……帝国新報記者。先端のモガで酒好き男好き。
宗像昌清……伯爵。世界を股にかけて放浪した、自由な趣味人。
崔　桑炎……満州の大富豪で、昌清とは刎頸《ふんけい》の友を自認する。
柳　杏蓮……桑炎の愛妾。日本人で宰田杏が本名。
宰田　澪……杏蓮の妹。銀座の夜を彩る燐寸《マッチ》ガール。
別宮　操……昌清の助手。
一条　巴……宗像家の女執事。
朴　潭芳……桑炎の妻。
久遠チョクト……護衛役。
金　白泳……崔の秘書。看護婦。

平賀修市……澪の幼なじみ。神官の息子。
王　陽……料亭『篠竹《しのたけ》』の板前。
仁科刑事……警視庁に奉職。
犬飼刑事……愛知県警に奉職。

樽井建哉……帝国新報社長。
寺中少将……関東軍糧秣《りょうまつ》部の要職。
甘粕正彦……大杉栄事件の犯人だが、現在は満州帝国に勤務。

深夜の博覧会

昭和12年の探偵小説

辻　真先

創元推理文庫

MIDNIGHT EXPOSITION

by

Masaki Tsuji

2018

目次

深夜の博覧会

昭和12年の探偵小説

わたしはこの綵衣《さいい》を纏《まと》ひ、この筋斗《きんと》の戯《ぎ》を献じ、この太平を楽しんでゐれば不足のない侏儒《しゆじゆ》でございます。どうかわたしの願ひをおかなへ下さいまし。

とりわけどうか勇ましい英雄にして下さいますな。わたしは現に時とすると、攀《よ》ぢ難《がた》い峯《みね》の頂を窮《きわ》め、越え難《がた》い海の浪《なみ》を渡り——云はば不可能を可能にする夢を見ることがございます。

わたしは龍《りゆう》と闘《たたか》ふやうに、この夢と闘ふのに苦しんで居ります。どうか英雄とならぬやうに——英雄の志を起さぬやうに力のないわたしをお守り下さいまし。

（芥川龍之介『侏儒の言葉』より）

序　銀座の少年画家が筆をとる

那珂《なか》一兵《いっぺい》の似顔絵の店から四軒へだてた先で、聞き飽きたメロディがはじまった。４Ｂの鉛筆を手にカフェー・タイガーの方角を睨むと、金ボタンが電燈の光を反射した。詰襟《つめえり》の学生服姿に、歯のチビた下駄を引っかけている。これが少年の定番の服装だ。

「また『東京音頭』かあ」

「いいじゃない、流行っているんだモン。ハァー　踊り踊るなら　チョイト東京音頭……アラ」

丸椅子に量感のあるお尻を乗せていた降旗《ふるはた》瑠璃子《るりこ》が、眉を寄せた。断髪洋装で都会的に整った顔だちは、それなりのイットが溢れている。もともと最先端の職業婦人、帝国新報の新聞記者嬢であった。

「あのレコード、毛ほどだけど傷があるワ」

耳をすますと、確かに一定の間隔でかすかな雑音がひっかかる。中古レコードを扱っている店なのだ。

「耳がいいんですね」

「これでも信州《しんしゅう》にいたころは、音楽教師志望だったワ」

降旗は中南信《ちゅうなんしん》に多い名字だ。那珂一兵が生まれ育ったのもそのあたりだから話が合った。彼が似顔絵を描いているのは、銀座尾張町《ぎんざおわりちょう》から一区画ぶん新橋《しんばし》寄りの街角である。夜店は一丁目から八丁目まで切れ目なくつづいていたが、五丁目のここは定食の松竹梅でいえば、松の特上といっていい目抜きの場所である。

今の読者が〝夜店〟といわれてピンとくるかどうか。祭礼に並ぶ金魚すくいや飴細工の夜店をイメージされては困るからだ。

昭和初期には、東京と限らず大阪や名古屋でも、目抜きの大通りには仮設店舗が軒をならべていた。ネオンまたたく繁華街へ堂々と割り込み、白熱燈をブラ下げた夜店の群れは壮観であった。

美術史家の安藤更生《あんどうこうせい》は、自著『銀座細見』にこう書いている。

「夜店は銀座にとって、カフェよりも、デパートよりも、傑《すぐ》れた誇りのひとつである」

著名な舞台美術家吉田謙吉《よしだけんきち》の採録によれば、夜店では沢庵《たくあん》から空気枕まで売っていた。目玉が飛び出るほど高価な商品の骨董店があり、天金《てんきん》やほかけ寿司など食の名店もここから巣立ったというのが、戦前の銀座の夜店であった。

小学校を出たばかりで生家を飛び出した一兵が、絵筆一本で食ってゆけるのは彼自身の運と努力、そして銀座という街の熱気のおかげだ。

といっても、似顔絵一枚が三銭の手間賃では、文字通り〝食う〟のがやっとだから、ＰＣＬ

が東宝《とうほう》と名を改めたばかりの映画撮影所で、セットの背景を手伝ったりもした。

まだほっぺたの赤い少年が、鉛筆水彩と達者な筆捌《ふでさば》きで客受けする画を描くのだから、さまざまな客層が贔屓《ひいき》してくれて、その中に映画の美術監督もまじっていたおかげだ。完成した鉛筆画を見入る瑠璃子も、常連客のひとりであった。

一兵が目指しているのは、実は一枚絵ではない。田河水泡《たがわすいほう》の『のらくろ』みたいな漫画物語なのだが、当座はこの街頭で、さまざまな客を活写しようと研鑽《けんさん》を積んでいた。

「OK」

瑠璃子がうなずいた。

「キミの漫画的センス、今夜は一段と冴えてるわヨ」

多少しゃがれ気味の声だが、彼女の勤める新報の樽井《たるい》社長にいわせると、〝色気があって男心をくすぐる〟そうだ。

「モデルがいいからです」

絵を包みながら一兵が笑う。男心がどうくすぐられるのか、まだ童貞の少年には謎だったが、この程度のお世辞が使える町のアーチストではあった。

夜店の後ろを、ポールをふりたてた市電がゴトゴト走って行く。西側の鳩居堂《きゆうきよどう》の看板が電車の窓越しにチラリと見え、架線が火花を散らすと、植え替えられて間もない柳の枝が煌《きら》めいた。

椅子にお尻を張り付けてモガのサンプル然とした瑠璃子が、鼻唄に合わせて組んだ足を揺すりはじめた。

「空にゃ今日もアドバルーン……さぞかし会社で今頃は……」

空はとっぷり暮れて気球なぞ見えっこないが、五月の夜風が流行の洋髪を愛でるように撫でている。

「ご機嫌ですね。もうひっかけてるんですか」

すぐトラになるので有名な彼女は、記者よりカフェー・タイガーの女給になるべきだ。少年はそう信じている。

「まだ一杯だけじゃない」

「馬穴《バケツ》に一杯ですか」

「キミ。日に日に生意気になるわネ。……ウンよろしい、今度のレコードは新品同然」

立ち上がるはずみによろけて、一兵に支えられる。キミ呼ばわりされたが、並んだところは少年の上背もハイヒール姿の彼女と遜色なかった。

流れる流行歌は遙かに新鮮だ。

「『あ、それなのに』ですね。今年に出たばかりだ」

「サトウハチローの作詩ヨ」

「そんな名前だったかな。星野《ほしの》なんとかですよ」

「それはペンネーム。著作権の問題で名を伏せてるけど、本人は佐藤紅緑《さとうこうろく》の息子なんだ。妹の愛子《あいこ》さんは美少女で有名ヨ」

さすが婦人記者はホットニュースを仕込んでいた。

「へえ！　『少年倶楽部』に書いてる佐藤紅緑ですか」

『少倶』なら『のらくろ』や『冒険ダン吉』で一兵ご贔屓の雑誌なのだ。購読しているのではない、夜店の本屋で立ち読みさせてもらっている。お目当ての小説は、江戸川乱歩《えどがわらんぽ》が連載中の『少年探偵団』であった。『怪人二十面相』の続編である。

「エート。なんか忘れ物をしたみたい」

絵を抱いたまま瑠璃子が思案している。

「お勘定ならもらってますよ」

「そんなんじゃないんだ。……いいよ、思い出したらもどってくるワ」

縊《くび》れた腰をふって歩み去る瑠璃子を、丸髷《まるまげ》の婦人が羨《うらや》ましげな顔ですれ違った。モダンガールの名が姦《かしま》しいとはいえ、それはここが銀座の街頭だからで、まだ日本の風俗の平均値は和装に日本髪の時代であった。

「あの髪型描くの難しいんだよな」

ぼやきながら見送って、黒々と聳《そび》える七層の松坂屋《まつざかや》を眺めていたら、声がかかった。

「僕を描いてくれるかね。鉛筆でいい」

振り返ると、丸顔に眼鏡をかけた山高帽の紳士が、白い歯を見せていた。つづけざまに客がついたから、一兵は歓迎の笑顔を惜しまない。

「いらっしゃい！」

その一声を発する間にも、抜け目なくはじめての客を観察した。そうだ、確か三十分前に歩道を歩いていたっけな。客商売をするようになって、一兵の記憶力と観察力は日増しに鋭くなっていた。

たいていの相手なら、十人のうち八人まで素性を見破れる少年だが、この客ばかりは見当がつかない。所定の丸椅子にスッと腰を落とした紳士は、四十年配というところか。一連の動きが流れるように柔軟で、それでいて居住まいに隙がなかったから、反射的に一兵は口走った。

「軍人さんですか」

ほうというように少年を見上げた相手が答えた。

「もと軍人だよ」

「あ、やっぱり」

文祥堂《ぶんしょうどう》で仕入れておいた上等のケント紙を広げ、一兵は客の雰囲気を大づかみにしようとした。もと軍人というと現職はなんだろう。温容にそぐわぬ強い目の光がふっと和んだ。

「今はただの小役人でね」

気のせいか「ただの」という形容に、軽い自嘲《じちょう》が含まれていた。

「惜しいですね」

「なにが？」

「軍人さんでいれば、きっと偉くなったのに」

生意気な口をきく少年が、紳士には面白いらしい。

「そうかね」

「俺に声をかけたときの旦那は、姿勢がよかったもの。靴の踵《かかと》がぴたりと合って背筋がのびて、あれで敬礼したら素晴らしい絵になりましたよ」

いいながらも、鉛筆の手を休めない。

正体不明の客は首をかしげた。

「軍人の匂いがまだ抜けんのかな」

「遠方から久しぶりの上京で、体にしみ込んだ土の匂いが違ってるみたい、そんな風にお見受けしました」

「ほほう」紳士はまともに感心してくれた。

「すると僕は、どこかの田舎から出てきたって？」

「田舎かどうかわかりませんが、柳を笑顔で見ていた旦那が、服部《はっとり》の時計塔には目を丸くしてらした。以前に銀座へきたときは、まだなかったからですね」

時計塔は五年前に竣工《しゅんこう》した。だからこの紳士は、少なくとも五年以上銀座へ顔を出さなかったことになる。

「よく見ている。きみのいう通りだ」

眼鏡の下の目が細くなった。

「田舎か……まあ、東京に比べれば田舎だな。僕は満州《まんしゅう》住まいだから」

「へえ！」

客に答えようとした一兵の表情が、ふっと動いた。

「あの人、旦那に用があるみたいだけど」

「ん？」

少年の視線に沿って紳士がふり向く。洋菓子屋の前に佇《たたず》んでいた大柄な男が、目で合図を送ってきた。菓子屋の客とはまるで人種が違って見えた。堂々たる三つ揃いに高級な中折れ帽をかぶっている。一流の仕立ての技術でも隠せないほど腹が出ているが、自覚がないとみえ本人はふんぞりかえっていた。

「寺中《てらなか》さん、もうきたのか」

「お約束なんですね」

「ああ。一時間遅れると店に電話があったから、銀ブラを洒落込んでいたが、ちと残念」

「あの人こそ軍人さんですね」一兵が声を落とした。

「平服でも勲章をピカピカさせてるような貫禄《かんろく》です。長靴慣れしてるんだ、短靴が履き辛そうに見えます」

眼鏡を光らせて紳士が笑った。

「きみの観察力は甲の上だ。あの人は関東軍の将官だよ」

「そんな偉い人を待たせては悪いや。どうしましょう、この絵」

ほとんど出来上がっているのだが、一兵としては画竜点睛《がりょうてんせい》で、もう一息タッチをつけたかった。

「なに、遅れた方が悪いんだが……」

苦笑しながら紳士は立ち上がった。寺中という軍人が大股に歩み寄ってくる。

「行くぞ」

自分が遅れた詫びは省略して、寺中は頭ごなしだったが、紳士は無表情にうなずいた。内懐から二つ折りの革の財布を出して、金を一兵に握らせた。

「すまないが、出来上がった絵を届けてください。店はすぐそこの『篠竹《しのたけ》』だ」

聞いたことのある名前だから、気軽く引き受けた。

「了解であります！」

軍隊口調で応じたのは寺中を意識したのだが、相手は少年をそこらの塵芥《ちりあくた》でも見たように無視して、横柄に顎をしゃくった。

「女を待たせてある。目が見えんだけに味が濃いと評判だ。楽しみだな」

「なるほど」

合いの手をいれたが、その口調は冷淡だ。

「満州では珍しくもないがロシヤ娘だ。行くぞ、甘粕《あまかす》くん」

「参りましょう」

穏やかに答えた紳士は、すべての表情を消していた。

超特急燕号で美女に逢う

1

一兵の隣で表札を書いて商う老人は、仙波《せんば》という。以前は若い男が座っていたが、事情あって代が替わった。絵を届ける間の留守を頼んでいると、瑠璃子があたふたと引き返してきた。

「思い出したよ、いっちゃん！　社長に頼まれてたワ、大事な用を。アラ出かけるの」

「届けものなんです。『篠竹』ってお店に」

「わっ、凄い」瑠璃子が蓮っ葉《はすぱ》な声を出した。

「凄いんですか？」

「知る人ぞ知るって秘密の料亭よオ。新聞が怪しい噂を立ててるワ。エログロ昭和を代表する銀座の裏の象徴だって」

「知らないけど」

「へへ、新聞というのは帝国新報なのヨ。行くんなら案内したげる」

「お馴染みなんですか」

真面目に尋ねたら、ドンと背中をたたかれた。

「まさか赤坂《あかさか》。妾《あたし》があんな店の馴染みなら、しがない記者風情でいるもんか。通りすがりでいいから、一度拝んでおきたかったんだ。……ハイ、その横丁を右に折れてネ」

通りすがりですむなら俺をダシにしなくていいのに。そういおうと思ったが、ネオンから遠ざかった銀座裏の闇は、見る間に深くなっていた。新内《しんない》の三味《しゃみ》が流れてきて、すぐ遠くなった。確かに無用の者が通りすがる場所ではなさそうだ。

これが神田《かんだ》や新宿《しんじゅく》なら、すぐに小便臭い裏道ムウドが充満するのに、天下の銀座となればまるで違った。剝《む》きだしのガスメエタアも塵芥溜《ごみため》も野良猫の影もなく、最後に曲がった小径ときたら、左右に竹林を従え艶やかな路地行燈《あんどん》を連ね、客の足を侘びた風趣の格子戸へ誘って行く。

思わず一兵は下駄の歯の響を抑えた。

「京都の町屋に迷い込んだみたいですね」

囁《ささや》いた一兵が振り返ると、ガイドのはずの瑠璃子まで目を見張っていた。オヤオヤ、である。

ほんのいっとき足を止めただけなのに、

「なにかご用ですかい」

唐突に男の声がかかって、瑠璃子の顔を強張らせた。

竹に隠れて目立たない木戸から、瘦せぎすな若者が滑り出た。

白衣に半纏《はんてん》を引っかけただけで、つい今まで厨房にいたような佇《たたず》まいだ。態度は慇懃《いんぎん》でも、油断ならない空気を身につけていた。これで包丁を摑んでいたら、板前よりやくざの方が似つかわしい。片手が革紐を握りしめていた。紐の先になにがあるのか。

うぅと、獣の低い唸り声が耳を打った。

「ヒッ」

瑠璃子があわてて一兵の後ろに隠れた。木戸からのそりと姿を見せたのは、精悍《せいかん》なドーベルマンであった。さぞ上等な餌にありついているのだろう、つやつやした樺茶色《かばちゃ》の体毛が路地行燈の光に映えた。

「も、もと軍用犬の忠勇号《ちゆうゆう》だワ……今はここの番犬ですって」

震え声で解説して、少年の背にしがみつく。内心苦笑した一兵は、手にした絵の包みを示した。

「ご注文の品を届けるようういわれたんです」

「注文？」

「ここのお客さんだと思います。甘粕さま」

その名は想像以上の効果を発揮した。男が反射的になにか口走った。警戒の語気とは違い、親愛の情が籠もって聞こえたが日本語ではない。抑揚《よくよう》から推して大陸の言葉だ。

戸惑った一兵の横で、音もなく格子戸が開いた。

「ごめんなさい、もういらしたのね。甘粕さまに伺っておりました」

藤の花をあしらった足利銘仙《あしかがめいせん》の女は、いかにも客慣れした物腰だ。

「王《ワン》！」

一兵に愛想のいい女も、若者には権高であった。

「散歩させるなら、厨房から出てお行き。表に顔を出すんじゃないよ」

男は黙って革紐を引き、木戸の奥へ引っ込んだ。

舞台の田楽を見るようにクルリと表情を取り替えた女が、にこやかに届けものを受け取った。

「ハイ、ご苦労さんだったねえ」

笑顔の裏から、早く立ち去れという声が聞こえてきて、一兵は小腰をかがめた。「甘粕の旦那によろしくお伝えください」

「ハイよ、確かに受け取りましたよ」

愛嬌に比べて戸を閉める勢いが強すぎ、格子戸が音高く鳴った。

打ち水された敷石に、一兵と瑠璃子はポツンと残された。

揃って黙々と、今きた道を引き返す。耳をくすぐる新内の三味線、つづいて猥雑な酔どれの放歌が聞こえて、やっと肩の力が抜けてきた。

「あんな店を覗《のぞ》きたかったんですか」

「そりゃあね。有名だから」

苦笑した瑠璃子に、一兵が念を押す。

「帝国新報が目をつけるほど、有名なんですね」

どうせろくな噂ではないだろう。利権の取引の舞台とか……瑠璃子の返事がないので様子を窺《うかが》うと、彼女は一兵を見つめている。

「キミ、甘粕という名を口にしたわネ」

「しましたよ。そのお客に届けものなんだから」

「やっぱり！　あの板前は満州人だったみたいね……それなら……」

終わりは呟きになってしまった。

「どうしたんです、降旗さん。甘粕って人を知ってたんですか」

「眼鏡をかけたおとなしめの中年紳士。そうでショ、社長に写真を見せられたことがあるワ。若いころ憲兵隊を取材して知り合ったの、甘粕正彦《まさひこ》さんに」

「あっ」

一兵はドキリとした。フルネームを聞いて思い出していた。

「関東大震災のどさくさで三人を殺した憲兵大尉だ！　違った？」

「違わない」瑠璃子も真剣な表情だ。ひと足ごとを踏みしめるように歩きだした。

「満州で活動してたはずだけど、なぜ東京に帰ったんだろ」

——それは血生臭い事件であった。無政府主義者の大杉栄《おおすぎさかえ》、同志で愛人の伊藤野枝《いとうのえ》、大杉の甥でまだ七つの少年が殺害され、遺体は憲兵隊本部裏の古井戸に投棄されたのだ。

小学生だった一兵が記憶に止めたほどの、凄惨な殺人なのだ。

事件は憲兵本部と関係なく甘粕個人の犯行とされ、それでいてたった三年後には仮出獄して、フランスへ留学している。その予算は陸軍が出したというが、事情は霧の中だ。

満州事変に際しては、後に皇帝となる清国末裔《まつえい》の愛親覚羅《あいしんかくら》溥儀《ふぎ》を、天津《てんしん》から変装させて連れ出したのも彼であった。

「満州帝国成立後はそれなりの地位についたのに、関東軍銀座支部と噂の料亭に現れるなんて、また新しい事件を起こすつもりかしら。ね、キミ。思い出してくれない？」

瑠璃子に胸ぐらをとられそうになって、一兵は後ずさりした。銀座の表通りはすぐそこだ。夜店の仲間に冷やかされては大変だ。

「なにをですか」

「甘粕と会った軍人の名前よ」

「そんなもの、俺聞いたかなあ」

「聞いてなくてもいいから思い出せ。思い出して頂戴！」

朱唇に嚙みつかれそうで、一兵も懸命になった。

「えっと。テラ……寺中……」

「それだ！」

ふたりはもう一兵の店までもどっていた。

「寺中……少将ヨ、当たりだワ」

「そうなんですか」一兵はキョトンとした。

「陸軍少将閣下なのかあ」

「間違いない。関東軍の糧秣《りょうまつ》関係を仕切る黒幕のひとりなんだ。妾、会社に戻る。社長に知らせなきゃ……甘粕さんがなにか目論んでるって」

帝国新報社は東銀座の裏路地にある。細君と別れて独り身の樽井社長は、社屋の屋根裏部屋に仮住まいしており、毎日早朝のランニングに精出していた。

大新聞が敬遠する少々危険なネタを追うのが、夕刊専門で東京一円に二割の特ダネと八割の駄法螺《だぼら》をふりまく帝国新報社であった。ちなみに一兵の面前で高揚しているこの婦人記者が社長の女らしい——ということを、少年は仙波爺さんに聞かされていた。街頭で彼女が拾う銀座のネタは右から左へ樽井に筒抜けだそうな。

2

五族協和の旗の下、中国東北部に満州帝国が建設されたのは、五年前のことである。

帝国の誕生を企画し演出したのは関東軍だ。日本陸軍の一部に過ぎないのに、突出した独立軍団の様相を呈していた。満州事変を起こしたのも、傀儡《かいらい》国家満州を創り上げたのも、関東軍であった。皇帝溥儀はお飾りに過ぎず、事実上の権力はことごとく関東軍が握っていた。中国からの訴えで国際連盟が派遣したリットンの調査団は、実情を視察した結果、満州を日本の侵略と断じている。連盟で採決を図ると日本に賛成したのは一国もなく、日本全権の松岡洋右《まつおかようすけ》は憤然として議場を後にした。

その結果日本が国際連盟を脱退したのが、一九三三年三月である。

これが昭和日本の運命を決する第一歩になった——とは、今なら誰でもいえることであって、当時の幼い作者に理解できるはずがない。

国を信ずる日本人は、たとえ成人でも作者と大差ない判断を下していた。リットン卿や国際連盟は亜細亜《アジア》の事情に無知で、満州は王道楽土の理想郷と思い込んだ。学校教育がそうなら、新聞ラジオ映画も右にならえで満州帝国万歳を唱えている。リットン卿をもじったドタバタ喜劇『スットン狂』が封切られ、大衆の哄笑《こうしょう》を呼んでいたのだ。

「五族ってどことどこの民族か、知ってる?」

昭和っ子の常識として、一兵はちゃんと知っていた。

「大和《やまと》民族、満州民族、漢《かん》民族、朝鮮《ちようせん》民族、蒙古《もうこ》民族ですね」

「その通り。新京《しんきよう》とか奉天《ほうてん》とかすばらしい街みたいヨ。一度は行ってみたいなあ……社長は幻滅するからやめろというけど」

立ち話になった瑠璃子を、一兵が促した。

「会社に行くんじゃないんですか」

「モチそのつもりだったけど、なんかまた忘れ物をしたみたいで」

額に垂れた前髪を撫でた瑠璃子が、だしぬけに叫んだ。

「思い出した!」

声に驚いた通行人が瑠璃子を避けて歩いて行く。それにも構わず、彼女は一兵の腕を摑んで揺さぶった。

「キミも行くのヨ」

「え、帝国新報へ？」

「違うったら。名古屋へ行くの！」

「誰が」

「キミと妾が！」

「はあっ？」

意味不明である。

「なぜ俺が降旗さんと行くんですか」

「だから名古屋で開催されてる博覧会に」

博覧会……聞いたような気はするが思い出せない。ラジオもまだ十分に普及していないから情報が行き渡っておらず、とうに開会中なのに新聞雑誌ともろくに取り上げなかったから、少年が記憶にないのはやむを得なかった。

現在、作者の手元に『昭和十二年の「週刊文春」』という新書がある。この時代に『週刊文春』は存在しないが、それに匹敵する話題豊富な雑誌『話』が、おなじ文春から発刊されていた。菊池《きくち》信平《しんぺい》編とあるこの新書は、『話』を『週刊文春』になぞらえて、その年の時事ネタが総ざらえされている。

残念ながら三月から五月にかけて開かれた『名古屋汎太平洋平和博覧会』を取り上げた記事

はない。巻末の総目次にも皆無で、わずかに五月号に「博覧会商売の裏表」という一文があり時期的に平和博あるいは来るべき東京万博のビジネスに言及したと思われるだけだ。はっきりいって、『汎太平洋平和博』は中央から無視されたらしい。

この時点では、三年後に亜細亜はじめての万国博覧会が、東京で開催されることになっていたためもあろうが、やがて日本はその計画を返上してしまう。したがって名古屋のこの博覧会こそ、戦前で唯一最大の国際博となったのだが。

「そこへ俺が行ってなにをするんです?」

一兵と瑠璃子の立ち話がつづいた。

「絵描きのキミが行くんだもの、絵を描いてほしいって」

「それなら写真の方が」

「博覧会はもうふた月前からはじまってるの。今さら写真を載せても、読者が喜ぶもんですか。キミのセンスで面白おかしく描いて見せた方がずっと受けるワ」

「それ、樽井社長の発案ですか?」

「そう。……なにヨ、その目。疑わしげねエ」

「どうせ裏があるんでしょう」

「アラ、なぜそう思う?」

「仮にも帝国新報が新聞なら、会期も終わる間際にのこのこ取材に行くなんて、おかしいじゃないですか。樽井さんが博覧会に関係した誰かに頼まれて、お義理に取材する……カメラマンを雇うより、夜店の絵描きを安く叩けばイイとかなんとか……」

「わかったわかった！　キミは頭の回転がよすぎるヨ」

瑠璃子がバタバタと手をふった。そのオーバーな仕種《しぐさ》を横目でみて、パーマネントの婦人が笑って通りすぎる。あの頭、雀が間違えて卵を生むだろうなと、一兵はよそ見した。

「それでどうなの」

「どうって」

「行くの、行かないの」

「行ってもいいです」好奇心をかきたてられて返事した。

「だんだんと思い出してきました。目玉が透明人間って博覧会ですね。俺、そういう怪しげなの好きだから」

「そんなに怪しいもんじゃないわヨ。浅草《あさくさ》の大イタチを見るつもりで行ったら、がっかりするらしいワ。ドイツで製造された世界に二体しかない人体模型なの、伯爵の話では」

「伯爵？　ああ、その人か。社長さんに声をかけたのは」

「まあね。詳しくは明日の朝」

「えっ、明日って……二十七日ですか！」

足元から鳥が飛び立つ慌ただしさで、一兵もびっくりした。

「そう。午前九時、東京駅発車なの」

少年の顔がぱっと輝いた。

「燕号だ！　名古屋へ行くんだから、俺たち超特急に乗るんですね！」

「そうよ。切符もちゃんと取ってあるの。キミがノーなら、樽井社長が行くっていってたけど……」

「うわあ行きます！」

汽車大好き少年だから、涎《よだれ》を垂らしてしまった。

「よかった。……じゃあ妾、社長に報告してから、旅の支度をはじめるワ。予定は会期の終了まで、つまり四泊五日ってこと。でも細かな準備は必要ないって。宗像《むなかた》さんのお屋敷に泊まるんだから」

よくわからないことを口走りながら、瑠璃子はさっさと背を向けている。そそっかしいのにせっかちときてるから天下無敵だ。あわてて一兵が追いかけた。

「誰なんです、宗像って！」

「伯爵さまよ、社長の大学時代の親友で、東京と名古屋の与太話が大好きなんだ、じゃあネ！」

ひとりで呑み込んで後は振り返りもしないから、一兵はぼやいた。

「無茶苦茶だなあ……なにがなんだかわからないや」

3

「なーにがなんだかわッからないのよォ」

聞き慣れた甘い声を背にかけられ、一兵は泡を食った。

「……わっ。きみか！」

少年の顔の前に、つややかに結い上げた桃割《ももわれ》の髪があった。

おなじ日本髪でも桃割は、結綿《ゆいわた》より年下の娘が結うみたいだ。和装の女性は多いが結髪には時間も金もかかるから、紋日《もんび》の外出でもなければ、簡便な束髪で纏《まと》めるようになっていた。

それだけに、匂い立つほど結い立ての日本髪の娘は、いくら銀座の宵でも人目をひく。

これは宰田《さいだ》澪《みお》と呼ばれる少女の仕事姿であった。カフェーの女給ではなく、昨今はやりはじめた燐寸《マッチ》ガールの売れっ子だ。

街頭に立つ女の子の商いといえば、震災前は辻占《つじうら》売りが大半だったが、世相がモダーンになるにつれ商店のビラを配る仕事が増え、斬新な意匠を凝らしたカフェーや喫茶店の店名入り燐寸まで登場した。従事するのは十二、三歳から十六歳止まりの少女である。

一等国になったつもりの日本だが、国民の半ばを占める女性の大半は、義務教育の尋常小学校で学業を終える。女学校にあがるのは、ブルジョアの家のひとつまみでしかない。小学卒の少女たちは、生家の家業を手伝いながら料理裁縫の技術を身につけ、口減らしのため慌ただしく結婚させられる。中には行儀見習いとして、地元の名家や都会の有産階級に奉公する娘もいた。

今も気軽に口ずさまれる童謡を忖度《そんたく》すれば、昭和の女の事情が納得できる。『赤とんぼ』の歌——「十五でねえやは嫁に行き、お里の便りも絶え果て」るのだ。

事情通の仙波爺さんの話では、澪は会津《あいづ》の寒村の生まれだが姉の援助で上京して、下宿住まいというから、おなじ年頃の少女に比べれば豪勢といえた。

「仕送りは豊かでも、遊んで暮らすのが嫌で稼いでいるらしい」

会津若松《わかまつ》で水商売についていた姉は、やがて大陸にわたってひと稼ぎしているそうな。それがどんな稼ぎか仙波も知らない。

「名古屋へ行くの？」

澪は人なつこく尋ねてきた。鬢《びん》つけ油の匂いが少年の鼻をくすぐる。

「いっしょにくるかい」

一兵がお愛想をいうと、少女はあわてて手をふった。

「あたい、乗り物はみんなダメ。おなかが気持悪くなって、じきに小間物屋を広げてしまうのね」

胃袋を裏返して嘔吐する有様を、小間物屋と形容していた時代だ。

「でも、博覧会だけは行きたいな」

一兵も知らなかった催事を、澪はちゃんと知っていた。そのはずだ。

「うちの杏《あん》姉ちゃんも行くといってたから」

「え……大陸で仕事しているんだろ」

「してるよ。柳杏蓮《りゅうきょうれん》て名前になって、満州のお金持ちのお妾《めかけ》さんなの」

「あ……そう」

返答に詰まったが、澪はあっけらかんとしていた。

「だから日本に帰っても、ひとりで出歩くことができなくて。妹のあたいにも会えないかなあ。でもいいんだ、お互いに元気でいるのなら。……あ、もう仕事をはじめなくっちゃ。気をつけていってらっしゃい、名古屋！」

子供っぽく手をふって、カタカタと下駄で敷石を鳴らして去ってゆく。袖からのぞいた白い腕が、見送る一兵の目に焼きついた。

あどけない童顔に言葉遣い。会う度にいい子だと思う。幼く見えても俺よか年上なんだ。

……一兵は信州にいるひとつ上の姉を思い出して、夜気に溶ける澪の姿を追いかけようとした。

「気になるらしいの」

老人の塩辛声で、我に返った。

見本の表札に丁寧な筆遣いで書き込みながら、顔をあげずに仙波が告げる。

「いい子だが、もう生娘ではないな」

ぐさっと胸の深くをえぐられたが、一兵は平静を保った。

「そうなんですか」

「そう見るよ、わしは」

表札を書き終えていた。筆致に勢いがある。昔は祐筆《ゆうひつ》まで務めた士族だという。下世話な噂をする人体《にんてい》に見えないから、真実味があった。

再度一兵は、澪が駆け去った四丁目を見やる。伊東屋《いとうや》のビルヂングが行く手を黒く塗りつぶしていた。

4

東京駅ホームに鎮座して、もうもうと煙を吐く燕号は、この列車にだけ許された流線形のカバーを纏って、さながら泰西《たいせい》の昔を疾駆した甲冑《かっちゅう》の騎士であった。残念ながら時速一〇〇キロに満たない速力で流線形は意味をなさないと、一兵は知っている。

（せめて満鉄のあじあ号くらいスピードが出ればなあ）

内心ぼやくのだが、こちらは狭軌《きょうき》あちらは広軌《こうき》だから、比較にならない。

それでも飽かず眺めていた一兵が、瑠璃子に肩を叩かれた。

「汽車はね、見るものじゃないの。乗るものなの」

さっさと車内へ乗り込んでゆく。彼女の旅行鞄を持たされた一兵は、不承不承にその後を追っかけた。

指定席が印字されたペラペラの紙きれと照らし合わせて、おもむろに席へ着いた。対面型の座席だから、背凭《せもた》れが屏風みたいに立ち並んでいる。さすがに板の上を緑色のラシャが覆っているので、乗り心地はまあまあだ。売店で買った蜜柑水の口金を、窓框《まどがまち》の下にある栓抜きにあてがったら、瑠璃子にまた肩を叩かれた。

「行くわよ」

「どこへですか」

「食堂車」

「朝、食べ損ねたんですか」

「違うって」

クイと呑むゼスチュアをして見せた。

「もう！」

「牛か、キミは。……半端な時間だから座れるでショ」

「俺、呑めませんけど」

「未成年に呑まれてたまるか。妾が呑むからいいの」

颯爽とヒールを鳴らしたとたん列車が動き出したので、一兵はガバと抱きつかれてしまった。

疾走する汽車の中なら、ヒールの彼女の倍速で歩ける。それも今日の一兵は下駄履きではない。新品の靴を履いていたから、しごくスムーズに食堂車へたどり着くことができた。

ボオッ。

汽笛が高鳴った。

燕号は快足を飛ばして多摩川を渡り、川崎を過ぎ、やがて横浜駅を定時の九時二十七分に発車していた。

テーブルのカップがかすかに揺れ、ソーサーに置かれたスプーンも小さく躍った。

一兵はコーヒーを啜《すす》っているが、瑠璃子はヱビスビールの二本目だ。

「まさかずっと呑むつもりじゃないでしょうね」

みかど食堂経営の車両は、海側が二人席、山側が四人席である。一兵たちは海側に席を占めていた。汽車旅行でなにより目を慰めてくれるのは、窓外を走り去る風景である。次に停車するのは沼津《ぬまづ》駅だから、東海道本線でももっとも海に近い根府川《ねぶかわ》駅前後で相模《さがみ》湾の風光を楽しむことができた。

「心配しなくても、静岡の前でボーイが追い出しにくる」

「そうなんですか」

「ランチタイムになると、特等客が押しかけるのヨ」

「特等客なら展望車でしょ。供食の設備はないんですか」

「あそこは飲み物中心だから。食事しようとすれば、ここの予約が必要なの」

超特急といっても、車内放送の設備はない。食堂は客車の座席に置かれた案内票を見て予約することになるが、上級客車の乗客が優先されるから、食事時間に三等客が楽しむ機会はめったにない。今のうちというわけだ。

おなじ狙いだろう、燕号らしくない安サラリーマン然とした中年客が四人、これは山側の一郭を占領してビール瓶を並べている。街や家庭ではアルコオルは日本酒が主流だが、洋式の食堂車の売れ筋となると断然ビールであった。

大温泉町熱海《あたみ》も午前中とあって通過。たちまち車窓は闇に包まれる。丹那《たんな》トンネルである。十六年にわたる難工事、六十七名の犠牲者を出しながら、ようやく三年前に開通した。箱根《はこね》の嶮を越えるのに国府津《こうづ》から御殿場《ごてんば》を迂回していたころに比べ、平坦なコースで大幅に走行時間を短縮できた。日本の鉄道技術の勝利と喧伝されたものだ。

窓からの眺めを塞がれたふたりは、自然と博覧会が話題の中心になった。

「汎太平洋というと、ヨーロッパは無関係ですか」

「東京で万国博覧会開催が決まったから、万国とは名乗れないのよ。名古屋港のお得意さんは、当然環太平洋の国々ですもんね」

「それにしても平和博か……」

一兵は笑った。時局は平和とはほど遠い暗雲に覆われている。昭和六年の満州事変、七年の上海《シャンハイ》事変と、大陸動乱の気配はますます濃厚だ。上海事変そのものも、問題化した満州帝国から列強の目をそらすのが目的と囁かれ、ナチスドイツと手を結んだ日本は、英米に拮抗する姿勢を明確にしていた。

鶴見祐輔《つるみゆうすけ》の『英雄待望論』、沢田謙《さわだけん》の『ヒットラー傳』の売れ行きも絶好調で、日本を指導者とする興亜の理念の下で、中国の反日勢力を撃てというのが時流であった。「東洋永遠の平和」「暴支膺懲《ぼうしようちょう》」という時局標語が、一兵の目に焼きついている。

「このご時世に、よく〝平和〟と謳《うた》うことができましたね」

一兵がいくらかでも醒めているのは、大正デモクラシーに馴染んだ活動屋の世界に席があるからだが、もとより彼も大日本帝国の臣民として、いったん緩急あれば直ちに銃をとる覚悟は持ち合わせている。

窓が明るくなった。トンネルをぬけたとみえる。

「陸軍が文句をつけたそうヨ」

「やっぱり」

「平和の名を看板から下ろせって。でも名古屋市長の大岩勇夫《おおいわいさお》が食えない政治家でネ。軍の横車を予想して、博覧会の総裁に東久邇宮稔彦親王《ひがしくにのみやなるひこしんのう》を戴いたワケ」

「そうか。親王殿下は陸軍大将でもあらせられる」

「それで、陸軍の反対は却下されたワ」

「海軍はどうなんですか」

「こちらは最初から協力的だったの。米内光政《よないみつまさ》大臣で、博覧会の目玉として魚雷発射の実演で参加するって」

「へーっ。見たいなあ」

目を輝かすところは、彼もいっぱしの軍国少年であった。

「見せてあげるからサ……」

テーブルにトンと空になったグラスを置いて、瑠璃子は愛嬌たっぷりだ。

「もう一本、いいでしょ。キミに払えといわないよ、帝国新報もちだから……」

いいかけたところへ、白い制服の給仕が音もなく近づいた。履物の踵《かかと》はゴムだから、挙措《きょそ》きわめて静粛だ。

「恐れ入りますが、まもなく要人のみなさまが入室されますので……」

一兵はホッとした。瑠璃子の膨れ面を無視して、笑顔で答えた。

「あ、はい、切り上げます」

サラリーマン四人組は素直ではなかった。赤い顔を火照らせて文句をつけている様子だったが、ボーイに耳打ちされると倉皇《そうこう》として腰を浮かせはじめる。

ガラガラなのに二組しかいない先客を追い払うとは、よほどの高官一行のお出ましだろう。

四人組があわてたのは、「満州の政商」とか「関東軍関係」とか聞こえた単語のせいのようだ。

四人がもたついたため、一兵たちがレジをすませたときは、もう満州要人の一行が食堂車に現れていた。大兵の車掌長が鞠躬如《きっきゅうじょ》として案内役に立ち、糸のように細い目の女性が主を先導してくる。

一兵は見ないふりをして、ちゃんと見た。

主賓はやや小太りだが、風格のある四十歳前後の人物だ。トラディショナルな洋装が板についていて、大陸より欧米出身という方がふさわしい紳士であった。決して尊大ではないのに、悠揚《ゆうよう》迫らぬ風采が自然な威厳を発している。満州を代表するほどの富豪ではなかろうか。すれ違おうとして、瑠璃子があわてたように頭を下げた。この種のお偉方には嫌悪感を抱くのが常の一兵まで、素直に叩頭《こうとう》した。

意外なことに富豪は、柔らかな口調で応えた。

「せっかくの時間を、譲っていただいて申し訳ない」

穏やかな外見と違い、腹の底から軋《きし》み出る低音であった。ヨーロッパどころか、蒙彊《もうきょう》の原野を馳駆《ちく》するに相応《ふさわ》しい声であった。

「いえ、……」

なんとも悔しかったが、それ以上の言葉が口から出てこない。

貫目が違う。少年はがっくりした。

——次の瞬間であった。

かろやかに一礼して通りすぎたのは、薫風に似た支那服——チーパオ姿の若い女だ。反射的に一兵は知った。

(この人だ、澪のお姉さんは!)

桃李《とうり》の刺繍で飾られた朱鷺《とき》色のチーパオと、腰の切れ込みから閃く白い脚にも目を奪われたが、より強く少年の網膜に焼きついたのは、澪そっくりの瓜実顔《うりざねがお》だ。けぶるような眉、深い色の眸《ひとみ》、通った鼻筋の下の、つややかに濡れた唇。

立ちすくんだ一兵が咎《とが》められるより先に、大地から滲み出る声で、紳士が女性を呼んでいた。

「杏蓮、おいで」

「はい、ご主人さま」

涼やかに答えた彼女は、「ご主人さま」を追ってすべるようにテーブルへ歩を移す。ほんのりと甘い香りが、しばし少年を陶酔させた。

モガは博覧会で迷子になる

1

東海道本線の4番が、下り燕号を迎える名古屋駅のホームである。できて間のないプラットホームは、どこもかしこもピカピカしている。乗客が往来するコンコースは高架下に広がっていた。

「東洋一という触れ込みだけど、設計のキモは大きさじゃないんだ。東から西まで、広大な自由通路が貫かれていることだよ」

はじめてきた駅だというのに、さすが汽車道楽の一兵だ。ホームから階段を下りる間もまくしたてていた。

「これが東京駅だと、駅の表から裏へ抜けようとすれば、いちいち改札を通る必要がある。でも名古屋駅は線路に構わず移動できるだろ。断然、便利さが違うんだ」

自分が設計したような口ぶりで改札を通ったとたん、わあっという歓声に迎えられて、面食らった。「な、なんだ?」

列車利用客の人波の向こうに、なぜか大勢の笑いが渦巻いた。

その中心を見定めた一兵は、思わず素《す》っ頓狂《とんきょう》な声をあげてしまった。

「チャップリン?」

「まさか!」

少年だけではない、瑠璃子も、階段を下りる途中の燕号の降車客も、呆気《あっけ》にとられたように立ちすくんだ。

群衆の頭越しに、銀幕で見慣れた山高帽が揺れている。ちらちらと見え隠れするのは、お馴染みの鼻下に髭を生やした男で、片手に振り回しているのはステッキという、紛れもない放浪の紳士チャーリーであった。

彼がふた言三言いうと、人々がどっと笑い崩れる。その様子を満足げに見回した世界的コメディアンは、やおら山高帽を脱いで進み出た。その前ににこやかに立つのは、食堂車にいた満州の富豪であった。

「よくいらした、ミスタ崔桑炎《さいそうえん》!」

放浪の紳士は鮮やかな日本語を使った。改札口を出た一兵から近い距離とはいえないのに明瞭な口跡だったから、崔という満人の名前まで聞き取ることができた。

周囲の人々が拍手したのは、富豪とチャーリーががっしと手を握りあったときだ。旧友の再会といった趣ながら、なぜかその一瞬、ふたりの顔に笑みはなく——むしろ互いに食い入るような視線の鋭さを感じて、一兵は錯覚かと思ったほどだが、すぐ放浪の紳士と交代したのは、島田《しまだ》髷《まげ》を高々と結った三人の女性だ。それぞれ手に溢れんばかりの色彩の花束を抱えている。

「よういりゃあたなも！」

「名古屋がお待ちしてました」

「平和博にきてちょーして、おおきに！」

歓迎の言葉が放たれる度に歓声があがった。

……それでようやく、一兵たちも呑み込むことができた。

満州からきた崔桑炎は、名古屋ぐるみの賓客であるらしい。そう思って見ると、芸者衆の後ろに役人らしい正装の男たちが居並び、制服姿の上級警察官らしい面々まで揃っている。

食堂車で見かけた目の細い女性は、崔家の秘書といった役どころか。主人と違って顔の筋一本動かさず、最小限の身振りでうながすと、崔はまかせきったように緩やかに歩きだした。マグネシュウムの閃光が二度三度と放たれ、白煙のさなかを富豪は悠々と移動してゆく。まるでデミル監督が撮った『十誡』のモーゼだと思いながら、一兵はぼんやりと見送っていた。役人も警察官も取り巻く人々も、ぞろぞろとモーゼに従うエキストラでしかなかった。

「でも……あれっ」

一兵が見回した。

「えっと、宗像って社長のお友達が、迎えにきてるんじゃないの」

「その約束なんだけど……」

瑠璃子も当惑して、人気の減った周囲を見回している。そこへ、声がかかった。

「降旗瑠璃子さん、ようこそ」

声の主は、山高帽を被り口髭を生やしていたから、ふたりは飛び上がりそうになった。

チャ、チャップリン！

あの放浪の紳士がニコニコとふたりを見つめている。背後には物見高い野次馬が犇《ひし》めき、小さな男の子が着物の裾を乱して、顔を見ようとピョンピョン飛び上がっていた。

被っていたお釜帽を押し上げて、瑠璃子が吐息を漏らした。

「あなた……宗像伯爵さまでしたの？」

宗像？　伯爵？

「ええーっ」

年にしては糞落ち着きに落ち着いて面白みのないガキだと、夜店の仲間から定評ある一兵だが、このときばかりは仰天した。

むろん名古屋駅に聖林《ハリウッド》の本物が現れるとは思わないが、本物に見《み》紛《まが》う堂々の貫禄《かんろく》で来日の名士を迎えたのだ。名古屋一の盛り場と聞く大須《おおす》から、売れっ子の芸人を駆り出したとばかり思っていた。

なんとその人物を瑠璃子は呼んだのだ――宗像伯爵と！

放浪の紳士を前にした彼女は、息を弾ませている。

「まさか……いくら酔狂な方だからって……ああ、でも社長が話していたのは本当だったんですね！」

ポカンとしている一兵を押し退け、飛んでこようとした瑠璃子に、彼は片手をあげて制止した。放浪の紳士が視線を送った先は、コンコースにずらりと並ぶ列柱を縫って、急ぎ足で表口に向かう車椅子だ。

役人や芸者衆に囲まれて先をゆく崔桑炎を追うのか、車椅子の女性とそれを押す男は紳士には目もくれなかったが、瑠璃子のななめ後ろに立つ一兵は、はっきりと見ることができた。

車椅子の女性は冴えた露草色のチーパオに身を包んで、整った顔だちだが蠟を固めたような作り物の印象がある。華やかに粧《よそお》っていても年齢が隠しきれない。それを押すのは小柄な男だが、十分な筋力の持主らしい。力をこめていると見えないのに、重たげな車椅子を軽々と取り回していた。

その後ろに従うのは、女の従者だろうか。淡墨色の目立たぬ服装だが、遠目にも若々しさを発散させていた。

チャップリンは片手を唇に添えたまま、静かに一行を見送っていた。五人の中の誰に視線を注いでいるのだろう。彼の頬に漂う含羞《がんしゅう》の笑みに気づいて、一兵はドキリとした。

活動写真好きな彼だから反射的に思い出していた。五年前に封切られたチャップリンのサイレント映画——ただし音楽と効果音の入ったサウンド版——『街の灯』のラストシーンを。盲目の花売娘に恋をして、治療費を捻出してやった放浪の紳士。だが目が見えるようになった彼女は、チャップリンに再会しても恩人とはわからない。一輪の花を与えようとその手をとったとき、ようやく彼が誰であったか悟るのだ。娘に正体を知られたチャップリンのはにかみの大写しに、彼自身の作った主題曲がかぶさってエンド。

『黄金狂時代』『キッド』『サーカス』と、山高帽にドタ靴のコメディアンの姿は数多く見ているけれど、チャップリン一代の名演技はあのクローズアップであったと、今も一兵は信じて疑わない。

その思い出のひと齣《こま》をそっくりなぞる紳士。瑠璃子にいわせれば、紛れもない宗像昌清《まさきよ》の表情を、少年は以後も忘れることがなかった……。

「……あの、伯爵」

瑠璃子がそっと呼びかけると、宗像はくるりと振り返った。もうそのときは、直前に見せた哀愁の影などどこにもない。快活そのものの口調で指図した。

「ハイ、ここで待つように」

「えっ」

突き出されたのは一枚のビラだ。

受け取った瑠璃子の手元を、一兵が覗き込む。

「『ゴンドラ』……喫茶店だね」

神田の学生街に始まった喫茶店の流行は、地方の都会まで浸食している。名古屋もその例外ではないのだろう。

「ああ、きみ」

昌清が声をかけたのは、ふたりの背後に佇《たたず》んでいたポーター――赤帽だ。混雑の中でも見分けられるように、赤い布を巻いた帽子を着用している。詰襟《つめえり》に地下足袋《たび》を穿き、瑠璃子の旅行鞄を担ぎ一兵のバッグまで片手に提げていた。

「この店まで頼むよ。駅の構内だから構わないね?」

「かしこまりました」

訛《なまり》の強い太い声が返ってきた。

「では……十分、いや八分もあれば駆けつけるから」

「あの、でも、このお店はどこに」

駅に降りたばかりで心細げな瑠璃子だが、一兵は目ざとかった。

「名駅《めいえき》食堂街ってある。すぐそのあたりだよ」

宗像が言い添えた。

「不安だったら、あの子に聞きたまえ。おーい、そこの洟垂《はな》れクン」

着物の子供が目をパチクリしていた。

「おれ?」

「そう、そのおれクン。おふたりを食堂街に連れていっておあげ。ホラお駄賃だ」

グリコの小箱を掌《てのひら》に載せてやる。「オマケの中身は知らんがね」

オマケ最初のヒットは造幣局製造の銅製メダルであったそうだが、それから十年、今のグリコのオマケの種類の多さは一兵にだってわからない。

目の色を変えた子供がひったくろうとすると、宗像はその手をはたいた。

「その前にいうことは？」

「え……ああ、そうか。ありがとう！」びっくりするほどの大声になった。

「結構。洟は垂れていても、キミは紳士だ。東京からきたおふたりの案内を頼むよ、名古屋を代表して」

それっきり後も見ずにスタスタと立ち去ってゆく。取り残された瑠璃子たちと赤帽に、洟垂れ小僧が偉そうな口をきいた。

「こっちだぞ」

よれよれの着物と素足に草履《ぞうり》で先へ立った。コンコースに沿って半地下に設けられた食堂街のとっつきが喫茶『ゴンドラ』であった。二軒目は麵類を扱っているようだが、看板にそばでなく『きしめん』と大書してあるのが如何《いか》にも名古屋だ。

『ゴンドラ』でまず一兵の目についたのは、右手の壁に張られたポスターだった。金の鯱《しゃち》が図案化されて主役となり、大型商船の描かれた背景を二羽の鳩が舞っていた。その下端に『名古屋汎太平洋平和博覧会』と、小洒落た字体がちりばめられてある。一兵は笑顔になった。

「名古屋の象徴は、金の鯱鉾《しゃちほこ》なんだ……」

瑠璃子はまだボンヤリしていた。足元にどんと置かれた旅行鞄をよそに、茫然と座りこんでいる。膝の上にたっぷりと大きな布袋を後生大事に載せたポーズで、溜息をつく。

「……あの人が伯爵さまだというの？」

2

「そんなこと、聞きたいのは俺の方です」

一兵は笑っている。大人びた顔つきと言葉が、妙に似合う少年だ。

「樽井社長の大学の同窓なんでしょう。まあ、あの人だって社長なんて柄ではないからなあ」

コーヒーの砂糖が足りなかったとみえ追加しながら、店内を見回した。

半地下のため天井の低さは気になるが、広さは十分だ。真新しい木目調の内装は都会的に洗練されていた。一瞥《いちべつ》すると店内は東京より和装の客が多く、その割に日本髪は少なかった。耳に飛びこむ会話が粘っこい。「がや」「ぎゃあ」「なも」……気にならないといえば嘘になるが、少年も信州育ちだから方言を耳障りとはついぞ思わなかった。

それでも銀座の職業婦人としては、異境へ踏み込んだ気分らしい。大げさに両手で自分の肩を抱いてみせ、

「店は普通なんだけど……」

「客は普通じゃないの」

からかい顔でスケッチブックを広げた一兵を、ちょっと睨む。

「ここの客じゃなくてサ。華族さまというから、どんな凛々しいジェントルマンかと思ったら

……社長に預ったこの袋を渡すの、楽しみにしてたのよ」

チャップリンの話なんだ。どさくさに紛れて手を握るつもりでいたのか。

「仮にも東大の学士さまなのヨ。あんな仮装して、まるっきり芸人だワ」

「でもよく似合っていた」

「ゴ冗談でショ」

華族さまの夢を風船みたいに弾けさせた瑠璃子は、二度三度と溜息を繰り返してから、腕時計を見た。

「もう十分たってるのに」

一兵が声をひそめた。「あの人たちじゃない？」

それでやっと、瑠璃子も気がついた。

ふたりの席の斜めむかいに四人掛けがある。そこへ、ハンチングに格子縞のジャケット、臙《えん》脂《じ》一色のネクタイが目立つ紳士と、飛白《かすり》の着物に袴《はかま》を穿いたパナマ帽の若者が腰を下ろしていた。一兵より年上に見えるが、まだ少年と呼んだ方がよさそうだ。

「あらン、可愛い子。『あ、玉杯に花うけて』みたい」

一転してトロリとした視線を流す瑠璃子に、一兵は呆れ顔だ。『嗚呼玉杯』は一高寮歌冒頭の一節で、佐藤紅緑を『少年倶楽部』の大黒柱にした立志小説の題名でもある。

「紅顔の美少年て、本当にいるのネ」

今にも涎《よだれ》を垂らしそうだ。

「そっちじゃないよ、鳥打ち帽の人。おなじステッキを持ってるでしょう。ほら、さっきのチャップリンと」

「——ああっ！」

瑠璃子はバネ仕掛けのように立ち上がったが、先方はとっくに承知していたとみえ、手招きすると銀縁の眼鏡が光った。

「こちらへおいでなさい」

あ、そうか。一兵たちがついたのは二人掛けだから、宗像伯爵の方で広いテーブル席に陣取ってくれたのだ。

「気が利かなくてすみません」

同席してからぺこりと頭を下げたが、伯爵は上機嫌だった。

「なに、きみの眼力は大したものだ。ステッキ以外はのこらず着替えてきたのに」

チョビ髭の跡もないのは無論だが、山高帽と鳥打ちを替えただけで、人間の顔はこれほど印象が変わるものかと思う。

瑠璃子が急いで布袋を手渡している間に、飛白の若者が小声で教えてくれた。

「先生の変装術はハリウッド仕込みだもの」

ややカン高いが柔らかみのある声だ。愛嬌はないが無愛想というのでもない。これがふだんの表情なのだろう。

一兵は目をパチパチさせた。伯爵は海外漫遊ずみなのか。

「ハリウッドって、映画のですか」

「そうだよ。先生はアメリカで三年間、武者修行していらした」

「へーっ」

漫遊どころではない。そういえば樽井さんが漏らしていた。英語も中国語もぺらぺらで、市《シ》俄古《カゴ》ではギャングのボスとつきあいがあったという。いったいこれは、どんな人なんだ？　宗像家は尾張徳川《おわりとくがわ》の流れを汲む名門で、市内一円に土地をもつ資産家と聞いていたが、ただのお金持ちではなさそうだ。

一兵を映画好きと見極めたらしく、問いかけてきた。

「ジャック・アベ、知ってる？　ハリウッドで俳優だった人」

当然知っていた。

「日本に帰って監督になった阿部豊《ゆたか》ですね」

「そうそう。先生はあちらで仲良しでいらした。だから高野《たかの》さんとも知り合いなんだ」

一兵が首をかしげると、注釈をつけた。

「チャップリン先生の秘書は日本人だよ。彼に滋賀県の竹根鞭《たけねむち》細工を教えて、映画の小道具に推薦したのが宗像先生なんだ。それがおなじみのステッキさ。さっきの仮装も、チャップリンご本人の許可をもらってるって」

微笑していた当人が、このとき間にはいった。

「別宮《べつく》。なにか忘れてやしないかね」

「はい？　……あ、失礼しました」

文字通り紅い顔になって、急いでパナマ帽をとり瑠璃子と一兵に丁寧に頭を下げた。愛想はなくても、素直な気立てのようだ。

「ぼくは別宮操《みさお》と申します。宗像先生の助手を務めております。本日は遠いところをお疲れさまでした！」

帽子をとった頭から、烏の濡れ羽色の髪が溢れ出る。

さっき見惚れていた美少年の挨拶をうけて、瑠璃子は満面の笑みだ。分かりやすい人ではあるが、一兵にしてみると少々危なっかしい。彼女に代わって紹介した。

「こちらは帝国新報社の降旗瑠璃子。俺は那珂一兵といいます、絵というか、マンガを描いてます」

「素敵だ」別宮操が無邪気に感心すると、

「見せてくれるかね」

ヒョイと昌清が手をのばした。白い繊細な指のようでいて、節くれだっていた。力仕事でもするのだろうか。

「そのスケッチブックだよ。もう描いているんだろう」

遠慮する間もない。あっさり取り上げられてしまった。

「ほんのラフですけど」

「いや、これは……」

意外なものを見たというように、伯爵は一旦絶句した。鶴みたいに首をのばした瑠璃子も、目を丸くしている。そこに描かれていたのは、車椅子に乗った女性ではなく、それに従う淡墨色の服の女性だった。走り描きとはいえ、見事に特徴を摑んでいた。

早業に瑠璃子が呆れた。

「いつの間に！」

「この人、さっき食堂車であった杏蓮さんじゃない？」

「マア。全然、着るものが違ってた……」

「早業で着替えた。そう思ったからスケッチしたんです」

「どうしてあんなに地味な服装にしたんだろう。……そうか」

瑠璃子はひとりで合点した。

「正妻さんの前だから、控えたのね」

今度は一兵がピンとこなかったようだ。

「そうなの？」

「だって崔さんの奥さんは、あの車椅子の人でしょう。愛人としては一歩引くのが当然じゃない」

それで澪の言葉を思い出した。杏姉ちゃんは柳杏蓮と名乗ってお金持ちのお妾さんよ。

「そうか、やっとわかった」一兵が納得した。

そんなやりとりに昌清は興味深く耳を傾けていた。

「なるほど。確かにきみの目は鋭い」

「はあ……」

「だが男女の仲は暗いようだ。無理もない、まだ少年だからね」

昌清にからかいの表情はなかったが、瑠璃子はケラケラと笑った。

「そうなんですよ、この子ったら。好きな女の子を前にしても、手を握る勇気さえないんだから」

顔を赤くした少年に囁《ささや》いた。

「仙波のお爺さんが心配していたわヨ。澪ちゃんはいい子だから愚図愚図《ぐずぐず》してては虫がつく……」

「やはりそうだったか」

昌清が声をあげたので、一兵たちは彼を見た。

「杏蓮さんの妹が銀座で働いていると、彼女に聞いた。おなじ銀座だからもしやと思ったが、やはり顔見知りでいたんだね」

では内情を話しておこうと前置きして、淡々と説明をはじめた。

「車椅子の女性は、いかにも正妻の潭芳《たんほう》さんだ。足が悪いように見えるが、違う。本人に挨拶する機会があっても、決して同情に類する言葉は吐かないように。夫人は纏足《てんそく》だよ」

てんそく。

3

即座には意味を解せなかった一兵が、ゆっくりと理解していった。

唐の末期から二十世紀に入るまで行われていた、中国の悪しき悲しい風習である。出生した女児の幼児期から足に布をきつく巻き、四本の指を足裏へ屈曲させておくのが纏足だ。長じても足は小さいまま、きちんと立つことができずヨチヨチ歩きを余儀なくさせられる。その姿が男の目には庇護《ひご》すべきもの、または愛撫すべき存在と映るという。纏足の娘には良家の子女として好条件の縁組が舞い込むとあって、都会で根絶やしになった後まで地方では続いていた。一兵には知る由もなかったが、閨《ねや》で女体を愛玩する男にとって房事に使い道の多い纏足でもあった。

「十五年ほど前だ。崔家は東三省《とうさんしょう》――今では満州に含まれるが、その土地の名家だった。時勢の急転回について行けず没落した。家を立て直そうと留学先からかえった彼は、遠い縁戚の朴《パク》家を訪ね、纏足のひとり娘と出逢った。それが潭芳さんだね。母親に気に入られた彼は結婚して、朴家の資産を見る間に膨らませた。纏足のおかげで娘は良縁を得た。そう信じきっていた母親は幸せそうに亡くなった……」

昌清の声音に皮肉な影がちらついたが、一兵は聞こえぬふりをした。

瑠璃子は別なところで感心している。

「よくご承知なんですね。ひょっとしたら伯爵さまは、そのころから崔さんをご存じでしたの」

「夫人が母上と死別する枕元に、私もいた」

「……そうなんですか」

瑠璃子もちょっと息を呑んだ。宗像昌清の足跡はアメリカばかりか、中国にまで残されていたのか。

「馬賊《ばぞく》に狙われた崔大人を、運良く私が助けてね。それ以来、彼と私は大の親友だ」

「ああ、それで宗像伯爵がこの町へご招待なすったんですね」

駅で彼と崔が親しげに久闊《きゅうかつ》を叙《じょ》した事情はわかった。

「これでも私は、生まれ故郷に愛着がある。名古屋の名を広める絶好の機会だからね、平和博は」

ちょっと残念そうに笑った。

「チャップリンにも来て欲しかったが、彼は去年来日したばかりだったから」

「長良川《ながらがわ》の鵜飼《うかい》は、先生がご案内したんです」

操がいい添えると、昌清は目を細くした。

「懇意な鵜匠がいたのでね。闇に眸《ひとみ》を凝らすと小さな篝火《かがりび》が見えてくる。やがて川上から鵜匠たちの舟が現れる。チャップリンは、そんな東洋の闇の深さを絶賛していたよ」

「……アラ」

瑠璃子が耳をそばだてたので、一兵も気がついた。店内に流れていた音楽が、陽気な行進曲風に変わっていた。あいにく途中からだったが、

「さあさ花咲く博覧会に　波も微笑む太平洋……」

そんな歌詞だったから、すぐにわかった。

「平和博の歌ですね」

「さすがレコードは新品だワ」

瑠璃子が断定したので、一兵は笑った。ここは夜店の古レコード屋ではない。

「降旗さんは耳がいいのが自慢なんです。毛ほどの傷でも聞き逃しません」

「なるほどね」

昌清がうなずいたところで、どやどやと団体客が入店した。音楽どころではない、名古屋弁の喧騒が増した客席で、彼は操を促した。

「そろそろ行くかね」

「はい。では車を正面に回します」

袴姿だというのに音もなく立ち上がった。軽々と瑠璃子の旅行鞄を担ぎ上げ、左手に一兵のボストンを提げている。無駄のない身のこなしに、一兵たちは口を挟む暇さえなかった。

コンコースの列柱を縫って陽光が漲《みなぎ》る表口へ出ると、広場を隔てた正面に広々とした街路が始まっていた。左右の町並みは貧弱だが、幅員は二十四間あるようで、震災後に開通した東京

の昭和通りに匹敵する大通りである。

「あの道もできたばかりで、桜通《さくらどお》りと名付けられた。以前の名古屋駅はもっと南寄りだったから、ここはまだ新開地というわけだ。見えるかね、瓦屋根の向こうに金鯱《きんこ》が光っているのが」

一兵も瑠璃子も目を眇《すが》めた。桜通りから左斜めに視線を投げると、甍《いらか》の連なりの彼方に西日を受けて光るものがあった。遠目にはまるで子供の貯金箱だが、名古屋城の天守閣に違いない。高さは巍然《ぎぜん》として海抜五五メートル。このころの日本建築の最高は国会議事堂の六五メートルだから、金鯱城はそれに次ぐ高さを誇っていた。駅からの眺めを遮るビルは一軒もなく、昔も今も市街を圧する一大高層建築であった。

「見えますワ!」

瑠璃子が息を弾ませた。平和博を知らない東京の市民にも、五層の大天守に輝く金の鯱鉾は熟知されている。名古屋の象徴として博覧会のポスターに大々的に扱われたのも当然といえた。

まだ植栽中の駅前広場を横切って、市電がポールをふりたてて走っている。駅頭を織りなす人と自転車の群れを黙過して、昌清は両目を閉じた。

「今はだだっ広いだけの空白だが、いつかこの駅前も丸《まる》の内《うち》を追うように、ビルが櫛比《しっぴ》するだろう……」

目を開けた彼は、愉快そうに瑠璃子をふり向いた。

「そんなときがくるとは信じられないかね」

「いいえ、信じます、伯爵さま!」

昌清は薄く笑った。

「伯爵と呼ぶのはやめてくれ。爵位は宗像の家についているだけだ。私には伯爵を名乗る資格や権威はない」

ぴしゃりといわれて、瑠璃子は気の毒なほどしょげた。「すみません……」

「おいおい、謝られても困るよ。権威もないが義務もない、そういいたいだけだからね。私を呼ぶのなら、宗像……いや、ムタでけっこう。古い友人は〝ムダ〟と呼ぶがね。実もっていいもいったり！」

傍若無人に呵々《かか》大笑したので、前を横切ろうとした商人風の男があわてて避けて通って行く。その桁外れな笑い声を聞いて、一兵は宗像昌清の魅力の一端に触れた気がした。

日本人離れした白皙《はくせき》の横顔が眩しく目をそらすと、名古屋駅の威容が視野にのしかかる。五階建て一部六階の壮大な白亜の建築だ。正面中央に飾られた大時計が長短二針を振りかざしている。斜め下からでは見にくいが、午後三時三十分を回るところだ。

軽く警笛が聞こえた。

漆黒の端正な自動車が滑り込み、一兵の目を奪った。少年の知識にある自動車といえば、円タクのフォードぐらいなものだが、カッと目を見張ったような一対の前照燈、繊細な意匠の放熱器。細部まで磨き抜かれて王家の白馬に等しい品格を備えている。エンジンに寄り添う予備タイヤのリムが底光りして見えた。

「お待たせしました！」

元気な声の主は、運転席でハンドルを摑んでいた。

「えっ……あなたが運転するんですか」

「はい」

操はすましたものだが、瑠璃子は声を大きくした。

「ンまあ、甲斐甲斐しいのネ！」

ハンドル操作に袖が邪魔とみえ、キャラコの白い布で襷《たすき》掛けしていた。ペダルを踏むのに袴の股立《ももだち》をとるかも知れない。いっそパナマ帽の代わりに、鉢巻きを締めたら似合いそうな気がする。

助手席に乗り込みながら、昌清が指示した。

「きみたちは後ろの席へ」

「あ、はい」

瑠璃子を先にした一兵が後部座席に並ぶと、車は驚くほどスムーズに動き出した。感に堪えぬように瑠璃子が尋ねる。

「あのう、この車は……」

「ロールスロイスのファントムというのだが」

昌清はこともなげに答え、操が注釈した。

「名古屋にはこの一台しかありません」

車は滑らかな走行でも、駅前の信号を抜けるのに時間がかかった。窓越しにしげしげ覗き込む通行人もいる。人目をひく車には違いない。

4

「異人さんが乗っとるのかね」

「活動の女優さんだがや」

遠慮のない声が飛び込み一兵は下を向きっ放しだが、瑠璃子は婉然《えんぜん》と微笑を返して、女優気取りである。

大きな十字路に出た。右手のガードを蒸気機関車に引かれた貨物列車が走って行く。名古屋は六大都市の中で唯一省線が電化されておらず、従って省線電車も走っていない。名古屋で汽車といえばそれは鉄道省の路線であり、電車の呼び名は名岐《めいき》鉄道・愛知電鉄・瀬戸《せと》電など私鉄に限られていた。

助手席から昌清が説明する。

「笹島《ささじま》交差点のこのあたりに、もとの名古屋駅はあったんだ。博覧会開催を機に高架化されて面目を一新した」

車が左折した。桜通りより狭いが十三間幅はあるから幹線道路に違いない。

「ここを進むと、名古屋一番の盛り場に出る。江戸時代にここを訪ねた滝沢馬琴《たきざわばきん》が記している。『殷賑《いんしん》なこと両国広小路《りようごくひろこうじ》に比肩する』……」

残念なことにその広小路へ出る前に、車はさっさと右折した。周囲は見る見るくすんできたが公共交通はよく整備されており、その道にも市電の路線が通じていた。ひっきりなしにボギーや単車が走行する。軌道敷の左右に車影は少なく、時折牛車がのたのた移動しており、一兵たちの車は次から次へと大八車やリヤカーを追い越した。

「今われわれは、南に下っている」

「はい、そうなんですか」

はじめての町だから、南といわれてもピンとこない。当惑したような瑠璃子の返事を耳にして、昌清が笑った。

「東京ではあまり使わないが、関西では名古屋を含めて東西南北で地理を説明する。五街道を基本に放射状に広がった江戸と違って、京都も大阪も市街が碁盤割にできているからね」

ついさっき右折した市電の交差点では、停留場に『柳橋《やなぎばし》』の名が掲げられており、市電よりもっと大型の車両が、建物の一角に呑み込まれて行く。あれが名岐鉄道の駅らしい。それからずっと市電の軌道に沿って、車は坦々と進んで行った。

「ええと、あのう」一兵が恐る恐る問いかけた。

「俺たちはどこへ行くんですか」

「もちろん平和博さ」

「えっ、そうなんですか」

泊まり先は宗像家と聞いていたので、行先はそことばかり思っていた。間の抜けた合いの手に、昌清は大まじめに返した。

「帝国新報の特派記者だろう、きみは」

「トクハ。まあ、そんなもんです。博覧会の絵を描きにきました」

「そのためには、大雑把《おおざっぱ》でいいから早く全体を掴むべきだよ。遠路疲れているだろうが、まず会場を案内しておく」

それはその通りだ。今回の探訪の実質的な勧進元は昌清である。熱心なのも当然のはずだ。

「ありがとうございます」隣の瑠璃子は心地よい揺れに、うつらうつらしはじめている。彼女に代わって頭を下げた。

「一五万坪の広さの中に、東・西・南と会場がわかれているんだ。今日の内に画家の目で、ざっとあたりをつけなさい」

「はい、そうします」

いくつかの交差点を渡った後、市電の三叉路にさしかかった。電停の名は日比野《ひびの》とあった。緩やかに別れた左の道を選ぶと、町工場らしい建物が並びはじめた。

「この路線が、開通して間もない博覧会線だ」

行き交う荷車や馬車が減り、懸命にエンジンをふかす自動車の数が増してきた。真新しいボギー車の市電が近づく。偏平だった町の向こうに、にょっきり高い塔屋が望まれたので、一兵が声を放ち昌清が微笑した。

「あれが博覧会のシンボルだよ」

「平和塔ですね。高さ四五メートルあるんだ」

一兵も少しは取材先を予習したから、だいたいの地理が呑み込めてきた。広大な会場は湿地を埋め立てたものだ。市の中心から博覧会に向かう交通経路は、西が省線貨物線に設けられた臨時の旅客駅、東は熱田《あつた》駅から築地口《つきじぐち》に向かう市電、中央で会場を東西に分ける市電の博覧会線と三本ある。乗り物好きな一兵としては、省線を往復する新型のガソリンカーに乗りたいのだが、贅沢はいえない。

博覧会停留場が近づくと、市電同士がつかえて前進しにくくなった。前後左右に犇く車の警笛がけたたましく、一兵は夜の銀座を思い出していた。

ハンドルの手をやすめて、操が苦笑している。

「名物の団子運転です。せっかくの１４００形も宝の持ち腐れだな」

「あ、これなんですね。博覧会のために設計した電車は」

「よく知ってるな」操は嬉しそうだ。

「全体のデザインを角を落として曲線にしてるから、優雅な雰囲気が出てるだろう」

後ろで瑠璃子の遠慮がちな欠伸《あくび》が聞こえたためだろう、気を利かせた昌清が腰を浮かせた。

「私たちはここでいい。操、車を南門に停めて待っていなさい……見学は五時半で切り上げるからね。降旗さん、降りるよ」

「ふわ……ハイ」

すぐ目の前が電停だ。1400形が降車客を吐き出したが、日が傾く時刻だから降りるより乗る客の方がずっと多い。市電の方向幕には『名古屋港』とあったが、潮の匂いは皆無である。松坂屋銀座店の屋上から港が見える東京と違って、本来の名古屋港の地籍は隣町の熱田にあった。そこへ人工的に港を築いた歴史のため、市民は熱田を合併した今でも、名古屋港ではなく築港《ちっこう》と呼んでいた。

目をしょぼつかせる瑠璃子に、昌清は親切だった。

「帰り支度の客が多いから、迷子にならないように」

「はい、大丈夫です、子供じゃありませんもの」

元気よくステップから降り立つ瑠璃子を、聞き覚えのある行進曲が迎えた。

「あ、平和博の主題歌ですね！」

眠気は覚めたらしいが、一兵はまだ不安だ。

「ロールスロイスは、五時半に南門の前で待っててくれるって。わかってる？」

「わかった、わかった」

「南門がどこか知ってるの」

「えーっと。南にあるんでしょう」

どうも心もとない。

三人を降ろした車は、ゆるゆる動き出した市電を追い越し、会場を区切る塀に沿って南へ去って行く。見送った昌清が念を押した。

「この市電の通りはすぐ中川運河《なかがわ》を渡る。見えるかね、その先にある紅白だんだらの天幕が演芸場だよ。付近が子供遊園で南門もある。車はその辺で待っているはずだ」

心配顔で名刺を彼女の手に持たせた。

「私の住所はここだ。迷子になったら構わず電話しなさい」

初めから迷子になると決めてかかっているみたいで、一兵は可笑《おか》しくなったし、瑠璃子は膨れ面になっていた。

「なりませんヨ！」

5

その舌の根も乾かないうちに、彼女は中東門でもうはぐれた。

切符売場の列でまごついている内に、昌清と一兵がさっさと入場したからだ。料金を一括で前払いしてあったので、正門で名乗れば入場できると知らなかったのだ。もう一度外に出た一兵が探しに行くと、『入場料六十銭』の掲示の下で、瑠璃子は半べそをかいていた。

「いっちゃんが悪い！　きちんと妾《あたし》の面倒を見なさいッ！」

いつの間にかちゃん付けで呼んでいる。ふだんのモガ顔より泣き顔の方が可愛いと思ったが、そんなことをいえばヒールで足を踏んづけられる。虎の子の靴を踏まれては大損害だ。

なにしろ名古屋はじまって以来の大催事である。一日五万から十万人を呑吐《どんと》しようというスケールだから容易ではない。銀座の雑踏は見慣れていても、あの訓練された群衆とはわけが違う。女性の叫喚あり、子供の泣き声あり、ひしめく客の熱気と人いきれで、もみくちゃになる瑠璃子の面倒を見るのもひと仕事だ。そんな有様で入場まで思わぬ時間を浪費したが、取材の的を決めていた一兵はさほどあわてなかったし、昌清も落ち着いていた。

この華族さまは、関東大震災のときでも慌てなかったのかしらん……あ、そうか。名古屋では大して揺れなかったんだ。

「きみの希望は、まず透明人間。それから魚雷発射の実演だったね」

「はい！」

会場中央の大噴水池のしぶきを浴びながら、スケッチブックを抱えた一兵の返事は元気がいい。博覧会最大の目玉だけあって、透明人間館は門をはいってすぐ、目と鼻の先に造られていた。

それはよかったのだが、肝心の透明人間は、一兵の期待に応えてくれなかった。

丸ごと透明なわけではない。舞台に飾られた透明人間は、両手を宙に上げたポーズの等身大だ。ドイツのドレスデン衛生博覧会直輸入で、皮膚を透明化した精密な人体模型なのだが、内臓や血管網、骨格が科学的に再現されたという触れ込みで、必ずしもショーアップされていなかったためだ。

「どうした、少年」

浮かぬ顔で表に出る一兵に、昌清が声をかけた。

「絵になりそうもなかったかね」

「はあ……ドイツだけあって真面目一本槍ですね。一体の価格が四万円もしたのになあ」

ちなみにこの時代、カレーライスひと皿の価格が二十銭である。

「確かに学術的価値はあるだろうが……那珂くん。きみは木々《きぎ》高太郎《たかたろう》という作家を知ってるかな」

妙なところで名が出たが、探偵小説好きでもある一兵は熟知していた。本名を林髞《はやしたかし》という大脳生理学の権威で、詩人としてまた探偵作家として台頭している才筆の主で、去年出版した『人生の阿呆』が、探偵小説に稀《まれ》な直木賞を獲得した矢先なのだ。

「彼がアルスから出した、児童対象の啓蒙書があってね。なんと人造人間の製作法を解説している」

「へえっ。そうなんですか」

これは一兵も知らなかった。

「氷枕を使って胃袋に見立て、ホースを利用して腸を形成し、心臓はポンプで代用するといった調子だ。その度に臓器の機能を説明してゆくんだが、最後に脳をなにかで代用しようとして、行き詰まるんだよ。いくら形だけ真似ても、自律する人間は決して創ることができない。その結論へ子供たちを導くためにね」

一兵は感心した。そんな角度から人体の構造に興味を抱かせるなんて、さすがに科学者兼探偵作家だ。だから率直な感想を述べた。

「こんなべらぼうに高価な透明人間でなくても、有田《ありた》ドラッグみたいに動く図解で十分ですね」

昭和初頭に全国くまなくドラッグの店舗網を巡らせた有田商会は、派手な電飾といささかグロな人体模型を店頭に飾り、大当たりしていた。

昌清が声高に笑った。

「それをいっては、ヒットラーが青筋を立てるぞ」

とうにドイツは鉤十字《ハーケンクロイツ》の天下だった。一兵は首をすくめた。

「ドイツからのお客に聞こえたらまずいですね」

昌清は真顔になっていた。「やがて日本はナチスと親交を結ぶだろうな」

「ヒットラーは英雄ですもんね！」

大日本雄弁会講談社が出版した『ヒットラー傳』は、日本人に熱狂的に歓迎され大ベストセラーであった。無邪気に応答する一兵を見て、昌清はそれとなく話題をそらした。

「どうだね。博覧会を一瞥した画伯の印象は」

画伯と呼ばれたが、一兵は遠慮しなかった。

「思ったより地味です。ケバケバしくなくて……俺はもっと見世物っぽい施設だと思っていました」

「大須あたりの掛け小屋を想像していたのかな」

東京の盛り場の代表が浅草なら、名古屋もおなじように、観音様の門前町大須から万松寺《ばんしょうじ》一円が、善男善女を集めている。

「ずっと瀟洒《しょうしゃ》に纏めてあります。芝居小屋というより映画館の雰囲気ですね。色彩もどぎつくない中間色だし、柱や貫《ぬき》や壁も割にいい材料を使っています。木曾《きそ》が近いからかな、やはり」

噴水池に沿って大規模な産業本館が建ち、池越しに異国的なデザインの外国館が並ぶ。昌清が手にした案内図によると、その裏手には中南米館、蘭領印度館、暹羅《シャム》館、伯剌西爾《ブラジル》館が櫛比《しっぴ》しているはずだ。左手には中川運河の支流をへだてて、聳《そび》える平和塔が望まれた。風船を持った水兵服の子供がキンキン声をあげて駆けてゆき、その後から「坊ちゃん、転んでも知らんでよー！」と、若い女中が息を切らせて追いかけて行った。

「なかなか見る目があるようだね」と、昌清は表情を緩めた。風が出たと見え、池を挟んで林立する国旗掲揚塔では、各国の旗がいっせいにはためき、水面に複雑な模様を映しこんだ。

「俺、撮影所で美術を手伝ってますから」

「なるほど。まんざら素人ではないと」

黙りこくっている瑠璃子に、笑いかけた。

「樽井の見立ては違わなかったようだね」

「え……はい、はいっ」

まっすぐ顔を見られて、瑠璃子は当惑げに俯《うつむ》いた。どうやら昌清の横顔に見とれていたらしい。一兵は笑いを堪《こら》えた。酒に呑まれやすい瑠璃子は、男にも惚れっぽいことを知っている。

ろくに手元を見もしないのに、彼の鉛筆がコックリさんの自動書記みたいに、スラスラと動いてゆく。昌清は目を見張った。

「少年。きみが描いているのは、それは」

「はい。透明人間です」

「まあア、もう描いてる！」

瑠璃子も驚いた。

スケッチブックに描かれた透明人間は、今し方見た通り両手をかざした立ち姿だが、その場所が噴水池だった。しかも噴水には西日を受けて虹がかかっている。透明人間が水の恵みを謳《おう》歌《か》して、天に向かって喜びの姿態を示していた。ラフな写生だというのに、体内に納められた胃腸の形まで、ありありと認識できた。

ポケットからちびた色鉛筆を出した一兵は、素早く虹に彩色した。

「ずっと小屋の中で立っているのも気の毒ですから」

昌清が唸った。「これは……なるほど」

「すてきよ、いっちゃん！」

顔を突き出した瑠璃子は、あわや昌清におでこをぶつけそうになり、あわてて身をひいた。

彼女の顔が、はっきり赤らんだ。

「これなら確かに写真よりいい……」

満足げに呟いてから、周囲百八十度を見回した。

「部分的なスケッチは一任できるとして、会場全体の遠景がほしいところだな」

「でしたら、あの平和塔から」

瑠璃子が進言したが、昌清はかぶりをふった。

「平和塔から描いたのでは、シンボルの塔そのものが入らないだろう」

「ハイ！」

一兵が教室の生徒みたいに挙手した。

「あの黒い建物はなんでしょうか」

「ああ、あれか……」

昌清は複雑な笑みを浮かべた。

少年がいったのは、南会場の紅白の天幕、そのさらに右に見える望楼じみた館だ。西日を背景に立つ望楼は、平和博の和やかさに抗議するように戦闘的に黒い。陽光が邪魔をしているので、鳥のような単純な黒とは思えぬ奇妙で複雑な色合いを、十二分に見て取ることは叶わなかったが。

「あの黒い塔屋から見下ろせば、会場の大観が得られそうです」

「アラ駄目ヨ、いっちゃん」瑠璃子が短い髪をふった。

「博覧会の外にあるもの、敷地が」

「そうか……」一兵は残念げだ。

「外だから、会場の全部を摑めると思ったんだ。スケッチのときぐらい貸してくれないかなあ」

「貸すかしら、オーナーが。だいたいなんなの、アレ。なんのために会場にくっつけて、あんな戦国時代の砦《とりで》みたいなもの造ったんだろ」

昌清が含み笑いした。

「少年画伯の要望とあれば、あの建築のオーナーに交渉してもいいんだが」

「本当ですか！」目を輝かせたときの一兵は、小学生みたいに子供っぽい。

大人びた口調で瑠璃子がたしなめた。

「借りるのに大金を毟《むし》りとられたら、樽井社長に叱られるでショ」

「その心配は無用」昌清がいった。

「あの建築は『慈王羅馬館《ジオラマかん》』だから」

「建主をご存じなんですか？」

声を弾ませかけた一兵は、グリコが喉につかえたような顔になった。

「ひょっとして、建てたのは伯爵ですか！」

「さよう。あの砦の城主は私だ」

にやりとした昌清の額に、このとき真っ向から西日が照りつけた。眼鏡の銀縁が白金のように輝いた。

奇妙な話である。会場に隣接した土地に、昌清が私費でどんな施設をこしらえたというのだろう。富豪であることはわかっていたが、博覧会に便乗して私設の市場を開いたわけでもあるまい。遠目には闇夜の烏みたいな塔屋に、どんな使い道があるのか、見当もつかなかったが、当人に尋ねる余裕はなかった。

「これはいかん」

腕時計を見た昌清が、彼にしては声を高めた。

「魚雷発射の時間ぎりぎりだ。急ごう」

「は、はい!」

6

『ジオラマ』と呼ぶ不可解な館について、聞きたいことは山のようだが、一日五回の魚雷実演はこれが最後だ。博覧会呼び物のひとつだけに押さえておきたくて、足を早めた。おなじ東会場でも東南の外れで、子供遊園寄りだから距離がある。無口になった三人はせっせと歩いた。

運河の支流をまたいで平和塔の足元へ出ると、臺湾《たいわん》館があって、遊園行きの子供列車の駅もある。実演場の至近を通るが、昌清や瑠璃子が可愛い客車に膝をすぼめるわけにゆかず、それに豆機関車に牽引《けんいん》された列車の一編成は、たったいま玩具みたいなホームを後にしたばかりだ。

「あ……買いたい」

臺湾館の隣の即売所をチラと見て、瑠璃子が情けない声を漏らしたが、当然ながら無視だ。南に向かう支流と子供列車の線路に沿って、雅びな建築の京都館を回り込んだら、黒山の群衆が前を塞いだ。

わ、出遅れた！

少年は落胆した。

夕刻になり場内の人足もまばらに見えたから油断したが、やはり呼び物だけのことはある。小振りとはいえ雛壇が設けられ、一兵の頭の高さほどまで客の背中が押し合いへし合いしていた。

雛壇が正対しているのは、運河の支流同士がぶつかる水の三叉路で、そこが魚雷発射の実演場であった。雛壇の下には実物大の水雷艇の一部に模して、なん本かの発射管が運河を睨んでいる。模型ではない、これは実際に日本海軍の水雷艇に使われていた兵装だ。装置を操る作業も、海軍の肝入りで退役した水兵たちが従事していた。

——と、ここまでは一兵の予備知識にあるのだが、残念なことに雛壇の壁のおかげで、発射の瞬間を目撃できそうにない。画伯として痛恨の極みだ。

どこに仕込んであるのか拡声器が、軍人調のいがらっぽい解説をはじめている。

「……軍縮条約により、口惜《くちお》しくも帝国海軍の主力艦は米英のそれに比して、劣勢を余儀なくされたのである。ここにおいてわが軍は、条約外にある排水量三〇〇トンに充たぬ水雷艇を充実して……」

行儀のいい観客たちは、しわぶきひとつたてずに背筋をのばしていた。

くそ、間に合わないや！

すると背中を昌清につつかれた。

「ほら、少年」

彼が指さす先を見て、一兵は即応した。くるりと身を翻《ひるがえ》して、実演場横に架かった橋の袂《たもと》に駆けつけた。コンクリート製の橋の欄干に波を模写したような高低があり、そこから街燈の柱がなん本か生えていた。

飛び上がった一兵は、片手で柱を摑み波うつ欄干の最高部に片足を乗せて伸び上がった。とても両足を置く余地はないが、おかげで観客越しに部分的だが実演を目の当たりにできそうだ。

紹介しているのは魚雷だ。水雷艇のデッキに搭載した発射管から射出、圧搾空気を動力として目標に突進させる形式のようだ。街燈の柱と欄干を頼りに、ようやく足場を固めた一兵より早く、どっと雛壇から歓声が迸《ほとばし》った。魚雷が運河めがけて飛び出したのだ。

危うい姿勢だったが、少年は文字通り目を皿にした。口に鉛筆を銜《くわ》えた恰好が涙ぐましい。水面にしぶきがあがると、魚雷は予《あらかじ》め照準された標的めがけて、水中を突進してゆく。細かに観察すれば、圧搾空気の泡が魚雷の現在位置を示しているはずだが、残念ながらそこまでは認識できなかった。

運河の下流に玩具じみた真紅の鉄橋が架かっている。右手の子供遊園へ伸びる豆汽車のレールだ。折もおり、遊園から可愛い煙を吐いて子供列車が走ってきた。

絶好のタイミングで、鉄橋の向こうに水煙が立ち上がった。一斉に観客がどよめくと、その勢いで今にも雛壇が崩れ落ちそうだ。たまたま魚雷射出と豆列車通過の時間が一致したらしいが、群衆と水煙に挟まれて、豆汽車の牽く無蓋客車から子供たちの金切声が橋桁を揺すった。驚いた幼児たちの手から放たれた色とりどりな風船が、鉄橋の上空に舞い上がった。

真紅の橋と青い空を背景に、青黄白の風船が名残惜しげに飛んでゆく。

むろん本物の爆発ではない。射出された魚雷は水路に張られた網でからめ捕られ、橋の向こうの爆発は演出に過ぎないのだが、満足顔の観客は目を輝かせて、雛壇をぞろぞろとおり始めた。

「なんとか見られたかね、少年」

昌清が近づき、欄干を飛び下りた一兵は笑顔だ。

「こんなの、描いてみました」

「ほほう、また透明人間の活躍だね」

スケッチを一瞥して、昌清が哄笑《こうしょう》した。水柱の上に立った透明人間が、例のポーズで両手をさしのべ、遠ざかる風船に別れを告げていた。

「ケチはつけたけど、やはり博覧会の目玉ですから。……魚雷発射までの解説も堂に入っていましたよ」

「それはそうだろう、猛訓練だったからね」

「へえ？　先生も立ち会ったんですか」

なんの先生か知らないが、一兵も操の真似をして呼んだ。

「浪越会館《なみこし》といって栄町《さかえまち》に稽古場があってね。録音機器一式が備わっている。そこを紹介してやったついでに、見学させてもらった」

「稽古場ですか？」

「芸者衆が歌や踊りを修行するスタジオなので、演舞場とも呼ばれている。そういう艶《なまめ》かしい場所は、海軍さんは不案内だから……ん？」

不意に昌清はきょろきょろした。

「お嬢さんはどこへ行った」

一兵は苦笑した。「どうせ迷子ですよ」

「予想通りだな」

昌清は声をあげて笑った。一兵だってそうだが、彼もまったく心配した様子がない。本人の瑠璃子が気の毒になるほどだ。

予定の時刻に合わせてふたりは中東門を出た。市電のレール沿いに南門の前まで足を運んだ。博覧会帰りの客でごった返していたが、果たして——といっていいかどうか、瑠璃子の姿は見当たらない。

操が運転するロールスロイスは、約束の時刻ピタリに現れたが、犇《ひし》めく市民の群れに辟易《へきえき》したのか市電を挟んで『慈王羅馬館』の前に停まった。

威風堂々の名車に近づいた一兵は、改めて昌清が建主という正体不明の高楼を見上げた。といっても、視界は無愛想に黒々と伸びた塀に遮られている。腰に犬矢来《いぬやらい》でも添えてあれば、塀の向こうに京の町家を想像できるけれど、実際にはバカバカしく背の高い塀が、中川と呼ぶ運河までベローンと続いているきりだ。

手をのばしてみた。鮮やかな黒色が指先に滴り落ちるようだが、単なる黒ではないと一兵にはわかった。ほんの僅《わず》か紫がかっている。紫黒色《しこくしょく》と呼ぶのか。漱石《そうせき》の高弟で物理学者でもある寺田《てらだ》寅彦《とらひこ》の小文に、採集した虫のボッテリした肌を「紫黒色」と描写してあったのを思い出した。

艶かしいというか生々しいというか。長くつづいた塀を凝視していると、生き物みたいにくねり出して見え、少年はあわてて視線をもぎはなした。板と思ったが、指に残る感触は木質のそれではない。さっきまで日が当たっていたせいで変に生ぬるいが、金属のそれであった。

「なんなんだ……この中は」

思わず口に出すと、耳元に答えが吹き込まれた。

「異世界だよ」

囁くような昌清の息遣いであった。

「えっ」

「塀一枚を隔てて、日本ではない世界が広がる」

寄せてきた先生の顔は微笑んでいる。

「……どういう意味ですか」

つい詰問するような語気になった。少年にそんな反射を促すほど、昌清の語気は意味ありげだったのだ。

「見せればわかるんだが……残念なことにまだ開場前でね」

「え……」

目の前に広がる博覧会は、やがて閉場の時間だというのに？

キョトンとしていると、車の中から操が声をかけてきた。

「降旗さん、遅いですね」

一兵は市電の線路を見渡した。雑踏が減って、中央の門まで見通せるようになったが、銀座仕込みのモガの姿はない。会場の境界に沿って駐車していた車が、二台三台と動き出していた。人声にまじって、エンジンの音が高く低く響いて聞こえる。連れの遅いのが自分の責任みたいで、一兵は頭を下げてしまった。

「すみません」

「きみのせいじゃない」

操が笑い、昌清もこともなげだ。

「あの女性なら、外国館の売店で足を釘付けにされただろう」

さっさと助手席に体を預けて、一兵を促した。

「先に帰っていよう」

「あ、でも……」

あっさり見限られてしまい、一兵は慌てた。

「置いてけぼりはちょっと……」

「そのために名刺を渡してある。子供じゃないから、いずれ電話をかけてくるさ。ひとりになった方が、好きなパビリオンを見物できるだろう」

建ち並んだ展示用の小屋をパビリオンと呼ぶのだと、はじめて知った。未練がましく臺湾館の即売所を見つめていた瑠璃子を思い出して、一兵はうなずいた。

「そうですね。女性には女性の見たい小屋……パビリオンがあるでしょうし」

後部座席を独り占めできた少年は機嫌をよくした。

「本格的に迷子になるのも、彼女には薬ですよ」

同感とみえ、昌清と操がいっしょになって大笑いした。あとで瑠璃子が聞いたら、きっと風船みたいに膨れたはずだ。

「まさか赤坂！　あんな目に遭うなんて、妾、夢にも思わなかったわヨ！」

名古屋万平ホテルに登場人物が集まる

1

操のハンドル捌《さば》きは正確で、乗り心地も優雅極まりなかったが、一兵にはどこをどう走ったのか見当がつかない。それでも、北へ北へと進んでいることはわかった。日の長いこの季節、遅い夕日が左斜め前の家並みに沈もうとしているからだ。

前方に巍然《ぎぜん》と建つのは、五層の天守閣である。助手席の昌清が教えてくれた。

「正面は城、背後は熱田の杜《もり》。この道は名古屋の中心街を北から南へ駆け抜けている」

信州育ちの一兵には縁が遠いけれど、熱田といえば伊勢《いせ》大神宮に続く日本有数の官幣大社だ。皇室の尊崇篤い神宮であり、祭神は三種の神器のひとつ草薙剣《くさなぎのつるぎ》であった。

「城郭から神域へ、人口百万を超えて成長した名古屋の、いわば脊骨にあたる街区だよ。御幸《みゆき》本町通りというのだが、少年なら気がついたんじゃないか?」

確かに気づいていた。

「電線がありませんね」

この時代の日本に稀《まれ》といっていい、目障りな電線が地中に埋没されているのだ。街路の上空にかかる蜘蛛の巣のような電線が見当たらないので、狭い道幅なのにスッキリして見えた。

「人によっては名古屋のシャンゼリゼというんだが、私は不釣り合いなニックネームだと思う。巴里《パリ》はパリで、名古屋は名古屋だ。どうしてもレッテルを貼りたいなら、このあたりを名古屋のブロードウェイと呼ぶべきかな」

町に「大須」の文字が目立ちはじめた。よくいえば色彩豊富だが、わるくいえばケバケバしい。赤門通りに折れる角地を工事の塀が囲っていた。かなり大規模なビルができるようで、昌清が解説してくれた。

「年内に大須を代表する映画館が完成する。大須宝塚といってね。こけら落としは、ジョン・フォード監督が、テンプルちゃん主演で撮った『テンプルの軍使』だ」

日本でも名高い子役だが、へえ……『男の敵』『肉弾鬼中隊』の名匠がメガホンを取ったんだ。

しばらく走って交差した十三間《じゅうさんげん》道路は、広小路の一部だろう。左の堂々たる徴兵保険ビル、右の中村《なかむら》呉服店に挟まれた街角を通りすぎると、大小の問屋が建ち並んでいた。

「付け焼き刃の肩書でなく、このあたりが本来の名古屋商人の素顔だよ」

「意外にひっそりしているんですね」

「問屋街に活気があるのは日中だけさ。この道より、平行した南大津《みなみおおつ》通りの方が広いし、賑やかになってきた。伊藤《いとう》さんが本店を移した余波だね」

「伊藤さん?」

昌清が笑った。

「デパートの松坂屋だよ。名古屋では、代々の社長を務める伊藤次郎左衛門《じろうざえもん》の名で呼んでいる」

「あ、そうなんですか」

これは新知識だった。三越《みつこし》も白木屋《しろきや》も松坂屋に比肩する大規模な小売り業だが、社長の名前なんて知らないから。

暮れなずむ名古屋城から右折して、操は車首を閑静な住宅街に向けて走らせた。白壁町《しらかべちょう》といい、江戸時代は上級家臣が居を構えていたそうで、今もお屋敷町の風格を保っている。

残照を浴びる白い壁は茜色に染まったが、腰壁の漆黒はひたすら寡黙であった。どの屋敷の冠木門《かぶきもん》も、頑迷な老爺のように扉を固く閉ざしていた。

一兵はちょっと不安になった。

こんな無人の家並みでは、道を聞く相手もいやしない……降旗さん、大丈夫かなあ。

その声が聞こえたみたいに、昌清がいった。

「心配しなくても、電話があるさ」

ロールスロイスが静かに停車した。短くささやかに警笛が鳴る。その音が消えぬ内に、門扉がしずしずと開いた。

操が車を乗り入れる。タイヤの踏む音が舗装から砂利に変わった。

「お帰りなさいまし、御前さま」

白髪のほの見える熟年の女性が、腰をかがめていた。

惜しい、と一兵は思う。これでもう少し若くて矢飛白《やがすり》を着ていたら、時代劇に出る腰元そのものだ。それでも凜とした紫の作務衣《さむえ》姿は、十分に女中頭の俤《おもかげ》がある。

音もなく停まった車から、昌清が滑り出た。

「少年、きたまえ」

「はい」

目の前は古式床しい玄関の式台だが、一兵は物おじしない少年である。彼の生家だって南信の大地主なのだ。母は正妻ではなかったが、そんな出自は気にしないことにしていた。

「那珂一兵くんです。こちらは私の世話役を務める一条巴《いちじょうともえ》さんだ。短い間だが見知っておいてください」

召使を引き合わせるにしては、丁重な昌清の言葉遣いであったし、それに相応《ふさわ》しい空気を纏《まと》った女性だった。

「よろしくお願いします!」

活発な少年とつつましく叩頭《こうとう》した女性とは対照的だ。ほっそりした巴の物腰ながら、シンに強靭《きょうじん》な糸が搓《よ》り合わされているように見え、少しばかり一兵はたじろいでいた。

玄関にあがるのかと思ったが違った。

先に立つ彼女の背中が、宵闇に溶けこもうとする。広く整った庭を眺める暇もなく、一兵は急ぎ足で追った。式台を回ったとたん、家の印象が一変した。

古式床しかったはずの屋敷が突如、木に竹を接ぐといおうか、昭和のモダンな一大文化邸宅に変身してしまったのだ。さすがの一兵も呆気《あっけ》にとられた。

もっと驚いたのは、それまで楚々として見えた巴の、言葉遣いから挙措《きょそ》に到るまで極度の変貌を見せたことである。

「よーいりゃーたなも……さ、さ。肩の力を抜いて、あんばよー過ごしてってちょーせんかね。それが御前さまのお気持だで、鯱鉾《しゃちほこ》張ったらあかんで、一兵くん」

「ハッ？　はあっ？」

初対面で「くん」付けされた一兵は、棒立ちになりながら感心した。まじりけなしの名古屋弁でも、駅で聞いた雑音と違う。流れるようなアクセントが、意外なほど耳に快いのはふしぎであった。

後ろで昌清が笑っている。

「仮にもこの人は伯爵家の女執事だからね。四角張った客には武家の作法で相手してみせるが、きみにその必要はないだろう？」

「一度しか警笛を鳴らさなかったよね、ぼく」

と、操も笑いを堪えて注釈した。

「あれが合図なんだ。二度鳴らし三度鳴らすに従って、巴さんの礼儀作法がものものしく大げさになる」

「この冬、四回も鳴ったときがあったでよ。私ゃ仰天して雪の積もった砂利に、土下座でお迎えしてまったがね。だちゃかんわ」

巴の調子に、一兵までつり込まれてしまった。

「総理大臣でも乗り込んできたんですか!」

「エヘヘ」操が、およそ彼らしくない笑いを零《こぼ》した。

「車の警笛が故障してたんだ」

昌清がフォローする。

「さすがロールスロイスだけあって、急報で技術者が東京支社から駆けつけた……で、会社を代表してその男が巴に土下座したものさ」

「ほんな土下座よか、手土産に持ってりゃーした千疋屋《せんびきや》のパインアップルの方が、ずっと上等だったけどよー」

大口開けてケラケラ笑う。腰元の気品など月まで吹っ飛ばして案内してくれたのは、文化住宅の洋間にあたる部分だ。

昭和初期に流行した〝文化住宅〟は東京でも新開地に蔓延《まんえん》していた。畳敷きの部屋中心ながら接客や主人の書斎として洋間を備えるのが、和から洋へインテリの嗜好が変化してゆく時代の特徴になっていた。

それにしても――と、洋間ブロックに通された一兵は感心した。

並の文化住宅ならせいぜい六畳か八畳止まりの一室なのに、宗像家の文化住宅は二十畳のつづき部屋だから桁違いである。稲妻形に回廊が延びた様子を窺《うかが》うと、通されたのはまだとば口でしかないらしいから驚きだ。

敷き詰められた絨毯《じゅうたん》の毛足の長さに、一兵はまた恐悦した。テーブルも椅子も由緒あるブランド品だろうが、昌清に説明するつもりはなく、一兵だって聞いてピンとくるはずがない。フランス窓の外は広々としたテラスで、その向こうに展開する庭は、小堀遠州《こぼりえんしゅう》作庭と見紛《みまが》う深山幽谷の縮刷版ときた。徹底したミスマッチながら、堂々たる出来ばえには相違ない。

当主は苦笑するだけで、彼に代わって巴が弁解した。

「先代から出入りの業者に任せたら、ああなってまって。青天井の予算だでなも、御前さまはすっかり遊ばれたみたいだがね」

「その代わり、『慈王羅馬館』はなにもかも私が仕切った」

巴が顔をしかめた。

「近いご親戚がいないからといって、あんな訳のわからんもんお造りになって！　あれで宗像家はおしまいと噂が立っとるの、ご承知でしょうに」

「わかってるさ。二度とあんな道楽に手は出さないよ」

「二度もやられたらたまらんがね！　銀行の偉いさんが心配顔で、私に耳打ちなさったでよー。ホント肝を潰したぎゃあ」

呆れ顔の一兵なぞもはや透明人間扱いだ。見かねた操が口を挟んだ。

「巴さん……ぼくがお茶を出そうか」

「えっ。あれま、こりゃ申し訳あれへん」

そそくさと廊下に出た巴に、昌清が大声で告げた。

「少年は、私の工作蔵に連れてゆく。お茶はそちらに頼むよ」

とたんに巴の口調がまた変わった。

「はい、御前さまはいつものカフェ・オ・レでございますね。坊ちゃんのご注文は」

坊ちゃんが自分のことだとはすぐにわからず、一兵は目をパチクリするだけだ。その様子が受けたようで、巴は軽く口に手を当てた。

「ま、かわゆい。食べてしまいたいくらい」

げっ。

2

工作蔵とはなんだろう。首をかしげたが、庭の一隅に建つ土蔵へ連れて行かれて、納得した。外から見ればありきたりの蔵で、尾張徳川由来の三つ葉葵の家紋が飾られていたが、中にはいると徹底的に改造された三階建てであった。外見はきっちり江戸時代、中身は昭和の聖代というこれも見事なミスマッチだ。

驚いたのは一階の大部分を占める工作機械群で、旋盤だのグラインダーだの大型のドリルだのが、犇《ひし》めいていた。壁には名前も使い方もわからぬ大小の工具が、ビッシリ掛かっている。お飾りではなく、どの一丁を見ても使いこまれていた。

籐製の籠に無造作に投げ込まれているのは、菜っ葉色の作業服だ。上下が一体になっていて、ズボンの膝がすり切れているのが一目瞭然であった。

「これ……あなたの作業服？」

尋ねた一兵に操は首をふった。

「先生の服だよ」

聞かされて、またまたイメージが狂った。

チャップリンで伯爵でシカゴのギャングや満州の富豪と交流があって、家に帰れば菜っ葉服か！

「二階へおいで」

軽い足音をたてた昌清は、剥《む》きだしの階段を上ってゆく。モボの定番みたいなラッパズボン、ただし雪駄に履き替えていた。コーディネートもなにもあったものではないが、自分の領地の中では自由自在に振る舞う殿様とみえる。

二階に上がった一兵は、思わず「わっ」と叫んでしまった。

天井の低い落ち着いた空間に、てんでんバラバラなデザインの椅子が数脚、それぞれに小振りなサイドテーブルが添えられていた。統一こそないがどの椅子も座り心地がよさそうだけれど、少年の叫んだ対象はそれではない。

　上下の階段を設けた一面を除けば、他はすべて書棚だ。大中小と判型はまちまちだが、作者の名で整理されているのがひと目でわかった。

　江戸川乱歩、甲賀《こうが》三郎《さぶろう》、浜尾《はまお》四郎《しろう》、小酒井《こさかい》不木《ふぼく》、森下《もりした》雨村《うそん》、夢野久作《ゆめのきゅうさく》……。

「大下宇陀児《おおしたうだる》、小栗虫太郎《おぐりむしたろう》、海野十三《うんのじゅうざ》、木々高太郎……」

　いつの間にか一兵は、著者の名を読み上げていた。

「国枝史郎《くにえだしろう》も、佐々木味津三《ささきみつぞう》も、牧逸馬《まきいつま》も……」

　まるで憑かれたように手に取った一冊は、久生十蘭《ひさおじゅうらん》の『魔都』だ。見返しに読みにくい筆跡で、サインがある。アレ、この人の蔵書だったのか……なんと読むんだろう?

　ハッと我に返ると、操のクスクス笑う声が耳に入った。

「ヴァン・ダインもモーリス・ルブランもコナン・ドイルも揃っているよ」

　宝の山に放り込まれた気分で、返答する気にならなかった。

　階段を踏む足音が聞こえ、巴が危なげのない手つきで盆を運んできた。輪島《わじま》塗りらしい。和風のカップから、鼻をくすぐる芳醇《ほうじゅん》な香りが立ち込めた。

「どうぞ、召し上がれ」

　一兵は恐縮しながら召し上がることにした。

「泊まっている間は、自由に本を持ち出していいから」

「ありがとうございます!」声が弾んだ。実はもう借り出す本は決めている。『二万年前』だ。

選択を聞いて、昌清が目を丸くした。

「それはきみ、今『銭形平次』を連載している野村胡堂《のむらこどう》の処女作だぜ」

「はい、空想科学小説だというから、読みたかったんです。作者がまだ報知新聞の学芸部長だったころですね」

ピーッと口笛を吹いた操が巴に叱られ、昌清は苦笑いした。

「どうもきみは頭でっかちだな。降旗さんより大人好みだ……」

その名を口にして、思い出したとみえる。

「……まだ連絡がないのかね、あのモガくんは」

まるでその言葉が呼び水になったように、けたたましくベルが鳴った。一兵のアパートには引かれていないから、一瞬電話の音とはすぐわからなかったが、操は慣れたものだ。電話の定位置は書棚に接した手押し車の上だ。細めの茶筒みたいな黒い丸棒の一端を耳にあてがってから、すぐ昌清に差し出した。

「万平《まんぺい》ホテルだそうです」

「万平……東新町《とうしんちょう》の？」

訝《いぶか》しげに受話器を耳に当てる主人の前に、操が手押し車を滑らかに移動させた。後で聞くとワゴンという西洋の小家具だそうだ。顔の前まで届いた電話の送話口で、昌清はうなずいた。

「崔さんからか……なんの御用かな」

満人の富豪一行の宿泊先がそこであった。

万平ホテルの本店は軽井沢《かるいざわ》にあり、外人相手の高級ホテルとして知られている。その支店が四年前に名古屋にもできたのだ。

交換手がつないだらしく、昌清の口調が砕けたものに変わった。

「宗像だよ。お寛《くつろ》ぎかな？　食事をお誘いしたかったが博覧会で手間取って、こんな時間になってしまった……なに！」

だしぬけに声が高まったので、一兵たちの視線が集まった。よほど驚いたのか中腰になったが、それでは声が送れないので座り直す。ふだん落ち着き払っている彼だけに、その動きが目立った。

送話口を手で塞いだ昌清は、三人に告げた。

「降旗嬢が、万平ホテルで保護されている」

3

名古屋で銀座四丁目にあたる目抜きといえば栄町である。東西を走る広小路通りと、南北を貫く大津通りの交差点で、市街のほぼ中央に当たる。東北の角には日本銀行名古屋支店の赤煉瓦が、西南角には木造三階建ての大店舗で、前身はいとう呉服店の栄屋百貨店が座を占めている。

銀座の交差点は誰が見ても定規で引いたような十字路だが、あいにく栄町は違った。道路拡幅に際して日銀が譲らなかったため、Z形に歪んだ交差点となって、南大津通りを走る市電は車体を斜めにふらねばならない。

昌清の皮肉っぽい解説によれば、

「江戸の昔からお上に弱い気風の町でね。紀州《きしゅう》徳川と尾張徳川が将軍職を争って、吉宗《よしむね》に軍配があがったのが遠因かな。敗れた尾張ではのちに当主となった宗春《むねはる》が、勤倹を旨とする吉宗の施政に反抗して、名古屋の町を華美に飾った。東西から名代の役者を招いて芝居を興し、広小路を天下一の盛り場に仕上げた。遊覧にきた馬琴が殷賑《いんしん》ぶりに舌を巻いたのがそのときで、名古屋が芸どころとして名を揚げたのもそれ以来さ。吉宗は名古屋を目の敵にしたが、宗春はひかなかった……」

意外にも殿様の足を引っ張ったのは、当の名古屋商人であったという。幕府に盾突いては町の行く末が危ないと、お膝元の町人たちに見放された宗春は失脚した。なんと没後は墓標に金網を被せられる有り様であった。

「殿ご乱心の真偽は知らないが、それ以来ではないかね。長いものに巻かれろという名古屋人の性分が身についたのは」

生まれ育った故郷でも、昌清は歯に衣着せなかったが、この土地の住人はついぞ東西に打って出る野心がなく、牡蠣《かき》のように固く守りを貫く。それが美点であり欠点にもなることは、一兵もうすうす察していた。

百貨店の世界で覇を唱える三越も、阪神を牙城とする髙島屋《たかしまや》も、金城湯池《きんじようとうち》の名古屋を攻めあぐんで、伊藤次郎左衛門の松坂屋は安んじている。その代わり今回のように名古屋で大規模な博覧会が開かれたとき、東西の資本は傍観を決め込む。本格的な西洋式宿泊施設として定評ある万平ホテルが乗り出してきたのは、この保守的な都会としては歓迎に足る観光ビジネスであった。

百万名古屋といいながらホテルらしいホテルは六軒しかない。名古屋万平ホテルは中規模の大きさで、栄町から市電で東に二区離れただけだがややうら寂れた印象の立地であった。長方形に分厚く切った羊羹《ようかん》みたいな七階建ても、東京なら内幸町《うちさいわいちよう》や虎の門《とらもん》あたりにゴロゴロ転がっていそうな建物だ。

だが、昌清につづいてホテルに入った一兵は、ちょっと目を見張った。愛嬌に乏しい外装が一変して、内部は重厚と軽快が程良く入り交じって、ホテル慣れしない一兵にも親しみやすい感触だったからだ。

ロビーの象徴のように中央の柱を背にした大時計は、倫敦《ロンドン》直輸入の古雅な姿で憩う客を見守っていた。時刻は六時三十分を回っている。瑠璃子が宗像邸に着くのを待って食事の予定だったから、若い一兵は空腹感を持て余していた。

ホテルの帳場——フロントを預かる若者とふた言三言言葉を交わした昌清が、一兵を手招きした。駐車場に車を駐めてきた操も間に合った。

「彼女はバーにいるそうだ」

昌清の言葉に一兵は驚いた。瑠璃子の口癖を真似れば、まさか赤坂というところだ。ロールスロイスの車中で聞いたことだが、行き倒れ同然にホテルの玄関でいぎたなく眠りこけていたというではないか。

いくら瑠璃子でも、ホテルの軒先でうたた寝するはずはない。「薬を嗅がされていたようだ」という昌清の話にびっくりした。

迷子どころか誘拐事件だ。だが考えてみると、それもへんてこな話である。

「身代金を要求するつもりだったのでしょうか」

ハンドルを取っていた操が、口を挟んだ。

「瑠璃子さんて結構トテシャンだもの、手込めにしようとして、邪魔がはいったかなにかで諦めたんだよ」

うーん。彼女ってそこまで魅力的なのか？　ふだんの伝法な記者ぶりを知る一兵はうなずけないが、断髪洋装、銀座仕込みのモガだもの、目をひいたに違いない。

ホテルの職員が発見したときは、特に服装は乱れていなかったという。さいわいロビーには杏蓮がいたそうだ。食堂車で一目見ただけの瑠璃子を覚えていてくれた。崔と相談の上で、白壁町の宗像邸に連絡をとったのが、ここまでの経緯であった。

それにしても、早々にバーへ移動するとは何事だ。

顔を見たら年上も構わず頭ごなしにするつもりでいたが、そうはゆかなかった。カウンターバーの止まり木で、瑠璃子は涙を拭いていた。

老舗ホテルの支店らしくバーは小さいが格調高い。燻蒸したように深い飴色の内装は、英国の正統的威厳を湛《たた》えており、モガの見本みたいな瑠璃子はやや場違いながら、肩を震わせる後ろ姿はけっこう絵になっていた。

食堂から突出した片隅がバースペースで、カウンターのみだから定員は六名だ。高い背凭《せもた》れで見にくかったが、瑠璃子の隣に杏蓮がいて、落ち着いた物腰で彼女の一語一語に相槌《あいづち》を打っていた。

昌清たちが近づくと、杏蓮は立ち上がり丁重に席を譲ろうとした。朱鷺《とき》色でも淡墨色でもなく、おとなしい若草色のワンピースに着替えている。こんなときだというのに、彼女の涼やかな目鼻だちに澪の俤があって、少年はわずかに鼓動を速めていた。

「どうぞ、そのまま」

手をふった昌清は、瑠璃子の隣に一兵を座らせ、彼を隔ててカウンター椅子に腰を下ろした。ぐすぐすいっているのに構わず、少年は単刀直入に尋ねることにした。

「いったいなにがあったんです」

「それがわからないのヨ」

瑠璃子はまだハンカチで目を押さえている。

「魚雷の実演が終わって、大勢の客に押し流されそうになったの。水雷艇のデッキみたいに飾ってあったでしょ、その陰に逃げたら不意に顔に手拭いが被さってきて、それっきりわからなくなったワ」

「攫《さら》われたんだね。気がついたらもうこのホテルだった？」

「そうじゃない、そうじゃない！」

夢中で首をふったので、膝に載せていたお釜帽がフワリと床に落ちた。それにも気づかず瑠璃子はしゃべりたてる。

「なんだか悪い夢の中にいるみたいで……ずっと妾《あたし》、仰向けになっていたのね。自分では目を覚ましたつもりなのに、あたりは真っ暗なの。起き上がろうとしてびっくりヨ。だって手も足も動かないんだもの！」

「縛られていたってこと？」

「違うけど、でも身動きできなかった。両腕を体の前で交差させられて、両足はピンと伸ばされたきりで、全体がなんだか柔らかなものに包まれてた……布団蒸しなんてされたことないけど、あんな具合だと思うの」

「声は」

「出せなかった。口を開けるのも閉じるのもできないの。丸いものが嵌《は》まりこんでて」

「ボールギャグだね」一兵の肩ごしに、昌清の声が聞こえた。

「布団蒸しみたいに思ったのは、拘束衣だろう」

「なんですか、それ」

「アメリカの脳病院で使われている。患者が暴れて自分自身を傷つけないよう、体の自由を奪う着衣だ」

瑠璃子が目を見張った。

「そんなものを着せられたんですか！　なんのために」

「それはわからないが……声をたてないよう処置したというのは、周囲に人がいたのだろうか」

「あ！　魚雷発射の解説が聞こえていました！」

「なに」

昌清が一兵にのしかかるようにして、尋ねた。

「解説だって」

「はい、あの実験場にいた水兵さんの」

「おかしいな……解説はもう終わってたのに？」一兵はひとりごちたが、瑠璃子は断乎として言い張った。

「間違いないわヨ。妾は耳がいいんだから。魚雷に詰め込まれたんじゃないかと思ったワ。細かい所まで解説が聞こえたモン、このまま運河に発射されてドカーンと爆発させられるんだ！　そう思って暴れたの。そしたらシューッと……」

「今度はなに？」

「顔のあたりにガスがかかって、甘い妙な匂いだったワ。そのガスを嗅いだらすぐなにもわからなくなったの。気がついたらホテルの入り口だった」

改めて瑠璃子は、全身をブルッと震わせた。杏蓮が落ちていた帽子を拾ってくれたが、礼をいう余裕もなく一兵にしがみついている。

「あれは夢だったの？　それとも本当に、殺されかけたの妾？」

一兵は溜息をついて、彼女を押し戻した。

「殺されかけたとは思えないけど、夢でなかったことは確実だよ。だって髪の毛に甘い匂いが残ってる。催眠ガスの名残だ、きっと」

瑠璃子の隣で聞き耳をたてていた杏蓮が、このときハッと青ざめたように見え、一兵がふり向いた。

現れたのは崔桑炎だが、その後に化粧の濃い潭芳夫人がつづく。名古屋駅で会ったときは露草色だが、今は木賊色《とくさ》と微妙にチーパオの色を替えていた。杏蓮といい、いったい崔家の女性はなん着の衣装を用意してきたのだろう。車椅子を押す小柄だが逞《たくま》しい男は、変わらず黒のスーツに身を固めていた。

そこは瑠璃子も記者の身上で、短い間に崔家のメンバーをちゃんと記憶していた。車椅子の係の男、潭芳夫人に仕える久遠《くおん》チョクトは、モンゴル人の父と満州人の母の間に生まれて、幼いころから朴家で養われていたそうだ。

「大人しくて無口だけど、潭芳夫人の護衛役で腕っ節は強いって。満州、朝鮮、モンゴル……五族協和って崔さんの家のことみたいネ！」

というのが、瑠璃子の解説であった。

4

一兵が嬉しかったのは、ホテルの食堂で遅めの夕食にありついたことだ。

食堂は一段と天井が高く、吹き抜けの正面の壁に唐松林の風景画が飾られている。すでに食事をすませていた崔夫妻は隣のテーブルで中国茶を喫し、その夫人に久遠がそっと服薬をすすめた。白状すると一兵は、駅で先導役を務めた金白泳《キンハクエイ》という女性が少々不気味だったが、薬を買い揃えるため町に出ていたのでホッとしていた。崔の秘書だが看護婦でもあるそうだ。

奥の席には杏蓮がつつましやかに控えており、崔家内部の身分の上下をありありと示している。

一行が登場したときの杏蓮の様子が気にかかったが、それは食事が運ばれてくるまでのことだ。単品の肉料理だが、生野菜がたっぷり添えられ、洋風の吸い物もはじめての味で珍しく、あっという間に一兵は平らげてしまった。

料理人が色とりどりの洋菓子を運んできたときは、遠慮などどこかに消えてしまった。呑み助の瑠璃子まであれもこれもと選んだ挙句、しみじみと嘆声を漏らしたものだ。

「ああ……生きててこんなご馳走が戴けるなんて！」

語気が真に迫っていたから、操が失笑した。聞こえたとみえ、隣のテーブルから桑炎が声をかけてきた。流暢《りゅうちょう》極まる日本語だ。

「いいのかね、警察に話さなくても……伯爵ならカオがきくだろう」

カオという言葉もキチンと知っている。ナプキンを使いながら、昌清は断った。

「実害がなかったことだし、必要はないだろう」

「しかし瑠璃子さんは、死ぬか生きるかの思いをしたのでしょう?」

丁重に尋ねられて、彼女はあわて気味にかぶりをふった。

「いえ、でも……もしかして妾の夢だったかも知れませんし……それに警察に事情を聞かれては、大切な取材の時間をとられますもの」

それはその通りだ。現に先ほど帝国新報社に電話したとき樽井が心配していた。瑠璃子の安全確保は当然としても、博覧会の会期が残り少ないのだ。事情聴取に時間をとられては予定が窮屈になる。桑炎も納得したようだ。

「没法子《メイファーズ》だね。せいぜい久遠にガードしてもらうといい」

その言葉を杏蓮が通訳するまでもなく、無表情なチョクトがコクリと頭を下げた。ある程度の日本語は解するらしい。

「任せてくれ、だそうです」

黙りこくったきりの潭芳に、サービスのつもりか崔桑炎が話してやると、珍しく彼女も応答した。むろん一兵にはちんぷんかんだ。

「そんなときのために彼を連れてきた。妻はそういっている。……もっともたいていの相手なら伯爵がなんとかするだろう」

桑炎が説明すると、瑠璃子は目を丸くした。

「伯爵って、お強いんですか?」

「ああ、柔道でも射撃でも、こいつは万能だからね」

大真面目な顔でつけくわえた。

「ジムでもマットでもベッドでも」

「まあ、すてき……」

相槌を打とうとした瑠璃子が、口に入れたモンブランを喉に詰まらせた。笑った昌清が背中を叩いてやる。

「本気にするなよ、降旗さん」

一兵にはその冗談より、崔が昌清を「こいつ」呼ばわりしたことが印象に残った。親友というのは、本当らしい。

瑠璃子はケラケラと高調子に笑いだした。

「いやですワ、伯爵……あ、ごめんなさいネ、宗像先生!」

さっき泣いた烏がもう笑っている? 面食らった一兵に、操が笑いかけてきた。

「彼女の紅茶ね。自分でしこたまブランデーをいれてたよ」

ほとほと呆れて睨んでやったが、彼女は平気の平左だ。

「いや」昌清も軽く笑い捨てた。

「きみのいう〝伯爵〟は華族だろう。だが桑炎が私を呼ぶのは〝広小路伯爵〟の意味だから構わないのさ」

「アラ……どう違うんでしょうか」

目をしばたたいたが、一兵にもわからない。すると昌清が待っていたように解説した。

「小酒井不木博士を知ってるね」

「はい、もちろんです！」

探偵小説好きだから当然だ。愛知一中から東大を出た医学の泰斗《たいと》だが、探偵小説界でも著名であった。江戸川乱歩が「二銭銅貨」の原稿を『新青年』に送ったとき、編集長の森下雨村が彼に評価を尋ねた挿話は名高い。

小酒井不木の絶賛と、以後の協力があってこその乱歩の盛名であった。不木自身も長編『疑問の黒枠』で好評を博したが、宿痾《しゅくあ》のため残念ながら八年前に病没している。名古屋在住の作家として、郷里に関したエッセイも多く残した有名人なのだ。

その一節に名古屋のモボ群〝広小路伯爵〟を登場させ、「メニキュアド・ハンドにスネークウッドのケーンを持ち、しゃんとしたネクタイをかけた」紳士たちと描写していた。そのモデルのひとりが宗像昌清であったとみえる。

「私だけではないよ。石川栄耀《いしかわひであき》くんも洒落男として名が通ってる。自分をモデルにしたのか『広小路伯爵』なんて漫文まで発表した。名古屋の都市計画の大本を作った博士だというのに、落語や油絵やギターが得意の遊び人なのさ。そんな粋人と一緒にしてくれるなら、私も喜んで伯爵の名を頂戴する」

のちに石川博士は東京の都市計画に転じ、戦後に新宿の〝歌舞伎町《かぶきちよう》〟を創りだした人物である。

昌清の口調が、にわかに当惑に変わった。

「……きみ、瑠璃子さん」

いつの間にかとろんとした目で、彼に寄りかかっていた。苦笑した伯爵は、一兵たちに合図して腰を浮かせた。

崔も愛想よく昌清たちを見送ってくれたが、杏蓮は柱時計を背にした位置で足を止めていたので、澪に似た美貌は照明の陰となっていた。

残念なことに、彼女が浮かべた最後の表情を、少年は見ることはできなかった。

黎明の銀座に血の雨が降る

1

　十一時前だから赤電車まで時間はあるが、澪は歩くつもりでいた。もともと乗り物ぎらいな女の子だ。彼女の下宿は神田《かんだ》の小川町《おがわまち》で、カンダ・アパアトというハイカラな名前がついているが、木造二階のしもたやに手を加えただけの安下宿である。僅《わず》かばかりなアルコオルで勢いをつけられた澪は、フラフラと歩いていた。今夜の少女はいかにも女の子らしい木履《ぽっくり》を履いていた。

　明かりがひとつまたひとつと消えてゆく。舗道に映えていたカフェー・タイガーのネオンが音もなく闇に沈むと、夜の銀座は一段と寂しくなって、ああ今日も一日が終わったという実感が身に染みた。

「きみは隠れた銀座の通人だね。五丁目から八丁目にかけてなら、目を瞑《つむ》っても歩けるんじゃないの？」

そういって笑ったのは、今夜はじめて燐寸《マッチ》を進呈した紳士の甘粕さんだ。ふだん澪をからかう酔客は「おっさん」「ジジイ」「ノンキナトウサン」と呼んでやるが、あの人は違った。満州で知り合ったという姉に話を聞いて、わざわざ澪を探し当ててくれたのだ。娼婦呼ばわりする軍人や役人と違って、甘粕さんは姉を一人前の女性扱いしてくれた。

明日の夜も会えるといいな。姉さんの話を聞きたいから。

甘粕の言葉を思い出した澪は、試しに両目を閉ざして歩いて、アレッと思った。木履のせいで、いつものペーヴメントを歩く感触が変化していた。生まれ育った会津の村道と大差なくなっている。

終車の近い市電はむろん、大通りを走る車もめっきり減り、無音の時間のときさえあって、目を瞑っただけで幼い日に帰ることができた。

日比谷《ひびや》から宮城《きゆうじよう》のお堀端沿いに歩けば、大した距離ではない。もちろん宮城遙拝《ようはい》は必須である。「礼っ」市電の中では車掌が乗客に号令をかけたし、ニュース映画に二重橋《にじゆうばし》が映れば字幕に必ず『脱帽』と出た。この国に生を受けた者なら、大日本帝国臣民として上御一人《かみごいちにん》に忠誠を尽くすのが当然と、小学校からたたき込まれているのだ。

桃割《ももわれ》の髪が少し重いが、気は軽かった。問屋から割り当てられた燐寸もきれいに捌《さば》けて、明日は大きな顔を出すことができるもの。

五月の薫風が後れ毛をなぶって過ぎた。

「イヤー　会津磐梯山《ばんだいさん》は

宝のやーまーよー
笹に黄金《こがね》が　エー　マタ
なりさーがーるー……」

いい調子だが、今夜はこっそり自分の六畳に潜り込まねばならない。カフェ帰りの馴染み客に呑まされて、ちょっぴりメエトルをあげていたからだ。

鼻唄に合わせて手にした信玄袋を振る。姿に似合わぬ野暮な袋ものだが、姉の匂いが染みついた大切な品であった。

彼女は雪崩《なだれ》に呑まれた両親や弟と死別した。遠縁の老夫婦に拾われて、どうにか澪は小学校を卒業できた。

妹の分まで若松市内で働きづめに働いた姉に、耳寄りな勤め口が舞い込んだ。器量良しに目を付けられて、退役軍人の二号に納まったのである。

二号といっても、老齢の陸軍中将だから身の回りの世話が中心で、夜の営みは皆無に近い。日清日露の両戦役で糧秣《りようまつ》担当という縁の下の力持ちを務めた男で、村人相手にしばしば手柄話を語っていた。年老いてからは、大言壮語の癖はあるが気のいいお年寄りとして遇されていた。

その将軍が死病に取りつかれた。杏は確実にお役御免となる。それは仕方ないにせよ、磐梯の山中に残された妹の先行きを、優しい姉は案じていた。さいわい主人は熱心にかしずいてくれた杏に満足しており、遺産の一部を与えた上、満州を仕切る関東軍の糧秣関係者を紹介した。

はじめ姉は大陸まで澪を連れてゆく気だったから、姉妹ともども中国語を猛稽古した。ふたりは負けず劣らずの好成績をあげたが、やがて職の内容を知った杏は澪を内地にのこすことにした。幼いころから男で苦労するなんて惨めすぎる。そう言い置いて、彼女は思い切りよくひとりで海を渡った。

若く美貌の姉は外地駐屯の軍人たちに重宝された。はっきりいって、関東軍の高級将校のおもちゃであったが、見返りとして澪に送られる金子は少なからぬ額になった。甘粕と名乗る人物が姉を知ったのは、そのころだろう。

東北の貧農に育った姉妹は、運命にあらがう術を知らない。世の中はこんなものだと、杏も思い澪も考えていた。だから杏蓮の名で稼いでくれる姉を、澪は悲しむ以上に感謝していた。

姉ちゃんはきれいだ、松竹《しょうちく》やPCLや日活《にっかつ》の女優なんかより、ずっときれいだと確信していた。満州では日本で封切られるほどの映画は制作されないが、もしもできれば間違いなく花形女優になるのに！

やがて満州有数の富豪である崔桑炎が、杏蓮に目を留めて愛人にした。新興国家を左右するに足るほどの資力の主だ、軍人はあえて近寄らなくなった。

下宿の女将《おかみ》は、よその国の男の妾《めかけ》になるのは大和撫子《やまとなでしこ》じゃないと手厳しかったが、撫子の名では食えないことを澪は知っていた。

満州国の国是は五族協和である。亜細亜に生まれた人間なら、みんなで仲良くするのが当然よ！

僅かなアルコオルだったが、澪は警戒心をなくしていた。日頃通い慣れた銀座のそれも御幸通りである。人通りが絶えたといっても、まだそこここの店から酔どれの歓声が流れて、少女はすっかり気を許していた。

　コロコロした犬が横丁に入ってゆくのを見て、

「おいでタロ。あ、ポチなの。どっちでもいいや」

　気安く犬の尻尾を追いかけた。

　犬を追った澪が明かりの消えた路地へ足を踏み入れるのと同時に、背後から足音が高まった。本能的な危険を覚えてふり向こうとしたが、遅かった。顔に厚めのタオルが被せられ、異様に甘い匂いが鼻を衝く。

（クロロホルム？）

　直感した。薬種問屋に奉公していた燐寸仲間の知識だった。

「小説や活動写真では、薬を滲ませたハンカチで簡単に気絶するけど、そんなことないわ。しばらく息を止めていればいいの。静脈注射でも打たれたらダメだけどね」

　それを思い出し必死になって息を止めたが、無駄であった。袖から剝《む》きだしだった腕がチクリとした。あ……注射されたんだ！　そう思ったとたんに、澪は暗い奈落へ転落していった。

2

少女は奈落の底で、夢を見ていたようである。

——懐かしいともいえぬ故郷なのに、澪はあの朝をはっきり思い出していた。

それはまだ朝の光が高窓を染める前のことだ。消魂《けたたま》しく鳴き交わす鳥たちの声で、澪は目を覚ました。遅くまで姉を手伝って、出荷する根曲がり竹を束に纏《まと》めていたので、眠くてたまらない。鳥を恨んだ少女が登校前のもうひと眠りを貪ろうとすると、今度は裏庭の鶏たちがここを先途と鳴いて羽ばたくではないか。

とうとう澪は、敷布団代わりの茣蓙《ござ》に正座してしまった。

「澪ちゃん」

いつの間にか姉の杏が身を寄せていた。

「様子がおかしい」

なんなの？

問いかけるつもりでいた澪は、ブルッと体を震わせた。鳥の声ばかり耳についたが、それ以外はなぜか奇妙なほどの静けさであったから。

段丘状の緩やかな斜面に集落が散り、その中ほどに宰田《さいだ》家はある。姉妹が眠っていた部屋に隣りあう、囲炉裏の間の屋根裏は高い。吹き抜けの垂木も棟木も梁《はり》も墨を塗ったように黒く、その空間がまるごと唸りをあげていた。

チリチリと耳障りな音をたてて、逞《たくま》しく太い梁から煤《すす》が降ってくる。

姉妹は地鳴りのような音を聞いた。

「杏！」

大音声《だいおんじょう》の主は、奥の座敷に臥せていた父親だ。境の板戸を開け放し、仁王立ちで吼《ほ》えていた。

その後ろに乳飲み子を抱きしめた母が、膝を突いている。

「澪も……」

父の発した次の声が悲痛に裏返った。

「逃げろオオ！」

そのときの父親の表情を、澪は生涯忘れないだろう。村一番の力持ちであった彼は、小柄な女房を息子ごとヒシと抱きしめ、背を丸くした。

なにが起きたのか、聞く間なぞなかった。

轟音が宰田家に襲いかかった。

家がまるごと真っ白に爆《は》ぜた。

雪崩！

この数日にわかに山の気温が上がっていた……表層雪崩だ。

視覚も聴覚もなにもかも雪に押し潰され、全身を石像のように固められた。

澪は無我夢中で両手で顔を覆い、それが生死を分けた。

雪に埋もれた顔の前に僅かな隙間ができ、どうにか呼吸できたからだ。

そのうち少年の声がぼんやりと聞こえた。

「いた、ここだ！」

「シャベルでなく、手で掘れ!」

大人の声も耳につき、やがて目の前が明るくなった。

「澪ちゃん!」

男の子が歓喜を爆発させた。

彼──修市《しゅういち》ならよく知っている。神主《かんぬし》の平賀《ひらが》家の次男坊で澪の四歳上になる。つい先月、小学校を卒業したばかりの幼馴染みであった。

「生きてた!」

頰だけ赤く額の皺に雪がめりこんで、滑稽なほどサルに似て見えた修ちゃんが、ポロポロ涙を流している。後ろから神主の父親が怒鳴った。

「おおい! またひとり見つかったぞ、担架を早く!」

3

……どれだけの時間眠らされたのか、澪にはまるで記憶がない。

ただ、ひどく手荒な扱いを受けたような気がした。全身をとめどなく揺すぶられて、胸がむかついた。深い井戸からゆらゆらと、心と体が浮き上がってくる感覚があり、ふっと目が覚めた。

きっかけは、首から下の妙に頼りない気分のせいだ。澪は足利銘仙《あしかがめいせん》を着込んでいた。ちょっぴり帯が重くて仲間に愚痴を零《こぼ》したほどなのに、今はなぜだかスースーする。

どうしたんだろう。

玉葱《たまねぎ》の皮を一枚一枚剝がすように、少しずつ意識が自分のものになってくる。

耳慣れた曲が鼓膜でたゆたっていた。

たゆたうように、とは思ったがメロデーそのものは恐ろしく陽気で無遠慮な活気に溢れている。

「ハァー　踊り踊るなら

チョイト　東京音頭　ヨイヨイ……」

小唄勝太郎《こうたかつたろう》の歌声であった。もう四年も前に発売されたレコードなのに、いまだに盆踊りといえばこの歌がなくてははじまらない。

あっと思った。

もう今日の夜店が始まってる！　私ってそんなに長い間、丸一日近くも眠りこんでいたというの？

てっきり自分の部屋で、布団《ふとん》にくるまっていると錯覚したのだが、そうではなかった。

左右の手首が柱らしいものを背負って縛りつけられ、両の足首にも縄がかかっている。それもなんということだろう、着衣を剝がされて、長襦袢《ながじゅばん》に腰巻きというあられもない姿であることが呑み込めてきた。

(いやあぁっ)

悲鳴をあげたつもりだが声にならない。口一杯に布が詰め込まれ、それに被せて手拭いが巻きつき、両の頬に食い込んでいる。呼吸はできるが僅かもがいただけで息苦しくなり、少女は必死に頭をふった。

チリンと音がした。髪に挿した簪《かんざし》が落ちたらしいが、足元を確かめようにも胸を絞り上げる縄目が邪魔した。

どうにか右だけ見ることができ、澪は懸命に視線を走らせた。

ここはどこなの?

ビルらしく思われた。

見たことのある内装であった。華やかな青空と白い雲、夏を予感させる色使いの壁紙だが、どこか生気を失っている。破られたポスターの一部が張りついていた。いや、ポスターではない。『蒙 御免』……『読みにくい温泉名番付』『勧進元 鉄道省』?

横綱に夏油《げとう》や鉄輪《かんなわ》温泉の名が見える。

やっと少女は思い出した。

ここは――銀座五丁目にあるプレイガイドビルだわ!

大通りに面してはいるが、小規模な敷地の五階建てだ。燐寸仲間といっしょにはいったことがある。一階は喫茶店だが、二階は旅行や観光案内、映画や舞台公演を案内する『オウギ・プレイガイド』が入店していて、それがここだ。

一週間前おなじ系列のビルが、七丁目のビアガーデン隣に店開きしており、各種店舗はのこらず引っ越していた。ここは取り壊される予定で放置されたビルと、そこまで思い出すことができた。屋上はアドバルーンの繋留場だったはずだ。

係員のいたカウンターだけ白々と残されたのみで、人の気配はなかった。天井燈が消えているのに全体がぼんやりと明るいのは、右に扇形の窓が設けてあるからだとわかった。窓の形が『オウギ・プレイガイド』の由来だろう。

『東京音頭』はその窓越しに流れてくる。耳をすますと無遠慮な異音が反復する。傷もののレコードをかけている！

首が捩《よじ》れそうなほど無理な姿勢で右を見ると、窓のスリガラスは二重だがちゃんとわかった。ふだんの職場だもの、見間違えようがない。銀座の夜店が燈を連ねていた。

二階から見下ろす形なので、テントのだんだら模様がぼんやり目に映る。そぞろ歩く人影も窺《うかが》われた。日本髪の女が右から左へ移動するのはわかるが、島田と丸髷《まるまげ》の判別までは無理であった。いつもより日本髪が多いのは、気のせいだったろうか。

助けを求めようにも声がたてられない。仮に叫んでも二重窓を隔てては、聞こえそうもない。すぐそこに、手が届くほどの近さに、群衆がいるというのに――人波を見れば時刻は八時か九時だろう。それなら燐寸ガールの仲間も往き来しているはずだ。

じれったさと悔しさで、澪の全身がのたうつようだ。

（なんなのよ！　あたいをどうするつもりなのさ！）

こんなとき恐怖で震えあがる少女ではなかった。気の強い彼女は時間が過ぎるにつれ腹が立ってきた。頭の回転だって人並み以上だ。

下手人の目的があたいの体なら、とうの昔に慰み物にされたはずだ。なのに、おかしい。

気を静めて、肉体に残る記憶をまさぐった。

たとえ麻酔をかけられても、汚されたのなら男の痕跡が止《とど》まっていると思うのだ。

仲間の誰も知らないが、この春に下宿で無垢な体を修ちゃんに与えた彼女であった。男と女がまぐわった後始末までちゃんとすませて、女将にも気づかれはしなかった。やはり初体験だった平賀家の次男坊は、事のさなかの突撃は堂々としていたが、事後はおろおろするばかりの若者であった。

（修ちゃん、安心して。あたい貞操を守れたよ！）

だからといって体の自由は奪われたままだ。緊張のせいか空腹を覚えず尿意も催さなかったが、後ろに回された腕や体重を支える足が、石膏のように強張ってきた。もう目覚めてからどれほど時間が経過したのだろうか。

澪は頭の中でうろ覚えのしりとり歌を繰り返すことにした。父親が微醺《びくん》を帯びる度に口ずさんでいた歌だ。

（り、り、陸軍の乃木《のぎ》さんが／凱旋す／すずめ／めじろ／ロシヤ／野蛮国／クロパトキン／きんたま／饅頭《まんじゆう》／巡査／財布／ふんどし／締めた／高シャッポ／ぽんやり／李鴻章《りこうしよう》の禿げ頭／饅頭食って皮残す／すりこぎ頭に灸据えて／帝国海軍大勝利／り、り、陸軍の……）

これで一回りだ。澪がゆっくり口にすると一分足らずである。時間がわからないから時計代わりに、古いしりとり歌を繰り返そう。そう思っていた矢先に、聞こえるはずのない声が聞こえたのである。

「……澪ちゃん」

4

（姉ちゃん！）

文字通り驚愕した。柱に縛りつけられていなかったら、腰を抜かすところであった。

姉は――杏は、カウンターを隔てて正面の椅子に腰を下ろしていた。

澪は息を呑んだ。

壁と思っていたカウンターの奥は間仕切りの壁であった。その一部がドアになっていて、澪が気づかぬ内に開いていた。框《かまち》ぎりぎりまで杏の椅子が前に出ていたので、はっきりと姉を見ることができた。

彼女は朱鷺《とき》色のチーパオを着ていた。いつも姉が好んでいた色合いだが、街の明かりを映す窓から遠いので、精細な色調までは見えにくい。それでいて、姉の化粧の濃さだけがわかった。

カンのいい澪は胸を衝かれた。

（姉ちゃん、体が悪いんじゃない？）

杏はもともと化粧に凝る方ではない。まだ十代という若さや、きめ細かな白い肌が彼女の武器でもあった。会津にいたころから、透き通るような色白の彼女は、あの子は肺病もちだから近寄るなと陰口をたたかれたほどなのに、なぜ今夜の姉は化粧が濃いのか。病人の青白さを誤魔化すためではあるまいか。

尋ねようにも声は出ず、徒《いたずら》に身を揉むばかりだ。

いくら考えても解せない。なぜあたいはこんな場所で縛られているの？　どうして姉ちゃんは、あたいを解放しようとカウンターから出てこないの？

「ごめんね、澪」

椅子にかけたきり、姉は立ち上がろうともしなかった。

辛そうな彼女の表情が、澪の疑念を封じ込める。絹糸よりも美しくか細い声で、杏は妹に告げていた。

「お別れなの」

囁《ささや》くには遠い距離だが、声はちゃんと澪に聞こえた。

レコードが変わった。甘ったるい美《み》ち奴《やっこ》の歌声が窓を鳴らしはじめた。だが澪はしっかり姉の言葉を受け取っていた。

（お別れって、どういうこと？　姉ちゃんてば！）

手首に食い込む縄の痛みも感じない。背負った柱をギシギシと揺すって、澪は暴れた。その有り様を見やった杏は、もうなにもいおうとしない。ただ両目から大粒の涙を滴らせていた。

薄暗い空間にひとり浮かれつづけるのは、サトウハチロー作詞古賀《こが》政男《まさお》作曲で、この年を風《ふう》靡《び》した旋律《せんりつ》であった。

「あゝそれなのに　それなのに　ねえ
おこるのは　おこるのは　あたりまえでしょう……」

曲に加えて、パラパラと大粒の雨が降りかかる音がした。澪が僅かに雨に気を取られたとき、二の腕に小さな痛みが走った。

なんの予兆もなく少女の眼前にストンと暗い帳《とばり》が下りた。その最後の瞬間まで、姉は妹の顔から視線をそらすことはなかった。

……。

澪はまたしても故郷の夢を見る。

――彼女は囲炉裏端で姉と仲占いをしていた。

カヤツリグサの茎の切り口は三角である。姉妹は向かい合わせになって、茎の両端を互い違いに、呼吸を合わせてそっと引っ張った。少し裂けはじめると、左右の手を使ってさらに裂く。呼吸と力が合ったとき、一本だった茎がふたりの間でみごとに四角な形をつくる。これが仲良しの印になるわけだ。

どちらかが気まぐれを起こすと、途中で茎がちぎれたり三角に歪んだりする。面倒見のいい杏だったが、ときには意地悪な真似もした。わざと力をこめて、茎をおかしな形にする。

「わーい、澪ちゃんのせいだ」

でもそんなときの澪はべそもかかずに睨みつけ、気弱な姉が「ごめーん」と謝るまで待つ。詫びられた後になってから、ワンワン大泣きをはじめるのは我ながら可笑《おか》しかった。

そばにはきまって父があぐらをかき、母は弟に乳首を含ませていた。

修ちゃんが遊びにきてひとり涙ぐんでいたのは、いつだったか。そうだ、満州の戦争で兄ちゃんが死んだときだ。泣くもんかと強がって、『戦友』を歌っていた。

「ここはお国を何百里……離れて遠き満州の……赤い夕日に照らされて……」

澪の主観では、眠ったのはほんの数分である。

にもかかわらず強い頭痛を伴って夢から覚めたとき、彼女を取り巻く空間は一変していた。どこがどう違ったのかわからないが、カウンターの奥のドアは閉じられ、姉の気配が完全に消えていたのは確かだ。

右手の窓も大幅に光を減じていた。首の痛みに耐えて再度視線をねじ曲げると、夜店の明かりもネオンの燈も消えている。それでも完全に暗くならないのは、銀座商店会が自慢の街燈のおかげであった。

あっ。

澪はとんでもないことに気がついた。

さっきまで身に纏《まと》っていた長襦袢、それにお腰までがない！

生まれたままの姿にされたと知って、羞恥が全身を真っ赤に染めた。

猿ぐつわは厳重なままだから、声もあげられずに身悶えして――だが、おかげでわかった。手首の縄が緩んでいる。裸にして縛り直すのが雑だったのだ。

これなら抜けられる。

無我夢中で五体をひねって、ようやく手首の縄が外れた。息苦しかった猿ぐつわをむしり取り、口中の布を吐き出す。新鮮な空気を思う存分に呼吸した。後は簡単だ。胸の回りや腕を締め上げていた縄が、つぎつぎと緩んだ。足首の縄をほどくついでに簪を拾おうと体を屈めて、少女は床に散っている無数の髪の毛を見た。

反射的に頭へ手をやったとき、自由になった澪の口から悲鳴が迸《ほとばし》った。

少女は坊主刈りにされていた。

ひどい……！

それまで浮かばなかった涙が、後から後から湧いて出て、髪の上に滴った。

だが泣いてる暇はない。私をこんな目に遭わせ、姉を連れ去った奴らが、今にもここへもどってきたら！

幸い土地勘はある、四丁目の交番までひと足だ。飛び出そうとして、丸裸だったことを思い出す。床の一隅に黒っぽい布が重ねてあった。廃棄予定のカーテンらしい。布を全身に巻きつけるとおこもさんみたいだが、夜明け前のこの時間なら、人目につくこともない。まず逃げよう！

置き去りになっていた古いスリッパを突っかけ、つんのめるように階段を駆け下りる。ビルの入り口には『立ち入り禁止』の看板が立っていただけだ。

息せききって大通りへ出た。交番は西南の角だから、ろくに左右も見ずに市電の線路を渡った。降っていたはずの雨はあがったとみえ、軌道敷が多少濡れているだけだ。スリッパ履きでも、走るのに支障なかった。

交番の前に立っていた若い巡査が澪に気がついて、ポカンと口を開け放した。まるで欠伸《あくび》を中断したみたいな間抜け顔だ。

ようやく東の空が白むころ——俗に言うかわたれどき——彼が誰なのかわからない、そんな暁闇《ぎょうあん》のひとときであった。

「きみ、どうした！」

叫びながら巡査が手をのばす。その手の甲がなぜか赤くなった。

5

え？

彼は茫然と空を仰いだ。すると路上にも赤い染みが落ちた。ひとつだけではない。ふたつ三つとつづけざまに、天から赤い雨が降ってくるのだ。

澪の坊主頭にも冷たいものが落ちた。

「きゃっ」

棒立ちになって頭を撫で、掌《てのひら》を見る。

冷たくて赤い汁。

ツンとカナ臭いのは――。

「血！」

絶叫する澪をよそに、巡査はゼンマイの切れた人形のように、空を仰いで立ち尽くしていた。

見る見る内に巡査と澪の姿に、途方もなく大きな黒い影が覆い被さっていった。

ジリリリン！

神経質なベルの音は、新聞配達の自転車であった。

「危ない！」

小学校を出たくらいの少年が、顔中に口を広げて自転車ごと澪にぶつかってきた。

悲鳴といっしょにふたりはペーヴメントに転がる。自転車が倒れた。たちまちあたり一面に黒いものが広がった。まるでそこだけ夜が再来したみたいだ。

そうではなかった。

四丁目一帯に舞い降りてきたのは、ビルの屋上に繋留されていたアドバルーンである。

誰が気球を膨らませたのか、繋がれていたロープをほどいたのか、そんなことはわからないが、悪戯《いたずら》の主の不手際で十分な浮力を得ないうちに舞い上がったようだ。

新聞配達の少年は墜落する気球に動転したが、本体は市電の架線にのしかかったから、路面までは落下してこない。重みに耐えかね大きくたわんだ架線が火花を散らした。吊り下げられた籠となん本もの綱は、架線を越えて軌道敷と銀座通りに着地しようとした。

「ば、爆発する！」

少年が頭を抱えたのは、つい先日起きた飛行船ヒンデンブルグ号の大事故を想起したのだろうが、澪はもう落ち着いて半身を起こしていた。

「大丈夫。気球はヘリウムガスだから引火しないの」呼びかけてやると、相手は目をキョトキョトさせた。

「えっ、そうなのか」

それから、飛び出しそうなほど目を見張った。

「女！」

カーテンがはだけて胸の膨らみが見えていたのだ。

「きゃ」小さく叫んでちぢこまった澪の肩にぶつかって、籠がゴトンと着陸した。

猛烈に生ぐさい臭いが立ちのぼり、真紅の物体がさらけ出された。

白いはずの莫大小《メリヤス》の生地が真っ赤に濡れ、結び目が大きくほどけている。

生地に包まれて横倒しになった馬穴《バケツ》から、氷塊と一緒に飛び出しているモノ。

澪は否応なしに見た。

膝下で切断された、女の片足。

足は朱鷺色の靴を履いている。同色のチーパオに合わせて姉が買った靴だ。

切断面は弾けた肉と筋組織が、ケチャップで和えたようにグチャグチャと赤い。

直感した。

「姉ちゃん！」

血潮が馬穴から籠の底に溢れ、滴り落ちて銀座に血の雨を降らせたのだ。

巡査の走る足音がペーヴメントに鳴った。

「その籠に触るな！　押収する！」

叫んだ若い警官が、ふいに立ち止まった。

澪の後ろでは、少年が怒鳴っていた。

「なんだよ、あれ！」

銀座と思われない獣の咆哮《ほうこう》が交錯した。東側の横丁から、数頭の犬が狂ったように駆け出してくる。この街ならではの美食を求めて、深夜から夜明けに群がる野犬どもが、口から泡を吹いて追いかけてきた。

標的は、先頭を走る異様な巨犬だ。

野良犬とは明らかに毛並みが違う、逞《たくま》しく獰猛《どうもう》な、軍用犬を連想させるドーベルマンが、口を血に塗《まみ》れさせていた。

巡査が絶叫した。

「足を銜《くわ》えてる！」

配達少年がわめいた。

「『篠竹』の番犬だ！」

忠勇号とそれを追う野犬の群れは銀座通りを越え、こちらへ突っ込もうとする。

狼狽した警官が発砲したのも無理なかったが、犬どもの咆哮の前には湿気《しけ》た花火みたいな音でしかなかった。それでもレールに火花が散ると、猛犬がひるんだから威嚇の効果はあった。

架線から流れ落ちる気球の綱の間から、澪は確かに見た。野獣の凶暴さをふりまく猛犬は、少女の前で九十度角度を変えた。

まるで銜えていた餌食を見せびらかすような動き。牙がガッキと捕らえていたのは、朱鷺色の靴を履いた、もう一本の足首であった。

叫喚を道連れに、犬どもは交差点からお堀端めがけて疾駆、たちまち姿を消している。

「姉ちゃん……」

さしもの澪がたまらず、籠に寄り添うようにしてくずおれた。姉そっくりな白い顔に、籠の吐き出す鮮血が塗りたくられ、真紅の筋が刷《は》かれた。

十字路の向こうで、茫然と立ちすくむランニングシャツの男がいる。朝のマラソンを欠かさない、帝国新報の社長樽井建哉《たつや》に違いない。

道に散り敷くのは配達され損ねた各社の朝刊だ。日付は「昭和十二年五月二十九日」とある。

初夏を告げる日差しが服部時計店の時計塔の先端を、いま輝かせようとする早朝であった。

平和博と凶悪な館は並び立つ

1

「ふわ……ぷっ、ぷっ。アニするのヨン！」

欠伸《あくび》をはじめたタイミングで一兵に口を押さえられたから、縁先の瑠璃子が柳眉《りゅうび》を逆立てた。苦心の化粧一式を終了したばかりではないか。

「欠伸なんて失礼だよ。昨夜のお礼もちゃんとしなくちゃ」

年上みたいな口をきかれて、いっそうむくれた。彼女をベッドから引きずり出したのも一兵なのだ。もっとも自分に割り当てられた部屋ではなく、宗像伯爵の寝室で寝息を立てていたから文句はいえない。昨夜は宗像邸に着くのがやっとで、途中で腰が砕けてしまったからだ。

「先生のベッドを占領したんだもの。瑠璃子さんは女傑だって、巴さん呆れてた。おかげで先生は、工作蔵の二階で夜明かししみたい」

そういう一兵も、いちいち〝降旗さん〟〝宗像伯爵〟と呼ぶのが面倒で、瑠璃子さん、先生と省略している。

瑠璃子が目を三角にした。

「だったら伯爵……じゃない、昌清さんの方から部屋へくればいいのに」

「ベッドはひとつだろ」

「構わないわヨ。ご自分の部屋の、ご自分のベッドだもん」

改めて一兵は瑠璃子を睨む。

「誘惑する下心があったのか！　ま、そんな手に乗る先生ではないと思うけど」

「はいはい、あの人を誘惑できるほど、美《い》い女でなくてわるかったわネ」

「わかっていれば良し。樽井社長には内緒にしたげる」

庭に面した沓脱《くつぬぎ》石で自分の靴を履いた。ちゃんと移動させておいたのだ。

瑠璃子のヒールは玄関に脱ぎっ放しだから、適当なサンダルを引っかけてヨタヨタ一兵の後につづいた。

日はすでに高い。さわやかな風と白壁の佇《たたず》まいが、ふたりを迎えた。

正面の板戸をどうやって開けるのか迷っていると、雪駄の足音が近づいて巴さんが現れた。

二十八日の日付のある朝刊をトレイに載せて立ち止まると、中で誰かが待ち構えたみたいに板戸はスルリと開いた。

あれっ。一兵が目を瞬《またた》く。

巴を呑み込むと、蔵の戸はまた閉じられた。

「おかしいわね」

瑠璃子が板戸を押したが、ビクともしない。あっという間に解錠して、あっという間に施錠されたというのか。

この時代にセンサーなんぞあるはずがない。

「ここ、どうやってはいるのよ」

瑠璃子が文句を垂れたとたん、昌清の声で返事があった。

「朝の目覚めに問題呈上。どうすれば開くのか、考えてごらん」

あわあわとおかしな手つきをして、瑠璃子が見回した。「伯爵……じゃない先生、どこにいでなの」

「伝声管だよ、ほら」

一兵が示したのは縦樋《たてどい》のような筒だ。

庇《ひさし》の上から板戸の縁に沿って下がった筒は、胸のあたりで鎌首を持ち上げている。昌清の声は鎌首の先端の孔《あな》から聞こえた。

「商船や軍艦で使う道具さ。先生聞こえますか」

「ああよく聞こえる」

笑いまじりの声が返ってきた。

「ちなみに少年が履いているのは、昨日の革靴だね。お嬢さんはどうかな」

しらふでお嬢さん呼ばわりされた瑠璃子は、照れながら戸惑った。

「サンダル履きですけど」

「ではお嬢さんはいれないな。少年ならOKだ……ヒントになったかね」

瑠璃子には理解できなくても、一兵は思うところがあるようだ。

「やってみます」

じっと足元を見た。深い庇がかかった三和土《たたき》は、分厚いコンクリートが打たれている。眸を凝らすと、装飾の黄色いタイルに交ぜて小さな鋲の頭がふたつ、みじかい距離を置いて並んでいる。

靴の裏の金の位置を思い出しながら、一兵は慎重に鋲と鋲を踏んづけた。それから板戸を押してみた。

背後で瑠璃子の驚く声があがった。難なく戸が開いたからだ。

瑠璃子を促して中へはいると、バネ仕掛けの戸がすぐに閉じた。

かすかなモーター音と金属同士が触れ合う音が、頭上で聞こえた。

「あれが電気錠の仕掛けなんだ」

指さしたのは、框《かまち》に接して取り付けられた小さな箱だ。蓋はなく内部の機構が剝《む》きだしていた。機構というほど大げさなものではない。小型のモーターとねじりん棒とそれに嚙み合う歯車だ。

「ウォームギアだよ」

「うおー……なんだって」

あ、そこから説明しなければいけないんだ。一兵は苦笑した。

「あのネジみたいな棒形の歯車がウォームさ」

「へ？　あんなんじゃ歯車にならないでしょ」

「あの棒には一枚しかない歯が巻きついてる。それに嚙み合う歯車がウォームホイール。ウォームを回転させると、駆動されたウォームホイールが回る。歯車比が桁違いだから、ウォームが高速回転してもホイール、つまり斜めに歯のついたギアはゆっくり回転する」

瑠璃子はポカンとしている。これがベティ・ブープなら目の中に〝？〟が現れるだろうなと、一兵は思った。

「そんなややこしいもの、妾《あたし》が知るわけないでショ」

「知ってるはずだよ。瑠璃子さん、オルゴールが好きじゃないか。ネジを巻くとトゲを生やした筒がゆっくり回る。それはウォームギアを使ってるから」

「あ、そうなの」

「ギターを習うといってたね。調節して弦を微動させるのもウォームだよ。歯を二本、三本と増やせば、速度調節が可能なギアの組み合わせなんだ」

「望遠鏡や顕微鏡にも必需の仕掛けでね」

二階から昌清が下りてきていて、一兵たちは目を見張った。派手な色彩が初夏の光をまき散らしていた。にやりとした昌清は、服の裾をツンツンと引っ張った。「アロハという。ハワイ諸島のふだん着だな」

それから解説をつづけた。

「高速回転を力強い微動に、しかも角度を変えて伝導できる。便利なメカニズムだよ。……さて」

昌清は手にしたばかりの新聞を摑んでいた。

「私は用ができた。きみたちはどうするかな」

「先生、お出かけですか」

旋盤の手入れをしていた操が、腰をのばした。

「お供します」

「ああ、すまないな。浪越会館に所用があってね。そうだ、ついでにこのふたりを博覧会へ案内してやってくれ」

「はい!」

張りのある声を返して、一兵たちを見た。

「すぐ出かけられる?」

「俺ならいつでも……」いいかけて、チラと瑠璃子を見たが、さすがの彼女も「朝食がまだ」とはいわなかった。あるいは博覧会の食堂に期待しているのか。彼女は愛嬌たっぷりに挨拶した。

「おはようございます! 妾なら今すぐお供できますのヨ!」

2

浪越会館は瀟洒《しようしや》な黄土色の鉄筋コンクリート三階建てだ。新築の名古屋市役所に似せてか、ビルだが和風の瓦屋根で帝冠様式を気取っていた。浪越は名古屋の旧名だと、これは一兵も勉強してきた。

音響効果に配慮された舞台は、照明設備も施されている。名古屋の芸者衆が、稽古の成果を旦那方に披露するのに使われるらしい。たまにＪＯＣＫ（ＮＨＫ名古屋放送局）が借用するため、入り口の空間には椅子テーブルや譜面台、マイクのスペアから擬音に使う道具まで所狭しと並んでいた。

昌清がロールスロイスから降りると、支配人らしい初老の男が愛想よく出迎えた。スタジオ建設に際して、宗像家も応分の出資をしているのだ。

「私はここで、崔さんたちを待つ。日本のゲイシャ・スタジオは珍しいだろうからね。時間を使うし、その後の打ち合わせもある。画伯は先に行きたまえ。昨日回れなかった西会場を見て、それから私の館で落ち合おう。少年はそこから会場を眺めなさい」

昌清の呼び名も先生だったり広小路抜きの伯爵だったりするが、一兵もその時々で画伯や少年になる。

「西会場には、交通館や機械館、科学館などあるがね。お嬢さんにはちとお堅いパビリオンばかりだな」

遊び人らしく瑠璃子に気を遣ってくれた。

操の流麗な運転で三人が乗った車は、会館がある針屋町《はりやちよう》から広小路へ出た。角に建つデパートは十一屋《じゆういちや》といい、名古屋では松坂屋に次ぐ規模であった。

右折して広小路に入るとビルが林立した。さすが名古屋を代表する繁華街だ。左に丸善《まるぜん》と郵便局を見て、昨日通った御幸本町通りを横切った。

「銀座にも御幸通りがあるけど、この道もやはり陛下と関係があるの？」

瑠璃子の疑問に、間髪をいれず操が答えた。

「今の陛下じゃありません。大正天皇陛下が名古屋城から熱田神宮へご参拝遊ばしたとき、お通りになってから命名されました」

要領のいいガイド役だ。

「ここは伏見町《ふしみちよう》ですね。南にすぐ名古屋一の劇場があります。御園座《みそのざ》です。朝日新聞社に隣り合うのが名古屋宝塚劇場で映画館だけど、実演もやります。正月にロッパの『歌う弥次喜多』を上演しました。いま渡った納屋橋《なやばし》の下が堀川《ほりかわ》で、名古屋城築城の資材を舟で運ぼうと福島政則《ふくしままさのり》が掘らせました」

橋の西の十字路が柳橋だ。「あ、昨日通った交差点ですね。大型の車両がはいって行く、名岐鉄道と市電とレールが共用なんだ」

一兵は元気なものだが、瑠璃子は目をシバシバさせている。

「あとはおまかせして、妾は寝るワ」

気楽なものだ。凭《もた》れられないよう距離をあけて座り直し、操の背に話しかけた。

「崔さんたちはずっとホテル住まいですか？　不便だろうな」

同情してみせると、操はクックッと笑った。

「不便なもんか。食事だって洗濯だっていながらにすむよ」

「でもいちいち食堂へ下りるんでしょう」

「奥さんが車椅子だから、ルームサービス主体だと思う。……電話一本でランチでもディナーでも部屋へ届けてくれるんだ」

「へえ……」

目を丸くした。宿屋なら客室に配膳してくれるが、ホテルでは食べにゆかねばならず、面倒臭いと思っていたのだ。

「ずーっと靴を履いてるなんて、足がむくんでしまうのに」

「ヨーロッパやアメリカは勿論だけど、大陸の人たちも椅子の暮らしだからね。靴は履きっ放しで平気なのさ」

「そうなんですか！」

本気でびっくりしてしまった。畳に寝ころばずにどうやって寛ぐんだろう？　燕号の乗客だって、床に新聞紙を広げて靴を脱いだ足をのばしていたのに。

急に操が真面目な口調になった。

「降旗さん、寝ているかい？」

「ぐっすりです」

「それならいい。……先生にいわれてたんだ。夕食を終えたら、きみだけそっと連れて行く。そのつもりでいてほしいって」

「俺だけ？　瑠璃子さんを置いてけぼりにして？」

「彼女は、巴さんやぼくと一緒に留守番さ」

「ふうん……そうなんですか」

あまり不思議そうに呟いたので、操が注釈した。

「先生が気を利かしてくだすったんだ。一兵くんは優秀な少年だが、惜しむらくは世の中を知らない。特に男女の道に暗い、実に勿体ないって」

「はあっ」面食らった。

「さいわい名古屋には、全国に知られた中村《なかむら》遊廓がある……」

「ちょ、ちょっと待ってください！」

あわてた少年は両手を振り回した。その手がうたた寝している瑠璃子の断髪を叩いたが、それどころではない。

あの伯爵のことだ、俺を女郎屋へ連れて行って、オトコにさせようというんだ、きっとそうだ！

「そのォ俺、えっと、なんていうんだっけ、そうだ筆下ろしですか、名古屋まできてそんなこと、するつもりありません！」

「あははは」

大笑いしたはずみにズレた車線を修正しながら、操は愉快そうだ。

「その心配はいらないよ。先生が仰っていた。少年は晩熟《おくて》で潔癖そうだから、恋人を抱くまで童貞を死守するかも知れない」

「……妾も同感ネ」

瑠璃子がヒョイと体を起こした。

「この子、好きな彼女がいるのよ。初めての女なら絶対にあの子。そう思ってるのネ」

「余計なこといわないでください！　いつ目を覚ましたんですか」

「アラ、キミでしょう、妾の頭をひっぱたいたのは」

「そ、そうだった？　ごめん」

「とにかく安心したまえ、一兵くん」

操はまだ愉快そうだ。ふだんはすましているが、野次馬の一面もあったらしい。

「先生にお任せしておけばいい……着いたよ、博覧会に」

ロールスロイスが減速すると、そこはもう昨日の南門だった。右手に午前の日を浴びた『慈王羅馬館』が黒々と静まり返っていて、博覧会に繰り込む市民の喧騒と鮮やかな対比を見せていた。

車を降りた一兵が戦国の望楼じみた館を見ていると、朗らかに操が告げた。

「塔は後のお楽しみ」

そうだった。博覧会場を鳥瞰《ちょうかん》するために、あそこへ登らなければならないんだ。

3

会期はあと四日だ。名残を惜しむ観客が詰めかけ、人気のパビリオンは押すな押すなの盛況であったが、昌清が話した通り西会場の展示はやや専門的だったので、少年が画題を選ぶ自由はたっぷりとあった。

近代科学館の人工発雷装置は、科学に弱い瑠璃子も一種の感銘を受けたようだ。まず演出がものものしい。暗幕をかかげて広間に入ると、天井から巨大な銅色の球が吊られていた。さしわたし二メートルもありそうだ。バックに広がる灰色のスクリーンに、放電の光が散り、遠く雷鳴が轟《とどろ》いて気分を盛り上げる。

舞台に立った教授めいた紳士は、紹介によるとＪＯＣＫから出張してきたアナウンサーだ。不必要なほど荘重に声を張り上げて、古今東西にわたる雷の故事や伝説をしゃべりたてた。おかげで桑原《くわばら》という言葉の来歴を知ることができたが、前説としては少々長すぎる。舞台のかぶりつきで待機中の瑠璃子が、一兵をつついた。

「まだなのォ？」

聞かれたって少年にもわからない。

首をふったとたんに場内に白光が迸《ほとばし》った。ビクッとした瑠璃子が、一兵の腕にしがみつく。

アナウンサーは平然とおなじ調子で語り続けた。

「諸君もご承知のように光と音では、空中を伝播する速度が違う……したがいまして」

ゴロゴロと頭上から雷鳴が降ってきた。

「光ってからなん秒後に音が聞こえるか。それによって発生源までの距離がわかるのです。それなら当然、至近距離で雷が起きれば」

あまり平然として話すものだから、場内に立ち見の客たちは油断していた。

唐突に室内が暗黒と化した――と思うと、大銅球から舞台に向けて、凄まじい稲妻が落下して、瑠璃子ばかりか一兵や操までが飛び上がった。電光と共に大音響が起こり、舞台の中央にぽっかり開いた四角い穴から、猛烈な白煙が立ち上った。知らぬ間に歌舞伎でいうスッポンが用意され、電光はその奈落に向かって放射されたのだ。

あたり一面キナ臭くなったと思ったら、穴に手をいれたアナウンサーが、黒こげになったキツネの毛皮を取り出した。

「この通り、哀れなキツネは落雷の犠牲となったのであります！」

緊張を解かれた客たちは爆笑した。

科学館にはそんな見せ場があったが、機械館になると広い空間に鉄の塊が犇《ひしめ》くばかりだったから、たちまち瑠璃子は退屈した。

「なんなの、これ」

指さしたのは、台上に据えられた小型自動車の大きさの金属の箱だ。

「えーと……説明が書いてあるから、読むね。……空気の液体化は圧縮した空気の断熱膨張、あるいはジュール・トムスン効果によって温度を下げ、臨界温度以下に冷やして……」

「わからん！」

癇癪《かんしやく》を起こした瑠璃子を、操がなだめた。

「液体空気を大量に製造できるんです。この機械も先生が出品されました」

「まあ、ステキだわネ」

コロッと瑠璃子の調子が変わったので一兵は呆れたが、操はまったく変化を見せずに説明する。大した役者だと感心した。

「『慈王羅馬館』が建っているのは、企業対象の冷凍機を製造販売していた工場の跡地なんです。会社が行き詰まったので、先生が買い取りました」

「お金持ちだこと！」

瑠璃子は心底感じ入っている。彼女は絶対に役者になれない。

「この機械は、もともと『慈王羅馬館』の敷地に残された内の一台で、液体空気を製造して安全に保管できる装置です」

「えっと、その」瑠璃子がおずおずと尋ねた。

「液体空気というのがどんなものか……」

「どうぞ」

と操が示したのは、装置を据えた台の前にあった。縦型の郵便受けそっくりの箱だ。一兵が知っていてよく似た遊戯の道具といえば——。

「一銭活動みたい」

瑠璃子の方が先にいった。まさかと思ったら正解であった。遊園地や百貨店の屋上で、一銭玉を握った子供が喜ぶ遊具だ。箱に開けられた穴から覗くと、短い動画が見られる。せいぜいパラパラマンガを見せるだけだが、それを展示品の解説に応用したところがミソなのだ。

操が箱の前に瑠璃子を立たせた。

「博覧会の施設だから、お金はいりません。この穴に目を当てたら、横のボタンを押してください」

しばらくすると瑠璃子が「ふえっ」という可笑《おか》しな反応を見せて、体をそらした。それで一巻の終わりとみえ、まともに感心している。

「ちゃんとした解説のフィルムだったわ。はい、一兵くん」

誠文堂新光社の科学啓蒙書を愛読している一兵は、だいたいの内容を推察していたが、それでも液体空気に浸されたリンゴが、ハンマーで一撃され粉々に飛び散る有り様は、ちょっとした見物であった。

「ねっ、液体空気って面白いでショ」

瑠璃子の感想と違う理由で、一兵も感心した。

「空気を液化すると、あんな青い色になるんですね」

『子供の科学』誌のグラビアで見たのは白黒写真だったから、ミルクを溶かしたようなブルーとは知らなかった。

「液体空気にだけ色がついて見えたけどまさか天然色じゃないだろうな?」

天然色の写真フィルムはべらぼうに高価だ。アメリカでもようやくテクニカラー社の総天然色映画製作がはじまったばかりである。五年前にディズニーが極彩色漫画映画の短編『花と木』を発表、初のアカデミー賞を受賞していた。

瑠璃子が笑った。

「うちの社長は小型映画用に色つきのフィルムを輸入してるけど、べらぼうな値段だといって、泣いていたわよ」

「樽井さんは、先生の仲間だけありますね。でもここの解説フィルムの色は、手で塗ったんです」

操にいわれて、瑠璃子はたまげた。

「あの青い色、ぜんぶ手塗りなの! 大変な手間ね」

「フィルムは一秒二十四齣《こま》走るから、二十秒見せるためには、四百八十齣の液体空気に色をつけるわけですよ」

「わあ、頼まれてもやらないワ」

「心配しなくても、瑠璃子さんには頼みませんよ」一兵が笑った。

「色を塗るのは、先生も手伝いました」

操の言葉に、今度は一兵まで驚いた。

「凄いや……好きなことだと徹底して凝るんですね！」

「機械だけ並べても、客が興味をもたなくてはただの鉄の箱でしかない。先生はそういっていました」

機械館から移動しながら、一兵が尋ねた。

「先生って……いったいあの伯爵は、操さんのなんの先生です」

暗い館内から日差しの強い表に出て、三人ともまぶしくて目をしわしわさせていた。

操はちょっと考えてから、笑った。

「機械工作とか格闘術とか……そうだ、探偵とか」

「えっ」

書棚には内外の探偵小説が並んでいたし、六法全書だの捜査規範だの死体現象の考察だのという本もあったけれど、昌清がそんな分野の先生とは思わなかった。

「変わった事件が起きると、愛知県警の偉い人が先生を訪ねてくる。亡くなった小酒井不木博士の紹介で智恵を貸したことがあるから」

「素敵！」

一兵がなにかいおうとする前に、また瑠璃子が話を横取りした。

「伯爵がホームズで、操くんはワトスンてこと」

操は笑って相手にせず、二人を隣の逓信館《ていしん》に案内した。

館内で目立つのは、大型の世界地図に重ね合わされた無電通信網である。ネオンに彩られた編み目が縦横に走っていた。

「なんなの、これ」

少年が代わって解説した。「無線電信の電波が地球上を結んでいます。世界のどこでなにが起きたか、瞬間的にわかるんだ」

「へえー、夢みたいね。あ、今がこうなってるのか」

瑠璃子は実感が湧かないらしい。研究が開始されて間もないテレビジョンになると、

「目で見るラジオのこと？　妾には関係ないナ」

あっさり片づけてしまった。

さすがに電話の最新型交換装置になると、その量感に圧倒された様子だ。天井に届くほどノッポの鉄の箱が林立、蛇のようなコードが無数にのたくっていた。

これまで電話をつなぐのは若い女性交換手と相場が決まっていたが、近頃では東京の銀座を皮切りに、自動交換が普及しはじめた。夜店のおばさんが零《こぼ》したものだ。

「人間がお払い箱になって機械が幅をきかすなんて、おかしな世の中だよ」

壁にかかった電気時計を見上げて、操がやや慌てた。

「この時間に、先生に電話する約束だった」

「電話って、どこへ」

「『慈王羅馬館』に。先生と崔さん、ぼつぼつ仕事の話を終えたころだから」

逓信館だけあって、一角にずらりと六角形の電話室が並んでいた。地図内各所の電話相手なら、長時間かけても無料奉仕と掲示してあり、『慈王羅馬館』もその範囲に含まれている。昌清が展示品寄付の交換条件に、無料の範囲に割りこんだそうだ。

「ロハなの？　いいわねェ」

自分も昌清と話したい様子だが、ほっておいたら閉場時間までしゃべりそうなので、強引に電話室からひっぺがし、併設された電気館のアーク燈実演場に連れていった。目を欺くアーク燈の輝きに感心して、瑠璃子が漏らした。

「あんな松明《たいまつ》があったら、曾我《そが》兄弟も仇討ちに便利だったわネ」

そこへ操が呼びにきた。

「まだ崔さんと用務の話が残っているようです。我々には食事をすませてから塔へきてほしい、会場全体のスケッチに絶好だと申していました」

「あらいいわね。……なにを戴こうかしら」

スケッチのことかと思ったら、お昼の献立の話だった。そういえば彼女は、朝飯抜きであった。

食事場所は運河を見下ろす西会場外れの食堂に決まった。

瑠璃子は味噌カツ定食とフルーツポンチ、それに氷金時まで平らげたが、一兵はハヤシライス、操は蜜柑水を飲んだきりだ。

「もっと注文したら？　安心しなさいよ、帝国新報の奢《おご》りだからドーンと任せて。〝どりこの〟はどう？　講談社の発売間もない滋養強壮飲料ヨ」

〝どりこの〟を擬人化したマンガ『どりちゃんバンザイ』を雑誌連載するという新機軸の宣伝で、大当たりをとっていた。

呑みたいのは、瑠璃子本人であったようだ。勝手に注文して、操が呑まないと知るとさっさと口をつけたあげくに、

「さ、『慈王羅馬館』へゆきまショ。……ああ、おいしかった、どりちゃんバンザイ」

梱包に運送に社員総出で販売に熱中したのは、出版社のはずの大日本雄弁会講談社なのだ。野間清治《のませいじ》社長が耳にしたら泣いて喜んだに違いない。

4

五月も終わりである。天頂からゆっくり滑り落ちる日を受け止め、長く黒い塀は森《しん》と静まり返っていた。

入り口には看板ひとつない。一般客を拒絶しているから標識不要という構えか。塀の一部が二重になっていて、戸が隠されていた。やはり黒ずくめで、明るい日の下でさえ目を眇《すが》めない

とわかりづらい。戸の縁に沿って縦一列に細かく鉄釘の頭が並んでいる。ただの飾りにしか見えないが、腰のあたりにふたつだけ釘が銅色に光るのを見て、一兵はハハアと思った。

まごついている瑠璃子の隣で、一銭玉を手にして銅の釘にあてがった。

とたんに戸が内側へ開いたので、瑠璃子は塀の中へ転げ込んだ。

「どういう仕掛けなの」

「宗像家の工作蔵とおなじだよ。この銅色の釘ふたつに銅貨を当てると回路が閉じて、モーターが回転する」

三人を収容した戸が閉じられると、喧騒は八割方減った。

「なんだ。またその仕掛けかァ」

余裕を見せて立ち上がった瑠璃子が塀の内部に気がついて、今度は本式に悲鳴をあげた。あわてて操がその口を塞ぐ。

「外にいる人たちが驚きます」

「驚いてるのは妾ヨ！　なんなの、ここは！」

「館の前庭です」

操はサラッと答えたが、一兵だって声をあげたかった。

位置的には紛《まが》うかたなく『慈王羅馬館』の前庭だ。だが絶対にこれは〝庭〟なんてものではない。塔の基礎を円環状に取り巻いて掘削されたのは、巨大な濠であった。

砦《とりで》どころか城なみの防御力を備えた深い環濠が巡らされていた。それもチラと見ただけでは、深さが窺《うかが》い知れない程の代物だ。

その濠にかかった一本の吊り橋。大人ひとりがやっと渡れる幅だ。中央一メートルくらいだけ板が渡してあり、左右は縄だか蔦《つた》だかわからない綱が走って手すりに結ばれていた。スカスカの綱の隙間から濠の底深さが窺われた。

「四国にある祖谷《いや》渓のかずら橋がモデルだそうです」

朗らかに説明する操に、瑠璃子は泣き声で訴えた。

「ここを渡るの、妾が」

「はい。一本道だから迷子にはなりません、いくら降旗さんでも」

館まで三〇、どうかしたら五〇メートルはあるだろう。

「俺、先に渡ってみます」

一兵が勇敢に足を踏み出した。下を見ないでトントンと渡れば平気なもんさ。おっと……想像以上にグラリときたが、「はは、ブランコみたいだ」

強がって二、三歩進んだら、グワァと何者かの怪声が足元から湧き上がった。いくら下を見ないつもりでも、そうはゆかない。反射的に見下ろした。

「ええっ」

大型の鳥が濠の中空を滑空していた。

鳥……ではなさそうだ。前足がそのまま翼となり、翼端に鋭い鉤爪《かぎづめ》が生えていた。

蝙蝠《こうもり》？　それにしては大きすぎる。両翼を広げたところは二メートルもありそうだ。まさか、始祖鳥《しそちょう》？

あっという間にそいつは橋の下を滑走して、塔の基礎である混凝土《コンクリート》の壁の向こうに消えた。

「な……なんなの、あの怪物は！」

一兵の背後で瑠璃子が声を震わせた。

「よくご覧なさい」

操は落ち着いたものだ。彼に促されて再度見下ろすと、環濠を一周してきたのだろう、怪鳥がまた現れた。濠の底に向けて降下しているとみえ、今度はずっと小さく見え、グワーッという声も遠くに聞こえる。

始祖鳥？　は濠の底めがけて降りてゆく。

地獄までつづきそうな濠の奥深さは圧倒的であった。

また一段と怪鳥の姿が小さく現れたが、底深く濛々《もうもう》と立ち込める霧に紛れて、二度とそいつの姿を見ることはできなかった。

「こ……これって……いったい……」

瑠璃子が震えると、橋まで震える。

濠を見下ろしていた一兵が、ハアッと大きく息を吐き出した。地上に目をあげれば、日はうらうらと平和に輝いている。たった今目撃した始祖鳥と、その怪影を呑み込んだ霧も、夢のように消え去っていた。

「先生が造ったお化け屋敷の、ホンの入り口ですよ」

「お、お化け屋敷?」

呆れ顔の瑠璃子に、美少年がニコリと笑いかけた。

「宗像版パノラマ島が、ここから始まるんです」

「ああ……!」一兵が叫んだ。

「そうか。先生はそのつもりで、『慈王羅馬館』を建てたんですね!」

「そうだよ。乱歩のパノラマ島は現実の人間や生物を見世物にしたけど、ここはちょっと違うんだ」

「だってあの鳥は生き物でしょう」

おそるおそる抗議する瑠璃子をよそに、一兵は操に問いかけた。

「マルティプレーンですね? 俺たちの目をカメラ代わりにして……」

「凄いぞ、きみ!」

操が拍手すると橋が揺れて、瑠璃子がまた騒いだ。

「落ちる、落ちたら死んじゃうっ」

「大丈夫。深そうに見えるのは演出で、実際は一階分の窪みに過ぎません」

「だって、あんな大きな鳥が小さくなって消えていった……」

「多層撮影技術の応用なんだ、きっと」

一兵はすっかり落ち着いていた。

「濠の中に三層にわたって紗の布を張って、その一枚ごとにアニメーションフィルムを映写したと思う。大中小にわけて描いた鳥の動きと編集で、深い穴に見せかけた。ディズニーが『古い風車小屋』で立体感を出したのと同じですよ。音はこの橋板の裏に、拡声器が取り付けてあるんですね」

「なんだ、そうか。ポンチ絵を動かしただけなんだ」

ポンチ絵はマンガにつけられた明治以来のあだ名である。種明かしされてホッとした瑠璃子は、もう吊り橋の揺れを屁とも思わず、するすると館の入り口に着いていた。

「ここも一銭銅貨が必要かしら」

不必要なほど間口の広い両開きの板戸だったが、瑠璃子が少し力をいれただけで、音もなく開いた。「あら、簡単」

いいかけた彼女の表情が、さっきとは別な驚愕の色に塗りつぶされた。

「嘘でショ……こんなの」

一兵も唖然とした。

確かにあり得ない！

入り口から正面へ、べらぼうに広い幅のまま突き抜けた通路は、なおも大理石の塀の間を縫う。随所にパーゴラが設けられ、春爛漫の花々が艶やかな色彩をふりまいていた。無愛想極まりない黒一色の和風建築に一歩足を踏み込めば、ガラリと様変わりして、天上の楽園に変貌したのである。

だがまあ、その程度までは一兵も予想していた。解釈不可能なのは、楽園の想像を絶した広さであった。

通路は、前庭にあたる濠から塔の内部を経て奥庭まで、一本の串さながらに貫いていた。はいる前に一兵は塔屋を観察して、内部の広さも見当をつけていた。おおざっぱにいってこの館は、七個の黒い箱を積み重ねた形である。いちばん下だけ大型で、他の階の三割増しの高さも幅もあったが、のこる積木六個の幅と奥行きは、まず八メートル。どの積木も正立方体と思われた。目分量だが一兵は日頃のスケッチで鍛えているから、実尺と大差ないことに自信がある。

従って、一階の床面積だけは一〇〇平方メートル近いが、二階から七階までは六〇平方メートル余に統一されていると見た。

ただの積木では面白くないとみえ、頂上に破風《はふ》と瓦屋根を載せている。市役所や浪越会館に倣《なら》う帝冠様式だが、積木に載せる冠としては頭でっかちで、一兵は福助足袋《ふくすけたび》の広告を連想した。新しいもの好きな昌清だから、当然エレベーターがある。そう思い込んでいた一兵ははぐらかされた。エレベーターの機械室があると思ったのに、一階が筒抜けで入り口から奥庭までまっすぐ繋がっているからだ。

少なくとも通路が五〇メートルはある。終点は煉瓦の壁を背景にした彫像の広場であったが、遠目では上野《うえの》の美術館にあるロダンの『考える人』そっくりだ。

前庭代わりの橋が五〇メートル、一階の奥行きは一〇メートル、そして裏庭がさらに五〇メートル。博覧会の隣地にそんな広さの土地が空いていたんだろうか。

ポカンとしていた一兵は、にやにやしている操に気がついた。

「そうか！　これも目くらましですね？　遠近法を利用したんだ」

「正解。画伯の目は誤魔化せない」

操は裏庭に向かって歩いてゆく。彼に従って一兵とキョトキョトしながら瑠璃子が追って
――すぐに「あ！」感嘆の声をあげた。

正面は総ガラスの壁であった。通路はその先も連続しているけれど、ここまでくればはっきりわかった。見る間に幅が狭くなり左右の大理石の壁がすぼまってゆくことを。

最奥部の広場を飾る『考える人』もよく見れば、一兵が知るロダン作品の三分の一の大きさでしかない。

「ポンゾの錯視だ！　道はおなじ幅でつづく、彫刻もおなじ大きさのはず。そう思っている人には、庭がべらぼうに奥深く見えるんだ。ローマに実際にあるそうですね、こんな錯覚の見本が」

「スパダ宮というそうだ。先生は行ってるけど、ぼくは知らない……」

瑠璃子が咳払いした。ちょっと得意そうに、

「妾なら行ってるワ……鶴岡八幡宮《つるがおかはちまん》の段葛《だんかずら》がおなじ仕組みだから」

「ああ、そうだった」「やられたな」

操と一兵が揃って声をあげた。

「鎌倉《かまくら》なら俺も行った。入り口と出口では道幅が半分になっていた。往きは遠く見えるけど、

帰りはすぐそこって近さに見える。あれも遠近感を利用した錯覚の演出なんだ……でもこの塔には、エレベーターはないんですか？」

一兵はまだ納得できていないが、ガラス壁に頬を寄せて左右を見た瑠璃子が、声をあげた。

「あるみたいヨ、裏庭をまたいで太い柱が踏ん張ってるワ」

「そうか……エレベーターが発着するのは二階からなんだ」

巻揚機は屋上に設けてあるのだろう。通ってきたコースをふり向いて、わかった。

通路を挟む大理石の壁に隠れて、階上に通じるエスカレーターと階段が設けてあるじゃないか。なぜ気がつかなかったんだ、俺。思い込みが強すぎる。おまけにいちいち理屈をつけるんだから、ヤな奴だよ！

周囲は大人びていると評するが、実は俺は反省癖のある落ち着かない子供だと自戒していた。ああ、俺はいつも空回りで燃料を浪費してる！

5

エスカレーターの速度は遅かった。先頭を瑠璃子に譲った一兵は、ひとりで溜息をついている。

「どうしたの、一兵くん」

「慈王羅馬館」略図

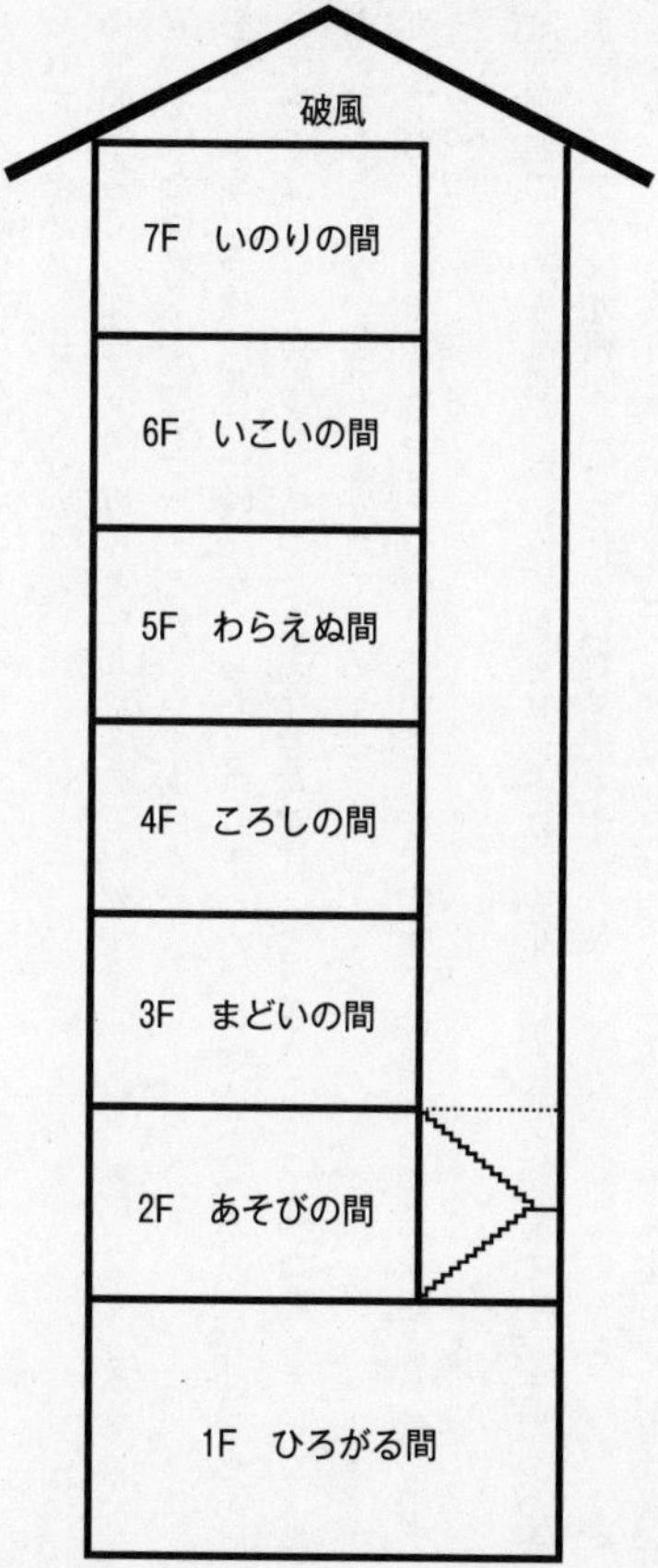
破風
7F　いのりの間
6F　いこいの間
5F　わらえぬ間
4F　ころしの間
3F　まどいの間
2F　あそびの間
1F　ひろがる間

後ろから操に声をかけられて、正直に白状した。

「俺、こういう場所の客としては下の下ですね。天勝《てんかつ》の公演にきた客が、ろくに魔術を見ないで手品の種ばかり探してるみたいで」

「それだけきみは観察力が鋭いってことだろ」

慰められても全然スッキリしなかった。

「夜店の仲間うちで、面白くないガキといわれるの、当然です……」

前に立っていた瑠璃子が「アラッ」と軽く声をあげた。

視界を塞ぐように五枚に割れた暖簾《のれん》がぺらりと垂れ下った。色彩感たっぷりだが悲鳴をあげるような代物ではない。兵庫髷《ひょうごまげ》に結った豊満な遊女が紅い湯文字ひとつで横たわっていた。捌《さば》けた筆遣いでしどけない姿態が描かれている。

エスカレーターが緩やかに上昇をつづけているので、瑠璃子は美女の裸体を頭から被る形で、暖簾をくぐった。

「伊藤晴雨《いとうせいう》画伯の『美人乱舞』という画集をヒントに、先生が描かせた暖簾です。まだつづきがありますよ。タネは九相図といわれる仏教絵画です」

生死無常観《しょうじむじょう》を説いた教典に『大智度論《だいちどろん》』などあることは知っており、絵画化した晴雨は風俗画家より責め絵の画家として名高く、竹久夢二とモデルを争奪した人物だとも知っていた。日本髪が不得手な少年は、彼の連作『島田髷《しまだまげ》が崩れるまで』の流麗さに私淑《ししゅく》していた。

その間にも瑠璃子は、次の絵の暖簾をくぐらされている。

「きゃあ。これ死体なの？」

美女の姿はガラリと変わって、青黒く膨らんでいた。

「はい。腐敗した女の体内からガスが発生しているんです……脹相《ちょうそう》といいます」

「気色わる！」

文句をいう暇もない。次の暖簾では腐乱した女体のいたるところが爆《は》ぜていた。

「壊相《えそう》です」

「うわ、なんなのよー、お化け？」

「体脂肪や体液が滲み出てきました。血塗相《けちずそう》ですね」

「あン、ひどいイ」

瑠璃子は呂律が回らなくなっている。諸行無常の宗教観の図解とはいえ、前面に赤と黒と紫がいり乱れた残酷絵が、抵抗の術なく突進してくるのだ。陰々たる男どもの低音が降ってきた。

「帰命無量寿如来　南無不可思議光　法蔵菩薩因位時　在世自在王仏所……」

衆僧が誦す経文であった。

「膿爛相《のうらんそう》です」

一兵も息を呑んでいる。腐りきった女体は、もはや原形を止《とど》めていなかった。

「青瘀相《しょうおそう》です」

弾《とろ》け蕩けた死体が青黒く、一兵が辛くも感想を述べた。

「赤鬼青鬼は膨れて崩れる死体からの発想なんだ……」

「グヘ」

瑠璃子の口から妙な声が溢れた。次から次へ死相変転図に顔を突っ込んだ彼女は、しゃがみこむ余裕もなく、グロテスクな暖簾の林をせっせと額で分けている。

「噉相《たんそう》……死体に虫が湧いています。……散相《さんそう》。鳥や獣に食い散らかされました」

読経はなおもつづいていた。「雲霧之下明無闇　獲信見敬大慶喜　即横超截五悪趣　一切善悪凡夫人……」

「……骨相《こつそう》。皮膚も肉ももうありません。……焼相《しょうそう》。後に残るのは灰ばかりです」

あーあ、もう悲鳴も出ないや、瑠璃子さん。一兵が思ったとき、彼女の全身がドカッともたれかかってきた。お、重い！

ちょうどエスカレーターが、二階のフロアに着いたところである。

瑠璃子を抱きとめた一兵の頭上で、チーンンン……と冴えた鉦《かね》の音が響き渡った。

呑まないのに泥酔さながらの瑠璃子は、エスカレーターの降り口近くのソファへ、ぐずぐずと腰を落としてしまった。

「なんなんですか、この館は」

一兵だって少なからず呆れている。

「いったい宗像先生は誰のために、こんなものを造ったんです！」

「自分流の迎賓館《げいひんかん》だそうだよ」

「迎賓館？」

「そう。博覧会には平和塔の下に本格的な迎賓館があります。蘇山荘《そざん》と名付けられて、会期終了後は徳川園に移築予定だけど、こちらはいわば裏の迎賓館なんだとさ」

へたりこんだ瑠璃子を無視して、操はもっぱら一兵相手に解説してやった。

「太平洋の沿岸だけでも、さまざまな国家があり人種がいる。宗教も倫理も道徳も土地によって違いがある。神といえばキリストだけの外国と、八百万《やおよろず》の神々がいます日本では感覚的に大きなズレがある。富士山や神宮だけが日本じゃない。ブロードウェイを見てアメリカを知った気になるのはおかしいだろ？　表も裏も見る見せる。外務省や文部省が決して教えたがらないことまで見せての博覧会だ。それが先生の考えなんだ」

そこまで一気にしゃべってから、操はフッと笑った。

「それにしては先生、ご自分の趣味まる出しで、とんでもない見世物を作ったなあと思うけどね」

「一口にいえば宗像流化物屋敷……ですか？」

「うん。対象にする客は、先生が個人的に招いた内外の人たちに限ってるから」

「一階ごとに、こんな趣向を凝らしているんですか」

のそのそと瑠璃子が体を起こした。

「浅草のお化け屋敷は知ってるけど、ここの方がもっと気色悪いわヨ。こんなエログロジオラマがずっとつづくわけ？」

その口調を聞くと、どうも怖がっているだけではなさそうで、さすが好奇心の塊のジャーナリストであった。

操はニコニコと答えた。

「通りすぎた一階はただの〈ひろがる間〉だけど、この二階は〈あそびの間〉と名がついています。……各階のさわりだけでもご紹介して行きますよ」

二十世紀式お化け屋敷を案内される

1

二階は〈あそびの間〉といわれても、外観どうよう周囲に黒い塀が巡らされていて、内部がどうなっているのかわからない。屋内だから塀ではなく、大道具みたいなベニヤの板囲いが連続していた。一兵の目分量では九尺の高さだ。

大道具を連想したのは正しかった。囲いは張り物の基本的な単位の六九《ろっきゅう》――一枚の幅が六尺で高さが九尺――をつなぎ合わせている。

「この中に、遊戯の設備があるんですね」

「妾《あたし》たちは、なん階まで上がればいいの」

元気になった瑠璃子の問いに、「六階です」操が答えた。

「〈いこいの間〉……休憩所ですね。その窓からの眺めを一兵くんに提供したいと、先生がいっていました」

「どの階にも窓があるのかな」

一兵が独り言をもらした。大きく穿《うが》たれた窓は二重になっていて、間に鏡がはいっている。閉じている間は、黒い張り物が映っているだけだ。

操が囲いにあるドアを開けた。

「どうぞ。〈あそびの間〉です」

空間いっぱいを使って、建設工事のジオラマが展開されていた。

ジオラマ、またパノラマともいう。前景や近景、遠景を組み合わせ、細部まで作り込んだ巨大な立体模型である。デパートの行事や博物館の展示などで一兵も見ているが、ここまで大がかりな代物ははじめてだ。重機の音、発破をかける音、岩塊の崩れる音。それに応じて煙があがり火花が散る。臨場感たっぷりな工事の情景であった。

舞台の大半は手前に傾いた荒原である。舞台美術でヤオヤと俗称される飾り方だ。前傾した台に商品の野菜を並べるのが八百屋だからだ。白々と岩脈を露出した背景から手前にかけて、模型の大型トラックがせっせとミニチュアの資材を積みこみ、いかにも工事真っ最中という雰囲気だった。

「これでどうやって遊べばいいの」

はじめから遊ぶ気満々の瑠璃子は、ヤオヤのセットから、手前に突き出した丸いハンドルに目を留めた。

「これを動かすのかしら」ハンドルを回すと、手前に停まっていた小さなダンプカーが、スルスルと走り出した。

「奥からボールが転げ出てきます。ハンドルを回して、ボールをダンプの荷台で受け止めてください」

説明終了と同時に、爆破の大音響があがり黒煙が濛々《もうもう》と上がった。作業員らしい大音声《だいおんじょう》が轟《とどろ》いた。

「気をつけろ！　岩が転がってくるぞ！」

黒煙が彩色されたボールを吐き出した。客にとっては野球のボール程度の大きさだが、ジオラマのスケールとしては家一軒ぶんの巨岩である。思いがけない角度から転げてきたが、瑠璃子は機敏に反応した。とっさのハンドル操作で、ボールを正面から待ち構える。

だがそうは素直に落ちてこなかった。トラックに激突したボールは、大型車を横転させながら自身も斜めに角度を変えた。

「わっ、ちょっ、ちょっ」

あわてた瑠璃子が、ダンプをその方向へ走らせる。

あいにくボールは土管の山にぶつかり、もときたコースに跳ね返った。

「意地悪！」

瞬時に往復したボールを、どうにかダンプの荷台で受け止めて、喜色満面である。

「なんだ、これでおしまい？」

息を切らして尋ねたときは、ダンプはもう勝手に走り出していた。資材の山の陰に登りの道路があったのだ。車は軽快な走りで資材を迂回、登攀路《とうはん》をひとりでに登りはじめたから、瑠璃子も一兵も呆気にとられた。

なにが車を走らせているのかと思えば、道路に車を導く鎖が埋め込んであった。剝《む》きだしの岩脈に遮られゴールかと見えたとき、停車したダンプが荷台をクルンと反転させた。

落ちたボールをキャッチするのは、下り専用の資材運搬ケーブルカーだ。ボールを載せて一気に急傾斜を駆け下りてくる。目を見張った瑠璃子に向かってボールがヒョイと投げ出された。

「きゃあ」

「瑠璃子さん、そのトロッコだ！」

待機中の車両で受け止めるのだとわかったときは、あえなくボールはヤオヤの最先端の溝に落ちて、見えなくなった。

とたんにヌッと立ち上がった人形は、現場監督らしい虎髭《とらひげ》の男である。

「きさまはクビだ！」

小さな癖に破《わ》れ鐘《がね》のような大声で怒鳴りつけ、サッと消えた。

瑠璃子も一兵も爆笑した。

「関西の遊園地で流行しているゲームを発展させた遊具です」

操の解説によれば、このジオラマは一例で、コリントゲーム仕様や地球ゴマを使った遊戯に模様替えが可能らしい。

「パノラマの基本的な発想は、十八世紀の英国人でロバート・パーカーという画家にはじまります。それを先生が悪戯心《いたずら》を燃やして飾りつけました。子供だましといわれればそれまでですが、のっけからあまり客を脅しても失礼ですから」

ニコニコしながら物騒なことをいう。

「次をお見せしましょう」

奥の壁にある幅の広い開き戸の、右半分だけスライドした。

「エレベーターかと思ったら、違うのか」

瑠璃子も一兵も驚き顔だ。おそろしく奥行きの深い上り階段が現れた。勾配が緩いためだが、平行しておなじ角度の斜路があるのでわかった。

〈車椅子の客に配慮してあるんだ〉

館の開場は博覧会と同時だから、これまでに幾組もの客を迎えたはずだ。年配客の中には足の不自由な人もいただろうし、現に今日訪ねている崔夫人も車椅子の利用者であったから。踊り場で折り返すため歩行距離は長いが、段差が低く楽に上れた。

上りきった境の戸を開けると、また黒い張り物が視界を塞いでいた。

「こちらは〈まどいの間〉です。おはいりください」

2

張り物の一部にあるドアを操が開く。

出迎えたのは額装された大判の絵だ。黒の背景に白い壺が描かれている。操が微笑した。

「一兵くんは知ってるね?」

当然、知っていた。「ルビンの壺ですね。地と図が交換されるんだ」

当然、瑠璃子は知らない。

「なにがルビンなのヨ」

答えるまでもなかった。絵はガラスに描かれていたから、バックのライトが変化すると壺の絵が、みるみる人の顔の向き合う構図に変化したからだ。

「アア……背景と絵が入れ代わるのネ!」

正面の壁には、合わせて三枚の絵が飾られていた。ルビンの壺の隣は、丸い鏡の前で化粧している貴婦人だが、照明の変化につれて丸い鏡は頭蓋骨の曲線に、貴婦人と鏡の中の彼女の姿が一対の眼窩《がんか》に、並んだ化粧水の瓶は剝きだしの歯列に見えてきた。巨大で不気味な髑髏《どくろ》の図であった。

「多義図形です。焦点を絵のどこにあてて、客が見るかで変わります……なかにはこんな絵も」

冠をいただく八字髭の王様の絵が、突然クルリと天地逆さまになった。とたんに冠は僧服の襟飾りに、髭は太い眉毛に、巻きつけていたマフラーはターバンに化け、これは異郷の僧侶とおぼしい。

「あはっ」

瑠璃子の失笑が合図のように、三枚の絵を飾っていた壁が左右に割れた。フロアの明かりがすべて落ちた——と見えたが、壁の割れ目の向こうだけうっすらと明るい。

「どうぞお進みください」

操の落ち着きはらった声に安心して、瑠璃子も一兵も割れ目に歩み入ったが、「エ……なんなの、チョット」

ズズ、ズズとなにやら重いものが左右から近づいてくる気配に、瑠璃子は立ちすくんだ。亀裂がふたたび塞がろうとしている?

「妾たちを挟むつもり……まさかァ」

半分笑いながら瑠璃子はふり向いたが、一兵の後ろにいたはずの操の姿がない。すべてはかき消えて真っ暗だ。さっきまで見えていた前方の薄明かりまで消えて、瑠璃子は鼻をつまれてもわからぬ闇の空間に立ち往生した。

「おどかさないでヨ」

ズズズズという音が、いっそう重々しく、谺《こだま》まで伴って迫ってくる。それも左右両方からだ。

どこかでぱきっ、パキパキ！　となにかひしゃげる音がした。ギエエ！　これはどうやら生きものの悲鳴みたいだ。

ごりごりっ。

ごりごりっ。

「ちょっとォ、なんの音なのサ！」

やっと一兵が答えた。

「磨り潰されてるみたいですね……」

「だからなにがヨ！」

「たとえば人の骨とか」

「おどかすな！」

今にも瑠璃子の声が裏返りそうで、一兵は笑いを堪《こら》えた。

これ以上悪のりすると、後が怖いや。そう思ったとき、少年自身が「ふゃあ」可笑《おか》しな声を漏らしてしまった。

なんとも気色のわるい、得体の知れぬモノを踏んづけたのである。それはどう表現すればいいのだろう。妙にネッチョリと手応えがなく、それでいて足を離すと、靴の裏が粘っこい汁に漬かったような感触が残った。

「いっちゃん、どこにいるのヨ……ヒャ」

瑠璃子も正体不明のなにかを踏んだ様子だ。

「コレいや！」

じたばたさせたその足の下から、ぎゅるるる……ギュルルル……何かの鳴き声が這い上がってきた。

「コレいや、これイヤ、コレいや、いやいやいやーッ」

鳴き声と瑠璃子の悲鳴がゴタ混ぜになっている。

軋《きし》み声のようでしゃがれ声のようで断末魔の呻きのようで。音の正体はもはや一兵にも判然としなかった。

とうとう瑠璃子が壊れた。

「ヤだーっ、もォ！」

無我夢中で走り出すと、グチャリと柔らかいものに顔がめりこんだ。「ぶわ」息が詰まって後ずさりする。前方を塞いだ粘体は水飴のようにベチャベチャベチャ顔一面にまとわりついた。薄いゴム膜に得体の知れない粘稠《ねんちゅう》性の物質を包んだみたいだが、鼻を衝く臭いは生臭く、それも魚ではなく獣の腐肉に違いなかった。

瑠璃子の左右の腕に別々な膜が張りついて、嫌らしい臭いを振りまきながら、異様な触感を齎《もたら》していた。まるで大型の章魚《たこ》か烏賊《いか》が蠢《うごめ》いているかのようだ。鼻孔を塞ぐのは人が腐り落ちる寸前の臭いか。皮膚に接して息づくのは、深海魚が気圧の変動で膨れ上がった有機物、そんな感じだ。無数に集まったナマコ？　それともイソギンチャク？　トゲをなくしたウニ？　もう知らん！　瑠璃子は自分が発狂したと信じた。

同様に一兵も暗くて臭い、わけのわからぬ攻撃、あるいは抱擁を受けていた。ギシギシと牙のこすれ合う音と、にちゃにちゃと唾液が溢れ出る音にまじって、グリグリ、ぐるぐると、脇腹を研がれた鋭角がつついてくる。

くすぐったいのか痛いのか、思わず「よせ!」押し返してギクリとなった。

ククと応える声が、若い女の媚笑《びしょう》だったからだ。

ぞわぞわと足裏から踝《くるぶし》へ、足の甲へと移動してくるのは、青大将か山椒魚か。鱗もなく突起もない。異常なほどの平滑感を伴って、ズシリとした軟体の重量物が這い登ってくるのに抗う術もなかった。

「一兵くん……たすけ」

肩を接してもがいていた瑠璃子の声が、不意に詰まった。

「ゲホッ、ゲホッ」

見えなくても見当がつく。腐臭をまき散らして突出する膜の一部が、彼女の口腔にねじ込まれたのだ。

とうとう一兵が降参した。

「もういいよ、操さん!」

叫ぶが早いか、くわッと白光が空間に溢れた。

網膜を灼《や》かれるようだ。両手で顔を覆うと、全身に絡みついたなにか——固体とも液体とも判断に苦しむなにかが、サアッと潮のように引くのがわかった。やっと手を離して目を開けたときには、妖異のすべては煙のように退散していた。

いったいあれはなんだったんだろう？

冷静なつもりの一兵でさえ、材料の見当もつかなかった。

せいぜい蒟蒻《こんにゃく》や風船、それとも新しく開発された流動体を使っているのかな……そんなことを考えて、例の通り反省した。

（素直に怖がれ！）

明るくなった室内にあるのは、一枚の白っぽい壁だけだ。ぺらりとした壁の中央に、『出口』と書かれた平凡なドアが、ふたりを静かに迎えていた。

「馬鹿にしてる！　浅草の八幡《やわた》の藪知らずよか、ずっとタチの悪い化物屋敷ヨ！」

憤然とした瑠璃子は、出口のドアを押し開けた。

「あ、ちょ……」

一兵が止めようとしたときは遅かった。

「ぎゃああ」

とっときのソプラノを絶唱して、瑠璃子は少年の腕の中にくずおれた。

いったいなにを見てそんなに恐怖したんだろう。おそるおそるドアを覗き込んだ一兵も、一度は体を硬くして——すぐにふきだしてしまった。

スポットライトを浴びてぽつねんと置かれているのは、一脚の姿見でしかない。

「あーあ。自分がいただけじゃないか！」

3

操の先導でまた階段を上った。時間をかけている間に、瑠璃子はどうにか回復した。客が平常心にもどる時間まで計算にいれて、長い階段室を用意したのだろうか。

「あんな部屋に、みなさんを案内するんですか」

答える操は愉快そうだ。瑠璃子の反応は期待以上だったに相違ない。

「いや、きみたちの場合はフルコースだが、客によってフロアを選別してるよ。崔さんひとりのときには全部覗いてもらったけど、今お招きしている奥さんたちは、七階へ直行してもらったから」

案内する階を選ぶといったが、上まで直行だと客をずいぶん歩かせてしまうな。

その疑問より先に一兵は、チーパオの裾を乱して失神する杏蓮を想像した。その顔がたちまち澪に代わったので、一兵は思わず顔を赤らめてしまった。

「次は〈ころしの間〉です。どうぞ」

上階に到着すると、さすがに瑠璃子が躊躇《ためら》った。

「もう気絶なんてごめんだワ」

名前からして「殺し」である。陰惨な血みどろ図絵を想像して二の足を踏んでいるので、一兵が先に立つことにした。開いたドアから砲声が聞こえたので、どんな「殺し」かわかったからだ。

果たしてそこには、壮大な戦争のパノラマが展開していた。

おそるおそる一兵につづいた瑠璃子が、現金にはしゃいだ。

「素敵！」

東宝撮影所で大規模なセットを見慣れた一兵だが、規模と細部にわたる工作には感心した。前景の左右に塹壕《ざんごう》が長くのび、上手には榴弾砲《りゆうだんほう》一門が砂嚢《さのう》に囲まれて布陣、下手には中型戦車三台が待機していた。

正面は鉄条網が張りめぐらされ、その前方を兵士たちの人形が匍匐《ほふく》前進中であった。

高らかに軍歌が鳴り響く。

「天に代わりて不義を討つ　忠勇無双のわが兵は……

勝たずば生きて還らじと　誓う言葉の勇ましさ」

戦車のキャタピラが音高く回ると、榴弾砲が砲撃を開始した。砲口が吐き出す濛々たる煙。近距離なので、ズ……ンと腹に響くような地鳴りを伴う。

その間にも喇叭《らつぱ》の音が遠く――また近く。

模擬戦の音響が応酬する内に、次第に空はたそがれ血色の雲が夜に沈めば、一面の星の海が広がった。

流れ星がひとつ、またひとつ。音もなく夜陰を切り裂く。

嚠喨《りゅうりょう》と戦場を横切って消えてゆく喇叭の音。

「いいわネ……浪漫だワ」

感に堪えぬという面持ちの瑠璃子の、正直な感想であった。

一兵も同感だが多少の違和感は否めない。もし日本が平和の夢破れて戦争に突入する事態になれば、確実に自分は戦いの場に立つはずである。それでも女性の瑠璃子なら、生死の境に陥ることはないだろうが。

満蒙の原野ならともかく、内地の大都市が戦争の被害を受けるなんて、日本人の誰ひとり想像できない昭和の聖代であったから。

「これはなに？」

手前の小さなテーブルに、いくつものボタンが並んでいる。

「巴里……倫敦……紐育《ニューヨーク》……いろんな町の名が書いてあるけど」

操が苦笑した。

「パリ砲の噂をご承知ですか」

「ううん、全然」瑠璃子は無邪気に首をふったが、一兵は聞きかじっていた。

「ドイツが研究中の超長距離砲ですね」

「そう、噂に聞く電気砲かも知れない。理論的には伯林《ベルリン》から、直接フランス・イギリスの首都を砲撃できるんだ」

「まあ！　そんなことができるなら、マジノ線真っ青よネ」

マジノ線は対独戦を予想したフランスが、国境に面して構築した要塞群の総称である。

「理屈はこうです。ものすごく長い砲身の大砲を想像してください。砲手の手元から砲口までの間に無数の高圧電気のゲートを設けます。電源をいれれば、装填された弾丸はまず手元のゲートに吸いつけられます。そのゲートの電源を切って、次のゲートに通電します……」

「へェ？」瑠璃子はまだ呑み込めていない。

「以下どうようの手続きをへて、砲口のゲートに至るんですが、これを猛烈なスピードで行えば弾丸は次から次へと電磁的に吸われて、砲腔内を高速で前進する。最後は砲口から、弾丸が猛烈な初速で射出されるでしょう。音も光もありません、火薬を一切使わないから、敵が砲台の位置を知るのは不可能です」

「素晴らしいワ！」

瑠璃子が無邪気に喝采した。

「文明は戦争の度に進歩するのね！」

「こないだの総合誌で、桜井忠温《さくらいただよし》氏がおなじ発言をしていました」

「桜井……って、ああベストセラーの『肉弾』を書いた陸軍少将さん？」

「戦争についての誌上討論で、清沢冽《きよさわきよし》を相手に力説した趣旨がそれです。ダイナマイトでも飛行機でも、戦争のおかげで発展したと」

一兵が口を挟んだ。清沢は信濃《しなの》出身の有名評論家だった。

「相手はなんと答えたんですか」

「爆弾一発で文明は破壊されるのに、戦争が進歩を促すはずがないと」

「……まァ正論だわネ」

頭でっかちの一兵だから、討論したふたりについてもう少し詳しく知っていた。桜井自身が瀕死の重傷を負った日露戦役描写の『肉弾』は、アメリカ大統領が感動して自分の息子に読ませたこと。アメリカでの移民生活で排日運動の矢面に立たされた清沢は愛国者として一貫して行動し、苦い体験を経ながら今も対米友好を主張していること。

紋切型の先入観では摑めぬ内容を、手探りで読んだ少年は、正直にいって混迷を深めるばかりであった。

すると瑠璃子がサラリといった。

「でも正論なんて読者大衆は退屈するのヨ、尋常小学校の教科書みたい。ハナ　ハト　マメ……あ、新しくなったんだっけ。ススメ　ススメ　ヘイタイ　ススメ」

「退屈でも興奮しても、戦争は殺し合いなんですが」

操が真面目に言い返し、瑠璃子は笑い飛ばした。

「そりゃそうでショ。戦争だもん」

その笑いに、操は乗らなかった。

「降旗さん、殺されるのは嫌でしょうけど、だったら人を殺せますか」

「愚問だなア、殺せないわヨ。だって相手にも親や子がいて、恋人だっているでしょうし……」

「ところがそのボタンを押せば、砲弾が飛んでゆくんです。大勢の人間を殺すために」

「こんなの遊びじゃない……ホラ」

実に気軽にポチと押した。電気砲だから大地を揺るがす砲声は、ない。それに代わって砲身の内部で無数の光の環が明滅した。やがて不気味な唸り声を残して、弾丸らしい影が背景の夜空めがけて射出された。

新兵器の砲撃というには、てんで呆気《あつけ》ない。それっきりだ。

「なんなの、これだけ？　あ！」

地平線の彼方、下手方向がギラリと光った。一瞬エッフェル塔らしいシルエットが現れて消えると、その真上で電光ニュースが瞬《また》いた。

『巴里市街に甚大な被害。死傷者約30000人』

「あはっ。ボタン一押しで三万だって。ひと思いに紐育、行ってみようか！」

ポチと押した。

遙か上手で光芒が一閃する。浮かんだシルエットは、エンパイヤステートビルと思われた。

『紐育市街に大打撃。死傷者およそ100000人』

「やったァ」

パチパチと拍手する。無邪気なものだ。

「殺す相手が見えないから、気楽よネ！」

「ではこれはどうでしょう」

スイッチボックスに手をのばすと、片隅のボタンを隠していた木製の蓋を外した。

「国内の都会です。東京や大阪では近すぎるので、このあたりでは？」

ボタンの名札に『廣島《ひろしま》』とある。反射的に押そうとした瑠璃子が手を止めた。

「日本の町なんて、イヤだわ」

「どうせ見えない相手なら、相手が誰でも気楽じゃないですか」

操はかすかに笑っているようだ。

「ここは〈殺しの間〉なんです。ボタンひとつでなん十万も人を殺せる戦争ごっこの部屋ですから」

バタンと音高く瑠璃子がスイッチの蓋を閉めた。

「どうしました」

彼女の頬が上気している。

「あんた、アカ？」

これには一兵もびっくりした。記者だけあって敏感と思われた。

「こんなゲームをやらせて、妾たちに戦争を嫌わせたいの、非国民を作りたいのネ！」

操は苦笑していた。

「困ったなあ。どうせ戦争するなら勝たなきゃいけないでしょう？　日清日露世界大戦、勝って日本は亜細亜のトップに立ちました。昔からいいますよね、攻撃は最大の防御なり。先手必勝。自衛だなんていってたら、みすみすよその国にやられるでしょう」

操の笑顔は冷凍されているように、一兵には見えた。

「モガのあなたが、そんなに怒るようなことですか？」

そして操は、笑顔をそのまま一兵に向けた。「きみはどう思うんだい」

少年はまったく別な問いを発した。

「『慈王羅馬館』は、各階のこらず先生のアイデアなんですね」

「……？　そうだけど」

「いろんな国の偉い人を招いたんだ、この館に」

「そうだよ」

「その人たちが、こういうゲームにどんな興味を見せるか。どこまで本音を出すか。その反応を観測したかったんですか」

ふっと操が溜息をついた。「ぼくが聞きたいのは、きみ自身の感想なんだけど」

痛いところを突かれて、一兵は狼狽した。

「俺、またやっちまった……」

あーあ、と大仰に瑠璃子がぼやいた。

「いっちゃんてばいつもこう。社長が笑ってたわよ。那珂くんは評論家に向くぞって」

少年はぺこりと頭を下げた。「すみません」

操はなんの蟠《わだかま》りもなく、ふたりを階段室へ誘った。

「まだ五階があります。〈わらえぬ間〉へ行きましょう」

例によって緩い階段を、一兵が重い足どりで上っていたら、躓《つまず》いて蹴込みのひとつに傷をのこして、蹈鞴《たたら》を踏んでしまった。

「大丈夫かい」

「あ、はい、平気です」

操に答えながら少年は、〈ころしの間〉で受けた衝撃を反芻《はんすう》する。

遊戯と思えばそれですむが、大枚の金をつぎ込んでこんな館を造り上げた先生の真意は、どこにあったのだろう。

わかるのは彼が、理解の追いつかない〝自由人〟だということか。

洋の東西を問わず放浪した末に、国へ帰れば殿様生活が待っていた宗像昌清である。世界地図で見た日本は、まさに〝極東〟でしかない。古今の知識を蓄えた先生は、俺なんかとまるで違った思想を抱いてるのだろうか。

三二七五〇トンの新戦艦『陸奥《むつ》』が進水したと聞いて胸を躍らせ、更に排水量四二〇〇〇トンの超弩級《どきゆう》戦艦『尾張』の計画廃絶を聞いて悔しがった俺。せいぜいその程度にちっぽけなんだ。

4

狭苦しい国しか知らない日本人は、〝雄飛〟と称して、大陸に乗り込むのが関の山であったけど、伯爵の目には遙かに広大な世界が映っているんだろう。

――でも、それなら、先生は。

亜細亜の平和を守るため軍備増強に懸命なわが帝国を、どう考えているんですか。

〝アカ〟だの〝非国民〟だのと決めつけるつもりはないけれど、あの〈ころしの間〉からは、皇国の大義を唱えて敵と戦う、そんな気概が少しも感じられなかった。ジオラマから聞こえてくるのは、シニカルな冷笑でしかない。

夜店の仙波爺さんなら、きっと嘆くだろう。

「大学を出た男は理屈をこねるばかりだ。いざとなったら糞の蓋にもなりゃせんよ」

「〈わらえぬ間〉です、どうぞ」

操が階段室のドアを開ける。〈ころしの間〉で遊んだ瑠璃子は、余裕をもって中へはいり、一兵もつづいた。

出迎えたのは、いつもの真っ黒な板囲いだ。

慣れてきた瑠璃子がさっさと扉に手をかけた。それがきっかけらしい。

ボオオーッ……！

至近距離を汽笛が耳を劈《つんざ》き、一兵のおなかの底まで震わせた。ガッシュガッシュと鉄の車輪が回転して、鉄路に擦れた歯の浮くような軋みを伝える。黒煙が濛々と立ち込めていたから、音響効果だけで目にはなにも入らない。

やがて煙が晴れ、視界が広がった。ここも素晴らしく完成度の高いジオラマだ。

手前からのびた二条のレールが、正面にぽっかり開いたトンネルに吸い込まれている。田舎の停車場といった風情がリアルで、『乃木学生服』だの『中将湯』だの毎度馴染みの広告が駅舎の妻板を飾っていたが、もちろん実寸ではない。五分の一程度の縮尺でも、縦の構図を強調したジオラマに迫力がある。トンネルの奥に見えていた赤い燈がふっと消えた。たった今通過し去った列車のテイルランプだろう。遠く——長く——汽笛が遠ざかっていった。

「よくできてるわネ」

感心した瑠璃子が、次の瞬間ぐっと一兵の腕を摑んだ。

「あれはなによッ」

とうに一兵は気がついていた。

昌清がなんの趣向もなしに、駅のジオラマを見せるはずがない。それにこのフロアの題名は〈わらえぬ間〉なのだ。

鮮血で半顔を真紅に染めた白兎の首が、すぐ前のレールの間に転がっていた。擬人化された兎だから大きい。枕木の上には、赤いセーターに白のエプロンドレスを着た女の子の体がうつ伏せになっている。

目ざとい一兵は、『鮫が浜』の駅名標が立つホームに、黒兎の男の子を認めていた。女友達が轢《ひ》かれたことも知らず、ベンチでうたた寝している。

「凸凹黒兵衛……」一兵が呟くと、瑠璃子が反応した。

「『婦人倶楽部』の付録ネ、田河水泡のマンガだったっけ」

「友達の白ちゃんが落ちて轢かれた、その情景なんだ」

よくできている……できすぎている人形であった。

二人が茫然としている前で、ジオラマは反時計回りにゆっくり回転をはじめていた。

『鮫が浜』の駅名に相応《ふさわ》しく、ホームの背後に広がる砂浜と岩礁と海が見えてきた。ジオラマの規模は雄大で、本物の水が湛《たた》えられている。長さも三メートルはありそうだ。岩礁のひとつには、三〇センチほどの人形が腰掛け、釣り糸を垂らしている。まだ元服前の少年武士だ。釣り糸が大きく揺れた。

「ヤだ」「うわ」

瑠璃子ばかりか一兵まで声をあげた。

水を割って黒い三角の鰭《ひれ》が走っていったからだ。鮫の背鰭が通過した後の水が、見る見る赤く濁ってゆく。

だが、釣りをしていた前髪立ちの少年は、平気なものだ。

「あれも『少倶』のマンガの主人公だよ。二投流の日の丸旗之助《はたのすけ》」

「ニトウリュウって、宮本武蔵《みやもとむさし》?」

「そうじゃなくて。トウは投げると書くんだ。両手で二本の投げ縄を使う」

足元の海が真っ赤になっても、旗之助は驚かない。腕が可動になっていて、悠然とした動きで竿をあげた。

釣り針にブラ下がっていたのは、おなじくちょん髷《まげ》を結った若い男の首である。

「タンク・タンクロー！」

一兵は唸ったが、瑠璃子は初耳だ。

「やはりマンガの主人公？」

「『幼年倶楽部』連載の阪本牙城《さかもとがじょう》作品です。髷を結って長靴を履いて、体は大きな炭団《たどん》そっくりで。ほら、そこに浮かび上がった！」

赤い波間からピョコタンと滑稽な動きで、タンクローの体が浮き上がった。炭団に見えるが穴がいくつも開いている。いっしょに長靴だの日本刀だの、拳銃までぷかぷかと浮かんでいた。

「あの穴から、手足や翼やプロペラが出るんです。分身まで大勢が飛び出してくるという無茶苦茶なマンガ」

「それって人間なの、機械なの」

「さあ？」

聞かれた少年も当惑した。

「一種の超人でしょうね。正体は作者でなくてはわかりませんよ」

説明の間にもジオラマの回転はつづき、近景に海浜を眺める食堂が広がったところで、ぴたりと停止した。今度はどんなゲテモノが登場するかと思ったが、展開したのはいたって平和な団欒《だんらん》の場面であった。

大勢の人物がテーブルを囲んでいた。やはりマンガのキャラクターたちで、全員が一兵の顔なじみである。冒険ダン吉、コグマノコロスケ。のらくろは伍長に進級していて、首輪の札に一本の金筋とひとつ星を飾っている。トーキーの漫画映画スター、ポパイやミッキーも同席していた。

「日本とアメリカが仲良くしてる。さすが平和博ねエ」

瑠璃子は笑顔だったが、一兵は顔をしかめた。

「とんでもないメニューだけど」

注意されて、瑠璃子はギョッとした。

トレーを捧げたメイド服のベティ・ブープが接待中なのだが、運んでいるガラス器はどう見ても大型の溲瓶《しびん》だ。ベティらしい声が高らかにあがる。

「ビール、お待ち遠さま！」

溲瓶の中には黄金色の液体が、細かな泡を浮かべて揺れていた。

テーブル中央の大皿には、濃厚な色彩のカレーライスが盛られ、中腰になったマンガの登場人物が取り分けようとしているが、よく見ると大皿ではない。真っ白で清潔な——ただし陶製の和風便器であった。

ポパイは別に注文したらしく、フォークに刺したウィンナソーセージを口に入れている。繋がったその先は床で仰向けの子牛のぬいぐるみだ。ジッパーが開いて、大きく割れた腹の中にはいくつも生々しいソーセージが折り畳まれていた。

ひとり箸を手にした冒険ダン吉は、琺瑯《ほうろう》製の痰壺をかき回している。隣席からコロスケが覗《のぞ》き込み、彼のものらしい声が聞こえた。

「牡蠣《かき》の三杯酢、おいしそうだね！」

そういわれればよく似てる……想像しただけで一兵は、気分が悪くなってきた。

その隣では蛸の八ちゃんが鍋をつついている。箸にブッ刺したのは足を丸めた子供の茹で蛸だ。その足下ではダン吉の相棒ネズミのカリ公が、八ちゃんのズボンから出た足をうまそうにかじっていた。

サービス係のもうひとり、いや一匹はミッキーの彼女のミニーだが、肥桶から出したばかりの柄杓を卓上にかざしている。

「ほかほかのシチューがおいしいわよ！」

桶の中にはなにやら燻《くす》んだ固形物が茶色の溶液にたゆたい、柄杓からは匂うような湯気が立ちのぼって、目さえ瞑《つむ》ればまことに栄養豊富な献立であった。

「おえ……」

つい瑠璃子は口を押さえてしまった。

「悪趣味ヨ！」

一兵だってげんなりする。

「こんなジオラマに有名登場人物を出すなんて。怒った原作者に告訴されたらどうするんですか」

水泡はむろん、中島菊夫《なかじまきくお》、島田啓三《しまだけいぞう》、吉本三平《よしもとさんぺい》、どの漫画家もファンなのだ。

「対策ずみだよ。ホラ、全員に名札が添えてあるだろう」操が苦笑した。

人物たちは名札をブラ下げていたが、目を凝らせばこう記されていた。

『のらぐろ』『冒険タン吉』『コグマノグロスケ』『ポパイ』『ニッキー』『ペティ』『ミミー』『蛸の六ちゃん』『ガリ公』……。

鮫が浜の場面では、『目の丸旗之助』『タンク・タングロー』『グロちゃん』『凸凹黒兵衛』ただし振り仮名は『グロべえ』……一兵は呆れた。

「ずるいや」

「田舎へ行くと、浪曲の〝玉川勝太郎《たまがわかつたろう》〟が実は〝王川勝太郎〟、喜劇の〝榎本健一《えのもとけんいち》〟ではなく〝榎木健一〟……そんな贋物の興行がかかってる。真似が特技の日本文化のひな型だ、先生はそう仰っていた」

「こんなのをよその国の人に見せるなんて、国辱じゃないか！」

腹が立つけど、相手が操ではあげた拳固の振り下ろす先がない。解説役の操自身が困惑気味だった。

それに――と一兵は例によって、理詰めで先生の思考を追いかけた。

厭味だグロだと呆れる前に、館内を覆い尽くした感覚に、世紀末の暗鬱《あんうつ》を感じさせられていた。やりきれなさの根源は、宗像伯爵その人の胸の内奥にあるのだ、きっと。

あーあ、また俺は勝手な推量で遊んでる。

一兵が頭をふると、フランス映画の名監督の名が浮かんだ。先生はきっと、ジュリアン・デユヴィヴィエのファンだろう。

『地の果てを行く』では、罪を逃れるため傭兵になったジャン・ギャバンが、生還を目前にして敵弾に倒れる。恋人の死を知らされた踊子アナベラは、一瞬佇立《ちょりつ》しただけでまた物憂げに踊りはじめる、その大写し……。

『我等の仲間』では、親友シャルル・バネルに誤解を受けて面罵され、無念の涙を滴らせながら友を殺すギャバン。彼が警察に引かれて空虚になった家の中で、かつて友情の証であった柱時計が、おもむろに時の鐘を打つ……。

子供ながら一兵には、滅びゆくものを悼む心があった。まして世界を股にかけた伯爵だ。思いも寄らぬ屈折の挙句のペシミスムなんだ。

想いめぐらせて、ゾクリとした。先生も滅びを待っている?

俺って生意気なガキ！

そう思った少年の耳に、操の声が聞こえた。

「この上が〈いこいの間〉だよ。さあ、行こう」

5

昌清と約束した時間が近づいたようだ。いわれるままに、勾配は緩いが長い階段を踏んで踊り場に出たとき、昌清が立ち上がった。

「やあ」折り返して上る階段から、一兵はちょっと不意を打たれた。

手すりの陰で見えなかったので、一兵はちょっと不意を打たれた。

館の趣向には承服できない。面と向かったら文句をつけようと思っていた一兵だが、出端を挫かれた。

それに当人のひどく気落ちした様子も気にかかった。俺が先生とペシミスムを繋いで考えたから、そう見えたんだろうか。

彼は指に挟んだ煙草を見せた。

「吸いに出ていた」

落ちる灰を始末するため、ちゃんと『朝日』の空き缶を持っている。もっともそれは、階段室へ出る口実であったようだ。

三人に向かって声を低めた。

「もう少ししてからはいろう」

「え……〈いこいの間〉でなにかあったんですか」

操の質問に顔をしかめた。

「発作を起こしたのだよ、崔の奥さんが」

なんのことだろう。しかし操には、予備知識があったらしい。

「禁断症状ですか、阿片《あへん》の」

その言葉に一兵はギョッとした——阿片だって！

世界一汚い戦争といわれた阿片戦争なら、一兵も熟知していた。少年だけではない、日本人なら誰もが、白人の代表的な悪行として聞かされている。阿片の輸入を禁止した清国に、暴利を図る英国が戦争をしかけ、大国清の屋台骨を大きく揺さぶった。その悲劇を目にした幕末の志士たちが、白人の日本侵略を水際で食い止めた。それは知っていても、阿片そのものについて一兵は無知だった。

今にして思い当たる節がないでもない。名古屋駅のコンコースで、遠目ながら見た潭芳の病的に不自然な厚化粧。夢に漂うような頼りなさは、阿片中毒の齎した姿だったのか。それとなく崔は、夫人を市の有力者から隔離していた。

一兵は思わず同情の言葉を吐いた。

「あんな大金持ちでも、阿片の害を防げなかったんですか。王道楽土を目指す満州だというのに」

すぐには昌清は反応せず、間をあけてからいった。空き缶に吸殻を捨てるような口調であった。

「満州帝国の経済の一半《いっぱん》は、阿片が支えているのだよ」

「……？」

一兵の理解がついてゆけない。

「でも……だって、阿片は麻薬なんでしょう？　そんなの、犯罪じゃないですか。阿片戦争は悪辣な白人が亜細亜を食い物にしようとして起こしたんだ」

「だからぁ」

駄々っ子を諭すような瑠璃子は、ジャーナリストの才女、それも悪名高い帝国新報社長の女であった。

「日本もイギリスの真似をしたから、戦争ができたし、満州も独立できたのヨ」

「……」

少年は絶句した。

阿片で得た汚い金で、兵士に銃を持たせた正義の皇軍なんて考えられない。天に代わって不義を討つための阿片？　すると阿片も正義の一部なのか。「ススメススメヘイタイススメ」で文部省に躾《しつ》けられた良い子なら、「嘘だ！」顔を真っ赤にしただろう。しかし銀座の夜を知る一兵は、大人が唱える綺麗事に裏があることを、しばしば思い知らされていた。

「……そうだったのか」

反論の力もなく肩を落とした。

正義なんてどこにもないんだ。大英帝国になかったように、満州にも大日本帝国にも。

操がそっと補足した。

「興安嶺《こうあんれい》の麓に広がる優良なケシ畑は、すべて崖の土地だそうだ。もう一度満州事変を起こせるほどの財力だよ。だから関東軍が警備し流通の面倒まで見ているのさ」

「そうなんだ……」一兵はすっかり脱力していた。

「潭芳さんも、その犠牲者だったのか。可哀相に」

「そうともいえない」

昌清は冷酷にいいきった。

「可哀相どころか幸せだよ。金さんの見立てによれば、夢とうつつの境界を逍遙《しょうよう》して、もう現実に戻れないという……あまりに長くドーパミン塗《まみ》れになっていたから」

いっそう少年の声が小さくなった。

「廃人なんですね」

「それでもやっぱり幸福なのヨ」

遠慮がちだが、瑠璃子が割ってはいった。満州にたびたび出張した樽井から、中毒患者の実態を聞かされていたようだ。

「阿片常習の人たちは、二十代でも五十代に見えるって。財産のこらず阿片につぎ込んで、ボロ雑巾みたいになって死んでゆく。化粧で騙し騙し死ぬまで阿片に浸れる潭芳夫人は、幸福な部類じゃなくて？　妾も阿片を吸ってみたいなァ。死ぬほど気持がいいんでショ。妾ならホントに死ぬまで吸うわネ、きっと」

阿片と人類のつきあいは長い。紀元前三〇〇〇年のシュメール文明の石板に、早くも阿片が登場しているという。はじめの内こそ麻酔の薬効を求めて服用され、含有するアルカロイドの作用で鎮痛に著効があったのだが、極度の依存性のためその魔力に取りつかれ、やがて精神が蝕まれてゆく。男女間の秘事に影響して荒淫を招き、悪寒、麻痺、痙攣などの禁断症状を呈し——肉体的精神的な破綻に加え、高価な麻薬の購入で経済的にも家は傾く。それゆえに阿片は、国家を営めるほどの巨利を博するのだ。

一兵は茫然と立ちすくむばかりである。

亜細亜の守護神を自認する日本は、有色人種を代表して白人の横暴と戦っている。満蒙に蟠《ばん》踞《きょ》する匪《ひ》賊《ぞく》を駆逐するのも、日本に興亜の志《こころざし》あってのことだ。そう固く信じていた。その志を支える一端が阿片だというのか！

それっきり昌清は口を噤《つぐ》んでしまった。……やおら操に声をかける。

「そろそろいいだろう」

「はい。みなさん、どうぞこちらへ」

昌清に促された操が、扉を開ける。

階段を上がる昌清の背中から、一兵は視線を落とした。

（ん？）

なぜかかすかな違和感があった。

疑問を反復させる前に、流れこんできた陽気な音楽が、ひと思いに少年を〈いこいの間〉へ誘い込んでしまった。

6

明るくて広い空間が、鬱屈した負の感情を小気味よく吹き飛ばした。このフロアに限って目障りな黒い張り物は一枚もない。

あるのは天井から目の高さまで、豊かな質感を保って垂れている、色とりどりなカーテンの林だ。紅花色、蜜柑色、若草色。生気に溢れた自然な明度の高い色が、さわやかな色彩設計で重ね合わされ、あるかなしかの風で揺れ、天井の間接照明を攪拌《かくはん》していた。ぼってりと重量感を湛えた緞帳《どんちょう》があるかと思えば、半透明の生成りの紗幕が、楽の音に合わせて裾をひいて踊っている。

「エリック・シャレル監督ですね」

目を輝かせる一兵に、昌清が微笑した。

「そうだよ。もう三年前になるな。ドイツ映画の『会議は踊る』。主題曲の『ただ一度の機会』だね」

夢のように軽やかに走る馬車——広い園庭で華やかに踊る娘たち——旋律に乗って広がる輪舞と群舞のシーンを、一兵は思い出していた。

そのときの雲に乗ったような心地よいメロディを再生するのは、深紅のドレープに囲まれスター然としてステージ上に設置された大型電気蓄音機だ。人間なら二、三人立てる程度で膝くらいの高さしかない舞台だが、十分に『君臨』のムードを湛えている。照り映える電蓄のマホガニーの肌が艶《なまめ》かしい。今にもステップを踏みそうだった瑠璃子が、不意に体を強張らせた。

「崔さん……奥様も」

カーテンに遮られてしばらく気づかなかった。豪奢《ごうしゃ》な曲線を描くカウチが据えつけられていて、そこにもたれかかっているのは、潭芳夫人であった。木賊《とくさ》色のチーパオから伸びた足が、痛々しく痩せ細っているのは、纏足《てんそく》のためだけではないだろう。

「……お前もホテルで会っていたね。降旗瑠璃子さん。それに那珂一兵くんだ」

カウチの背凭《せもた》れに手をかけた崔がやさしく声をかけたが、彼女はほとんどなにも反応しない。仮面を着けたというより、目覚めてもまだ夢を漂う気配が濃厚であった。潭芳の足元にかしずいていた金が、待機する久遠にうなずいた。

ただちに女主人を支えた彼は、力強い動作で潭芳を車椅子へ移動させた。

慣れた座面に腰を落として、ようやく周囲を見回すゆとりができた夫人は、けぶるような目で一兵を見た。

「那珂です」

自分を認識する力があるかどうか不明だが、少年は精一杯威儀を正して挨拶した。

遠いどこかで彼女はかすかに微笑んだ。

一兵ははじめて潭芳夫人を間近に、画家の目で見ることができた。

美貌——というには、あまりに現実離れした容貌であった。化粧の秘技を尽くして、形ばかりの魂を吹き込んでいた。目鼻だちは整っているのに、人よりも骸《むくろ》に近い印象が浮き彫りにされている。

腑分けの現場に立ち会う蘭画家のように、一兵は耐えていた。

阿片が人間の体と心にどんな爪痕を残すのか。見ておかなければと、自分を励ました。帝国の垂れ流した毒の具象化が阿片なら、日本人のひとりとして目に焼きつける責務がある。そう思った。

昌清が語った軍と満州の機密を、まるごと信じたわけではない。阿片の快楽を貪っているのは、中国の人たちじゃないか。それに付け込んで暴利を得たのは、英国じゃないか。出遅れた日本が先進国を模倣して、大陸に足がかりを得ようというのを、非難する資格がどこにあるんだ！

——と、日本人の上層部なら即座に大義の論理を組み立てただろうが、困ったことに心に純粋さを残した一兵である。

なにが東洋永遠の平和だ、亜細亜の曙だと歯嚙みする気分であったが、口にして吼《ほ》えたてる子供でもなかった。

少年の怒気を、崔は勘づいていたようだ。豊頬《ほうきょう》を僅《わず》かに緩めている。

（この大富豪は、廃人の妻をどんな思いで見ているのだろう……）

不意に思い当たった。

（潭芳さんは、娘のころから阿片漬けだったのでは？）

彼女の土地が産出した麻薬を流通させるのは、今は日本軍。でもそれ以前から彼女の家が、阿片集散の基地であったとしたらどうだろう。一家あげて悪魔に魅入られた可能性は十分にある。

愕然としながら、一兵の頭が回転した。

大人《たいじん》の風格を備えた富豪は、纏足を承知で潭芳を嫁にした。阿片で彼女が早晩廃人になることまで、承知していたとすれば？

「那珂くん」

「あ、はい」

一兵は我に返った。ぼんやりしていたつもりはないのに、いつ久遠が車椅子を移動させたか気づかなかった。潭芳が命じたのか、音もなく車輪が滑って幕をかき分けていった。カーテンの陰だったから、昌清も崔もとっさに目に入らなかったようだ。

崔が急いで声をかけた。

「帰るのか、久遠」

こちらを見た従者が丁重に頭を下げると、昌清が慌ただしく操を呼んだ。

「夫人のご案内を。下までお送りして」

「失礼しました！」

操は急いで追いかける。

階段室の扉は帳の陰になるが、声は聞こえた。久遠と潭芳がつづけざまに口走り、やがて階段室の扉がスライドした。一兵の目には、右半分の扉が開閉したかに見えた。

足元から鳥が飛び立つ勢いの車椅子の退場であった。崔は弁解の口ぶりになった。

「また発作の予感があったようだ、失礼した」

「いや……」

曖昧《あいまい》に答えた昌清は階段室の扉に目をやっていた。

一兵はやや奇異な思いに囚われている。

(先生は下りるように指示した。でも右の扉は上り階段だと思ったけど?)

そのとき瑠璃子が、崔ファミリーの中の足りない顔に気づいた。

「杏蓮さんと、それに金さん……でしたか、看護婦さんがいたんですよね」

崔はさらりと答えた。

「金白泳なら、杏蓮を駅まで見送りに行かせたよ」

「名古屋駅に?」

「そう。燕号のホームへ」

驚いた一兵が崔に近寄ると、彼の柔和な目が瞬いた。

「銀座で働いているそうだね、妹が……ひと目会いたいとせがんだから」

「澪ちゃんが、姉さんに会えるんだ!」

飛び切りの朗報だ。一兵は無邪気に喜んだ。

そうだ……少年は燕号のダイヤを諳《そら》んじていた。超特急燕号なら、名古屋駅発午後三時四十三分。そして東京駅着が午後九時である。

「澪ちゃんが銀座にいる間に、到着します！」

自分の手柄のように胸を張る一兵を、崔が眩しげに見つめた。

「ミオというのか、杏蓮の妹の名前は」

「はい。姉妹よく似てるといっていました」

横顔に注がれる視線を感じてふり向くと、昌清がいた。

「それならきっと、売れっ子の燐寸《マッチ》ガールだろうね」

「はい！」

つい力みすぎ俯《うつむ》いてしまった。もじもじしてその場を離れると、瑠璃子がからかい顔で囁《ささや》いた。「どこへ行くのヨ、いっちゃん」

「厠《かわや》」

ブスッといった手前、階段室の隣の洗面所に向かったときだ。扉越しにけたたましい女の声が聞こえた。中国語だから潭芳だ。彼女ならとっくに下りたと思ったのに？

一兵の目の前で右半分の扉がスライドして、車椅子が飛び出してきた。乗る潭芳も押し手の久遠も血相を変えていた。

「メイヨー！」

そんな発音であった。

没有？「ない」といったのか？　いったいなにが。

それ以上一兵には理解できない。わめき散らすふたりを、昌清が押しとどめた。それでも絶叫をやめない潭芳は崔に抱きしめられる。

久遠が唾を飛ばしていた。ふだん寡黙《かもく》な彼だけに、一兵も顔を強張らせてしまった。

……やがて少年に首をふってみせたのは昌清である。

「また発作らしい。後は崔に任せよう」

「……はあ」

生返事したが納得できない。館を下りたはずの潭芳が、なぜ絶叫して戻ってきたのか。それも右半分の扉から。では車椅子は上階から現れたことになる。

潭芳の狂乱ぶりもただの禁断症状とは思えなかった。護衛役の久遠まで、いっしょになって叫んだではないか。

瑠璃子が困りきっている操に歩み寄った。彼は階段室の境で立ち往生していた。

「いったいなにがあったの。奥様は下へ行ったんじゃなかったの」

「いえ、それが……どうあっても奥様はもう一度七階へ上ると仰って、仕方なく」

近づいた昌清に、操はしきりと頭を下げた。

「申し訳ありません。ぜひともと仰いまして、つい」

昌清はうなずいていた。一兵にはわからないが、なぜか彼はこの事態に納得した。

「……やむを得なかった」

その視線は意味ありげに、一兵と瑠璃子に向けられている。瑠璃子の記者としてのカンが、少年に先んじた。

「先生。今さら隠しても遅いですワ。この上は、阿片を吸引する部屋なんですネ」

7

あっ！

驚愕した一兵は口もきけない。昌清は諦め顔で微笑んでいた。

「樽井くんに可愛いがられるだけはある」

「ありがとうございます。……図星でしたのネ」

「ここまでくれば、あんたも見ておきたいだろう。……行ってみるかね」

小気味よい返事が跳ね返ってきた。

「モチのロンですワ！」

昌清に従って瑠璃子が階段を上って行く。一兵もとっさに後へつづいた。好奇心は少年の天性なのだ。法治国日本に阿片窟——無法で異常な空間が存在するなんて。

階段を上りきると、例によって扉に阻まれる。

「七階は〈いのりの間〉と呼ばれている」

昌清が解説役を交代したのも、ここが館の核心に当たるからに違いない。

床一面に落ち着いた木質の合板が、大型のタイル状に敷きつめられていた。

「コルクだ。原料をポルトガルから輸入して加工した」

靴底に心地よい弾力が感じられた。快適な柔軟材のおかげで、床のどこにも気安く寝そべることができそうだ。

腰壁は床上五〇センチほどの高さだが、墨色の厚手な板が張りつめてある。正体は一兵にもわかった。

（エボナイトだ……高いんだろうな、材料費）

ゴムに硫黄を加えて加熱したものだ。普通はせいぜい万年筆に用いるくらいで、壁材に使うなんて聞いたことがない。

その上部の壁布は目の細かな砂色であった。天井は淡いクリーム色だが一色ではない。目に自信のある一兵にも、まるで見当のつかない異様な色調とフォルムが、同心円状にのたくっていた。

広さは六階とおなじでも、帳や幕がないから〈いのりの間〉は広々としていた。

音曲のたぐいも皆無で、耳をすませば一定の換気音だけ聞こえた。

瑠璃子が溜息を漏らしたのは、広間中央に聳立《しょうりつ》する柱だ。全面が鏡というのには度肝を抜かれた。下三分の一がぼってりと膨らみ、上部はたおやかな円柱と化して、天井の同心円の中心まで伸びている。

近寄った瑠璃子は、歪んだ鏡の曲面に自分の姿を見て、いったん笑いかけたがすぐ気味悪そうに距離を置いた。

大きいので即座にはイメージできなかったが、柱代わりに天井を支える細長い壺と思うことにした。それにしても壺形の鏡とは妙なものだ。ホンの少し視点が移動しただけで、自分が映り床が映り天井が映る。それも極度に戯画化された形に。見つめていた一兵は、だしぬけにその壺が、歪んだ自分を映したまま飛翔する幻覚に囚われ、あわてて目をそらした。

「阿片は、ここで吸引するのかしら」

瑠璃子が広間を見回している。家具ひとつないから、思い思いの場所に寝そべる他はない。触感の柔らかなコルクはそのための床材だろう。

「阿片吸引の道具は、客の好みに応じて用意できる。水煙草でもパイプでも……万一激しい発作が起きたときのため家具類は一切置かず、腰板も床も必要以上の硬度を避けた」

昌清の解説に、瑠璃子は無遠慮に鼻を鳴らした。

「阿片窟ならそれらしく、もっと妖しい舞台装置がほしいですワ」

「当然だな……そこで鞘絵《さやえ》を飾ったわけだ」

昌清が聞き慣れない言葉を使った。一兵も瑠璃子も初耳であった。

「なんです、それ」

「日本流のアナモルフォーシス。といえば、少年にはわかるかな」

昌清が振り返った。それなら知っている。

「だまし絵の一種なんですか」

「そう。歪んだ図形を円筒形の鏡に投射すると、はじめて完成された絵が出現する。日本では円筒の代わりに刀の鞘を使っていた」

「ああ、筒ではなく刀の鞘に映して見たんだ」

「楕円の鞘に映すから原画には、綿密な計算に基づく歪みを必要とする。ここで私が試したのは壺絵とでもいうべきだね」

スイッチを入れたらしい。〈いのりの間〉に瀰漫《びまん》していた光が消え、代わって天井全体がゆるゆると明るんできた。

「あっ」

一兵と瑠璃子が同時に叫んだ。

壺を覆う鏡の曲面に、目を奪うほど艶かしい浮世絵が投射されていた。一兵はむろん瑠璃子も知悉《ちしつ》していた。肌もあらわな黒髪の美女に、大章魚《おおだこ》がぬめぬめと八本の足を絡めた妖しい絢《けん》爛《らん》。

「北斎《ほくさい》ですね！」

「本物ではないよ。下手くそな私の模写さ」

昌清は照れくさそうだ。どうやら彼の手すさびらしいが、それにしても——。

模写の技術もさりながら、実際の作図には複雑な計算が要求されたはずだ。

「十七世紀のフランスに始まっているね」

昌清は学者然とした口ぶりだった。

「哲学者で数学者だったニセロンという人物が、『おかしな遠近法』という著作で発表した。洋の東西を問わず人間とは、奇妙なものを考案して遊ぶ動物だよ」

「こんな絵を見ながら、阿片を吸うなんてどんな気持かしらねエ」

吐息をひとつした瑠璃子が率直に質問した。

「このおかしな遠近法は、いったいどんな役に立つのですか？」

「なんの役にも立たない」

昌清は一笑に付した。

「ダイナマイトやタンクと違って、まったくの無害、そして無益だ」

「なあんだ」瑠璃子も笑った。「ただの遊びなんですネ」

「遊ぶのは人間の証明だ。たかが縄張りを広げたいだけでおなじ種族が殺し合う動物は、ヒトの他にもアリやハチがいる。だがこんな無用の遊びを楽しんで、馬鹿笑いできるのはわれわれ人間だけだよ。大いに誇るべきだね」

昌清の本音とは思うが、一兵はやや不満を覚えていた。

(少し焦点が甘い)

鏡に映し出す美女の絵が、わずかにピントが合わなかった。

(おかしいな。壺の寸法がもう少し大きければ、ピッタリなのに)

後で考えると、少年画伯の目測は驚くほどの精確さであったが、このときはまだわからない。

操が階段室から顔を出した。

「先生。……潭芳夫人が今度こそお帰りになりました。久遠さんが確かにお送りするそうです。ホテルに着けば、金さんももう帰っているはずですし」

「よかった。では安心して……といっては崖にすまないが、落ち着いて少年を案内できるな」

8

六階に下りるとすぐ、カーテンの林を分けた操が、正面の鏡張りの窓をサッと開いた。

両開きの窓は想像以上の大きさだ。五月の薫風が吹き込んだ。窓から望まれた青空の、なんとすばらしい高揚感。

「わあっ」

一兵は反射的に歓声をあげた。各階に窓はあっても、開いた窓を見るのははじめてだ。かぶりつくと、傾いた太陽の光が右斜め上から降り注いでいる。

「コラ、危ない」

瑠璃子に学生服の裾を摑まれて、つんのめった。

制止されたのも当然で、窓の腰板が意外なほど低い。見晴らしを強調するためか、床に若干の勾配がついていた。うかうかすると転げ落ちる。二階や三階ならともかくここは六階で、窓外は平滑な外壁がつづくだけだ。窓を締め切りにしていたのは、転落の用心もあるのだろう。

「ハイ、ここに座ってて」

瑠璃子は、窓際に重量のある椅子を据えつけた。

「スケッチブック、持ってるわね。この場所から大人しく写生してらっしゃい」

「うん……」

まだ興奮気味で身を乗り出したら、頭をピシャリとはたかれた。

「いて」

「キミはすぐ夢中になる」

瑠璃子は姉さん気取りだ。

「はーい」

しぶしぶ大人しくなった一兵だが、いざ写生のポーズをとると、即座に画家のスイッチが入った。

市電の博覧会線を越えて、南会場の塀がのびている。大演芸場にかけられた紅白の屋根が広がっていた。右手奥には飛行塔が立ち、吊るされた四機の豆飛行機が回転すると、西日を受けた翼がキラキラと輝いた。機上にチラついて見えるのは、はしゃぐ子供たちに違いない。玩具にしか見えない子供列車からは、両手をふりまわす小さな乗客の歓声が耳に届くようだが、実際は音もなく、運河にかかる鉄橋を渡ってゆく。三つにわかれた運河には、名古屋新聞の社旗を翻《ひるがえ》した遊覧ボートが小さな波を蹴っていた。

左に目を移せば、大阪館、兵庫館、ひときわ大きな東京館が並ぶ。日本陶器館、貿易館の陰に、海外諸国のパビリオンも軒を連ねた。その間を縫って往来する客たちは、てんでに帽子をかぶっていて、中には女性連れもチラホラと見えた。その一劃を切り取れば、これはもう精妙きわまる動くジオラマといいたい眺めであった。

「伯剌西爾《ブラジル》館……冀東《きとう》館……蘭領印度館……暹羅《シャム》館……中南米館……ああ、目が痛くなっちゃう」

一兵そこのけで窓にへばりついた瑠璃子がフラッとしたので、

「危ない」

操に叱られてしまった。

一兵はもはや無我の境地だ。そのまま瑠璃子が転落しても、写生に没頭していたことだろう。だが操は、そうはゆかない。目の片隅でスケッチの進行を見守りながら、カウチと安楽椅子で向かい合う昌清と崔に注意を怠らなかった。

なぜか主人の様子が違うと、ずっと感じていたからだ。昌清の平静さはうわべだけ。そんな気がしてならなかったのである。

——操だけが神経を尖らせていたのではない。

今朝のことだが、ロールスロイスの整備中だった操は、一条巴に囁かれた。

「御前さまに気をつけてちょーよ」

「なにかあったのですか」

「昨日、弁護士と税理士をそっと呼んで、相談されとったがや。……私にこっそりというのが、どうにも気になってなも」

宗像家に長年仕えた巴から、こんな言葉を聞くのははじめてだ。

「その前にもよー。医科大学に写真を持ち込んで、博士さまのご意見を聞いてりゃーしたがね」

「写真というと、レントゲンですか」

「相手の博士さまは、結核専門のお医者だがね」

名古屋にまだ帝国大学はない。臺北《たいほく》、京城《けいじょう》、内地では仙台や福岡にも開学されているが、この町にはない。その代わりというのもおかしいが、唯一の単科大学である名古屋医科大学は、全国でもトップレベルだ。かつて乱歩を推挽した小酒井不木は、在世中ここの教授を務めていた。

海外漫遊から帰ったとき、昌清は疲弊《ひへい》した肉体の回復を、全面的に名医大に一任している。それだけ昌清は大学を信頼していたのだ。

「放射線科からの電話を、御前さまに取り次ぐとよー。えらいおそぎゃー顔して聞いてござった。よっぽど病気が進んどったみたいだなも」

国民病といわれる肺結核だが、昌清自身に病歴はない。

「御前さまのお知り合いの写真だと思うけどよー」

「ふうん……」

操にも心当たりはなかった。ただし電話があったのは三月も前で、彼の憔悴《しょうすい》が巴や操の目についたのは、まだ昨日今日のことである。

忠実な従者として、操は懸命に憶測を巡らせていた。主人はぼくにも話せない悩みを抱えているのか。別宮の家系は代々宗像の宗家徳川に仕えていたというのに。

昌清も崔も日中英語すべてに堪能だが、操は大陸の言葉ができない。彼に聞かれたくなければ中国語を使うだろうが、今のふたりは日本語で談笑している。かろうじてそれが操の安堵に繋がった。

一隅に酒肴が準備されているのを幸い、ふたりにサービスを開始した。

「謝々」

顔を綻ばせた崔は、高粱酒《コーリヤンしゆ》の壺を昌清と共に傾けはじめた。昌清ほどではなくても酒好きのように見えた。

ゆったりした鶯色の漢服を纏《まと》った崔桑炎は、引き締まった容貌とがっちりした体格、それに加えて日本人にはない大陸的な茫洋さを湛えている。漢《かん》民族の上流階層を象徴する風貌であった。昌清も気品の主だが、徳川家は開幕以来三百年あまりとはいえ、中国には黄河文明四千年の歴史がある。

関東軍との関係がこじれて没落したが、崔家の由来も古く唐の時代まで遡《さかのぼ》れる旧家であった。

「はじめて会ったハルビンでは、お前さんろくに呑めなかったなあ」

「当たり前だ。酒や賭博を指南したのは、あんただぞ」

酒を注ぐ操を見上げて、崔が真面目な顔でいった。

「悪酔いしたら、ホテルまで送ってくれるかな、小孩《シャオハイ》」

「かしこまりました」

請け合ったが、内心首をかしげている。

深酒の予感があるようだ。彼が鬱屈を抱えているとすれば、原因は阿片漬けの夫人なのだろうか。それにしても満州きっての大富豪にしては、腰が低すぎるように見えた。

昌清が話してくれた。

「こいつは苦労人だからな。人当たりが柔らかいのはそのせいだ、気にするな」

富豪をこいつ呼ばわりして、にやりとした。それほど気のおけない仲なのだ。

「でも今では興安嶺一帯で、名うての資産家でいらっしゃる」

昌清の笑顔にやや影が差した。

「こいつの財産じゃない、潭芳夫人のものだ。格下の朴《パク》家だが代々の大地主さ。彼はそこの入り聟《むこ》になった」

干していた杯の手を止めた崔が、口角を上げた。

「いつもわしが丁寧語を使うのは、潭芳に頭が上がらないからだよ」

「はあ?」

「結婚した早々落ち度のあった久遠を、わしが叱った。すると潭芳の奴、額が赤く染まるほど怒ったものさ。この男は私が使っている。あなたが久遠を叱るのは筋違いだとね」

枯れてはいたが自嘲《じちょう》の笑みに見えた。

「あれと久遠は竹馬の友だ。親同士が主従の仲でもう百年を超えている……わしが間にはいる余地はなかった……」

高粱酒の酒精度は高いが、ふたりは同じ調子で呑み続けた。主人の親友とはいえ大陸の崔をよく知らない操だが、少しはわかってきた。

昌清と崔の最初の出逢いの哈爾濱《ハルビン》は白系ロシヤ人が築いた街で、東洋人同士という程度であったらしい。行きずりの友として別れたふたりが、次に会ったのは二年後だった。

その後に宗像昌清はソ連にわたり、崔桑炎はほそぼそと運送業を始めていた。白城子《はくじょうし》近郊の原野でトラックの故障に手を焼いていると、昌清が現れた。奇遇であった。機械に強い彼は難なく故障を修理してやった。

その半年前に崔が朴家を仕事で訪れたとき、当主の夫人にいたく気に入られ、一人娘との結婚を勧められていた。落魄《らくはく》した崔家だが、もとは東北三省でも知られた名門なのだ。崔家と遠いつながりはあっても辺境の地主にすぎない朴家は、長らく良い聟を熱望していたという。潭芳から諾の手紙をもらった崔が、朴家に向かおうとした途中のトラブルだった。張学良《ちょうがくりょう》の勢力範囲とはいえ、関東軍、ソ連軍、蒙古の私兵が入り乱れ、不穏な土地柄である。亜鉛鉱開発で関東軍にコネのある崔は、朴家が有する広大なケシ畑を口実に、軍に守らせる口ききをしていた。

その密約が、朴家の使用人から馬賊《ばぞく》に漏れたようで、第二の災厄が崔のトラックを襲った。

賊は彼を殺して、朴家と関東軍の関係を絶つつもりでいた。その襲撃を昌清があっさり追い払った。

そんな武勇伝を操が聞いたのは、はじめてだ。

「凄いじゃありませんか！」

鬱状態の主人を力づけるためにも熱を入れて称賛したが、昌清は乗らなかった。「我々から見れば賊だが、土地を失ったもと農民だよ」

西伯利亜《シベリア》で入手したトカレフをシカゴ直輸入の射撃術で使いこなした。乗り手でなく馬の目を狙って命中させると、賊たちは戦意を失って遁走《とんそう》した。

「殺され損ねた癖に、崔ときたら馬賊を気の毒がっていた。お人良しにもほどがあるが……」

うっすらと昌清は笑った。

「そんなお人良しは嫌いじゃない」

未来の聟が九死に一生を得たと聞き、門まで迎えに出た朴夫人は、崔を抱きしめて叫んだそうだ。

「我的几子《ヴオダアールズ》！」

私の息子、という意味である。母親のことはわかったが、肝心の潭芳はどうであったか。纏足では門まで出られなかったと操は理解したが、実際には久遠が押す車椅子に乗って迎えに出た潭芳は、母親が未来の夫を抱擁するのを黙って見ていたらしい……。

昌清の言葉にかぶせるように、雅楽の笙《しょう》に似た楽の音が流れ出る。ゆったりした漢服から取り出したひょうたん形の笛を、崔が口にあてていた。

昌清が教えてくれた。

「フルスという。こいつの得意な楽器だよ」

「へえ……」

「笙と違って吸うときは音が出ない。吹く息だけで奏でるのさ」

説明した昌清はもの悲しい音色に身を預けて、静かに瞼《まぶた》を閉じている。主を見やった操は、彼が囚われている鬱の真意を質《ただ》そうとしたが、すぐに声をかける気になれない。

……フルスの曲がやんだ。

すると目を閉じたまま昌清がいった。

「私も好きな歌を歌わせてもらうかな」

滅多にないことをいう。顔にこそ出ないが酒が回っているのだ。先生、なにを歌うんだろう。

ダミアの『暗い日曜日』とか……。

ところが伯爵が歌いはじめたのは、意外や民謡であった。

「イヤー　会津磐梯山は
宝のやーまーよー
笹に黄金《こがね》が　エー　マタ
なりさーがーるー」

これにはぎょっとした。もちろん歌は知っているが、先生が民謡を口ずさむなんてはじめて知った！
「小原庄助《おはらしようすけ》さん　何で身上潰した
朝寝朝酒朝湯が大好きで
それで身上潰した
ハアもっともだー　もっともだー」
いつの間にかフルスの忍び音が、昌清の歌を下支えしていた。伯爵のバリトンなら音吐《おんと》朗々と張り上げられるだろうに、むしろ嘆くような哀れむような節回しであった。吐く息でしか奏でられないフルスのたどたどしさが、かえって歌に馴染んでいた。
天井から垂れ下がる色とりどりな帳の林が、ひそやかに翻《ひるがえ》っていた。

9

陶酔したように歌い終えた昌清が気がついた。一兵が目を丸くしてこちらを見つめていた。

「先生って、歌の先生でもあるんですか」

フルスを袖に入れながら、崔が笑った。

「こういう器用な男をなんでも屋というのかね、日本では」

「なんにもできん男だ、日本では器用貧乏という」

苦笑して顎をしゃくった。

「そこのお嬢さんの記者ぶりの方が、よほどマシだ」

当の瑠璃子はスースーと寝息をたてている。熟睡を妨げないよう、足音を忍ばせて昌清が近寄ってきた。

「画業はどんな具合かな?」

「……どうぞ」

もじもじしながら画帳を差し出した一兵は、我慢の限界というように両の瞼を揉みはじめた。長い精神の集中に疲れ果てた様子だ。

「まだ夜景が残っていますが」

博覧会は日によって夜も開園している。三日後の閉会を前にして、明日から昼夜ぶっ通しで、最後の客を集める予定である。

一兵の腕前をはじめて見た崔が、大仰なポーズで褒めちぎった。

「神童ではないか、この少年は!」

夜店でもらう称賛の一年分を頂戴した気分だ。真っ赤になった少年の方が大酒を呑んだみたいだ。照れ臭くて逃げようとしたら、体がふらついた。いけない……足が自分のものではなかった。画業に魂を吸い取られて酩酊状態なのだ。

その有様を見やった昌清が、操に声をかけた。

「夜景は明日ということで、さて少年を連れて繰り出すかね」

（えっと。俺、どこへ行くんだっけ）

歩きだそうとしたらカクンと膝が折れて操に支えられた。

だらしない……とそのときは確かに猛省したのだが、気がついたらもう階段室にいたのには呆れた。さっきの昌清みたいに、階段に腰掛け手すりに寄り掛かっていた。反対側の肩が重いと思ったら、瑠璃子がもたれかかっている。少年の身じろぎにやっと目を覚ました。

「食事ですか、行きまーす」

まだ半分眠っている。

それからやっと、自分を覗き込んでいる男性ふたりに気づいた。昌清と崔だったから、いっぺんに目が覚めた。崔がおっとりと笑いかけた。

「食事はむろんお誘いするよ。その後もついてくるかね、小姐《シャオチェ》？」

「はっ、ハイ、光栄ですワ。お供いたします！」

その返答に、昌清と操は少々困り顔になっていた。そういえば、瑠璃子さんに内緒でどこかへ行くんだった。一兵が思い出していると、瑠璃子は崔に行き先をつげられていた。

「えっ、そんな場所に！」

「行きたくなければ、別宮くんに送らせるよ」

気を利かせた昌清に、瑠璃子は憤然とした。

「いいえ、行きます。断然、行きますわヨ！」

（どこへ行くんだよ）

まだ脳味噌の回転数が上がりきらない一兵に、操が教えた。

「シロクロだよ」

「へっ?」

問い返す暇もなく、操は広間に面した扉を開けていた。そこは〈あそびの間〉――『慈王羅馬館』の二階であった。

艶かしい夜は更け旧友が訪れる

1

広小路で食事をすませた一行の車は、省線の笹島のガードをくぐって西へひた走る。

後部席は崔にならんで、瑠璃子と一兵が納まっていた。無声映画の前説よろしく始まった瑠璃子の講釈を、一兵はありがたく傾聴した。さすが天下の軟派新聞帝国新報の記者である。

「中村遊廓はネ、東京の吉原《よしわら》、京都の島原《しまばら》とならぶ有名な男の遊び場なの。遊興の値段が日本一高いって評判があるほどヨ。今年の統計によると、殿方の相手をつとめる女性が二千人いる。全国の娼妓の四、五パーセントが中村に集まってるというから豪気よネ。でも今夜の行き先は、遊廓じゃないの。その周囲に隠れてる別な形の遊び場なの」

「非合法なんでしょう、そこは」

声をひそめる一兵を、彼女は笑い飛ばした。

「そういってしまえば身も蓋もないわねェ。安心して。伯爵のことだから、警察にはちゃんと話が通じている……ンでしょ？」

助手席に水を向けると、

「言わぬが花だ」

昌清は嘯《うそぶ》いた。さっきから一兵の様子をバックミラーで観察していたから、落ち着かない少年に、操が助け船を出す。

「ジロジロ見るのはいかがなものかと」

「なに、画伯なら一夜の体験で、北斎に勝る春画を描くぞ」

下馬評されて童貞としてはたまるまいが、どうやら決意を固めた様子である。

「俺だって、見たい、です」

うっすら顔に赤みが差していた。

率直でよろしいと、瑠璃子は激励した。

「その勢いヨ。筆下ろしってわけじゃなし。ドーンと行けドーンと」

食事どき一杯きこし召した彼女は、軽くトラ化していた。

とはいっても耳学問でしかないから、苦界《くがい》と市街を区切る大門あたりまでくると、目に見えて大人しくなってきた。

皓々《こうこう》たる明かりをふりまいて、豪奢《ごうしゃ》な造作の娼家が甍《いらか》を連ねている。どれもさぞ名のある高楼だろうが、操は反対方向に車のハンドルを切っていた。

とろりと淀んだ暗闇を縫って、ロールスロイスを緩やかに溶け込ませて行く。

余裕を残して制動をかけると、屋号のない提燈《ちょうちん》を翳《かざ》してひとりの老爺が佇《たたず》んでいた。

「ここからは徒歩《かち》のようです」

操がエンジンを切る。

たちまちあたりは深夜さながらに静まり返った。左右はなんの特徴もないしもたやが並んで、燈ひとつ零《こぼ》していなかった。

「ぼくはここでお待ちしています。どうぞごゆっくり」

折り目正しく見送る操を後に、一兵たち四人は提燈につづいた。車の入り込めない狭い道だが、二日前のおしめりのおかげで土埃もあがらず、ひんやりした風が少年の頰を撫でて迎えた。どこかにせせらぎがあるとみえ、気早な河鹿《かじか》の声が漂ってくる。

提燈が左に消えた。

植え込みの間の目立たない小径。

いくらも歩かない内に、正面に錣《しころ》葺きの家が現れた。その昔は武家の住まいであったろう。大きくはないが屋根に屋根を伏せた形で武張っている。提燈の火が合図となって、華奢な板戸が音もなく滑って一行を出迎えた。

戸を潜った一兵はハッと息を詰めた。

土間で小腰をかがめた黒地の和服の女が、明かりの加減で濡そっくりに見えたからだ。女というには若々しく少女の俤《おもかげ》を止《とど》めているが、白い顔には愛想笑いひとつない。

老爺から案内役を受け継いだ彼女は、沓《くつ》脱《ぬ》ぎ石から廊下へあがった。声ひとつかけるでもなかったが、先頭の昌清が後を追った。

よく磨かれた廊下を踏んで、しとしとと歩む少女の後ろ姿は、妖狐の使いじみていた。さすがの瑠璃子も気を呑まれて口を噤《つぐ》んだままだ。

天井に吊られた浅い笠の電燈は三〇ワットだろう。内と外を隔てる腰高のガラス戸は、黙々と歩む一行を映していた。暗い庭に視界はまるでひろがらず、時折ポチャッと水のはねる音で、一兵は池に飼われた鯉を想像した。

鉤《かぎ》の手に廊下を折れ、最初の襖の前で少女は膝を突いた。締めている帯が光ったのは、かがってある金糸銀糸が光を照り返したためだ。

目に染みるような白い手が、そっと襖を開けた。

かすかな囁《ささや》きは、「どうぞ」といったに違いない。

うなずいた昌清が座敷に足を踏み入れる。つづいて崔、一兵、殿《しんがり》が瑠璃子。

八畳間の中央に敷布団がのべられていた。布団を挟んで対角線上に、行燈がひとつずつ。天井燈はないが、薄暮の明るさを保っていた。

一度閉まった襖がまた開くと、少女が楚々とした振る舞いで四人の前に盆を配る。一切が無音のまま流れて行く。

ふたたび襖の陰に少女が消え、瑠璃子がホッと息をついて盆から湯飲みを取り上げ――もう少しでひっくり返しそうになった。

いつの間にか男女ふたりが、敷布団の向こうに座していた。

別室から姿を見せたにしても、ひそやかな所作はおよそ音を伴っていなかった。男は全裸に近いが、女は淡い紅の長襦袢《ながじゆばん》を羽織っている。

（無声映画みたいだ……）

一兵がそう思ったとき、男女のひと組は畳に両手を突き深々と頭を下げてから、おもむろに敷布団の上に男が胡座《あぐら》をかいた。白い越中褌《えつちゆうふんどし》一本の姿であった。

三十代半ばと見え、十分に引き締まった体型だ。予想していた入れ墨は見当たらず、男臭いが尋常な容貌であった。ただし左の眉毛を斜めに削いで、傷痕が走っていた。

瑠璃子がちょっと身じろぎしたのは、彼が無造作に腰の布を外したときだ。褌の紐を予《あらかじ》め緩めていたとみえる。乏しい光の下であったが、ぬうと鎌首をもたげた一物は、赤黒く濡れたように光って見えた。

男の背後に佇立《ちよりつ》していた女が、かすかに体をくねらせた。その一挙動で襦袢がハラリと足元に落ち、長い黒髪をふった女は裸形になっていた。さすがに体型は崩れていない。伯爵の口ききとあれば、その筋も花形を提供してくれたはずだ。

手招きされた女は男に背を向ける形で、胡座の間に身を沈める。完全に腰を落としたのではない。股間の茂みを分けるように、聳立《しようりつ》した男のものがハミ出した。愛しいものをめでる女が十本の指を使いはじめた。それでなくても雄偉に見えた魔羅が、一段と猛々しい形をつくる。

男は女の乳房を嬲《なぶ》っていた。柔らかな餅のようにこねくり弄び、乳首をはさみ摘《つま》んで見せた。黒髪に隠れて男の顔は見えにくいが、女は客に正対したままだから、徐々に高まる性感のうねりが初心の一兵にも、はっきり感じとることができる。

遠くでポチャリと水がはね、一兵の後ろで瑠璃子が小さく唾を呑み込んだ。

自然な高まりに心と体を委ねていた男女は、やがて忘我の境に遊びはじめる。唐突に構図が崩れた。流れるような動きで、男が女を抱き女は男に応えた。一兵の目の前でふたつの肉体が繋がり、ひとつとなった。

人間のまぐわいを少年ははじめて見た。

黒い茂みが重なり合うと、男女の肉体は微妙に蠕動《ぜんどう》し、擦れ合い、回転する。股間に光る滴が溢れた。

一兵は手首を瑠璃子に摑まれ、爪を立てられそうになり、つい振り向いたが、彼女の視線はふたりに固定されたままだ。

強張った体をほぐそうと姿勢をずらすと、男たちが視野に入った。

崔は無心に巫山雲雨《ふざんうんう》の姿に見入っていたが、昌清は違っている。画家の目がそう教えてくれた。

伯爵は——なぜか一種の苦痛に耐えるように、目をそこにいない遠い対象に焦点を合わせている？　一兵がドキリとするのと同時に、昌清は自分に注がれた少年の視線に気づいていた。

思い出したような余裕を見せ、一兵にそっと微笑を送ってきた。

庭でまた水音があがった。鯉はなん匹飼われているのだろう。

2

帰路の車は静かだった。

それでも崔は、大人《たいじん》の風格で瑠璃子をからかった。

「女性が興奮するのは視覚より触覚と聞いていたが、降旗さんの感受性は男に負けず鋭いようだね」

自覚症状があったとみえ、彼女は恥じ入った。

「樽井に鍛えられているのさ。あのスケベ親父がぞっこんなのだから」

口の重かった昌清も気分がほぐれていた。彼のうなじを見つめて、一兵はいつものように思考に耽る。

(伯爵は、心ここにあらずという顔だった。なにが先生を悩ませているんだろう)

(おいおい、一兵。またかよ。また人の胸のうちを推し量ろうとしてるのか)

(無理だって。いくらガキが背伸びしても、大人も大人、宗像先生の考えることが、俺に理解できるはずはない)

ぐだぐだと自問自答している内に、ロールスロイスは万平ホテルで崔を降ろし、白壁町に向かっていた。ハンドルを取りながら、操が後部席の一兵に問いかける。

「燕はもう着いてるかい」

少年を鉄道ファンと認めての質問だ。喜んで即答した。

「一時間以上前に東京着だから、今ごろは姉妹手を取り合ってますよ！」

助手席の昌清の肩がビクリと動いた。隣の瑠璃子はとっくに白河夜船《しらかわよふね》だったので、昌清も寝ているのかと思ったが、そうではないらしい。

宗像邸の門前で操が警笛を鳴らす。もちろん一度きりだ。待ち構えていたように、門が開いて車を迎え入れた。

昌清は表玄関から入ったが、一兵と瑠璃子は工作蔵に寝室があるので、そこまで車をつけてもらう。入り口にロールスロイスが直づけなんて、少しばかり偉くなった気分だ。

眠い目を擦り擦り三階に上がってゆく瑠璃子に、操が声をかけた。

「お風呂、どうします？」

湯殿は蔵にないから、庭を抜けて母屋へ行くことになる。面倒だとみえて、後ろ姿の彼女はヒラヒラと手をふった。

「妾《あたし》はいい。おやすみ……」

それにしてもよく寝る人だ。呆れながら一兵だってそのつもりでいた。でも書斎の素通りが勿体なくて、つい小説をいくつか抜いた。そこに思わぬ署名を見て目を見開いたものの——スケッチ疲れが抜けきらないとみえ、けっきょく横になってしまった。

様子を見にきた操が苦笑した。

「風邪をひくよ。ベッドへ行きたまえ」

「うん……もう少しして……」

もにゃもにゃと口の中で返事すると、体の上に毛布をかけてくれた。操は主人の指示次第で行動に移らねばならないため、母屋に自分の居室がある。彼の気配が消えると一兵は本格的に眠り込んだようである。

じきに眠りから醒めた。

昌清が誰かを連れて、書斎にはいってきたのだ。

「この蔵の方が、気安いから」

一兵の姿はソファの背凭《せもた》れに隠れていたし、かけられた毛布もソファの共色だ。少年は三階の寝室に入ったと思ったのだろう、用心もせずに客を案内したらしい。

朦朧《もうろう》とした一兵は横着にうとうとしたままであった。

「……その代わり呑めるのはバーボンだけだ。巴はもう寝た、サービスはないぞ」

「あの腰元のことか」

一兵は可笑《おか》しくなった。誰だって彼女を見れば、江戸時代の腰元と思うよなあ。だが客の次の言葉にはたまげた。

「あんたに女を教えた婦人だったな」

「昔話はやめてくれ」

昌清は苦々しげだが、毛布の下で一兵は目をパチリと開けてしまった。巴さんが先生のはじめての女だって！

「中学のころの話を、よくまあ覚えてやがる」

よそゆきの言葉をかなぐり捨てている。客は崔以上に親しい仲とみえた。

「きさまと俺が取っ組み合いをやったときだ。仲直りの祝杯でぼやいたじゃないか」

昌清が不機嫌丸出しで答えた。

「あんな年上を抱くとは、夢にも思わなかったよ……」

「中学三年だからな。女に触られただけで暴発したんだろ、諦めな。俺は津中の一年ですませてる。余裕できさまの愚痴を聞いてやれたよ」

客はからかい声だった。

（中学時代の友人なのか……でも、ツチューってなんだ？）

「まったくわれわれは、ろくな出逢いじゃなかったな」

不貞腐れたように昌清はいうが、久々の懐かしい顔を見て、じゃれているみたいでもあった。

「俺もはじめての名古屋だから、気負っていたのさ。愛知一中のきさまが、どの程度の鼻っ柱か見ておきたかった」

「お互いにな。星の生徒が相手なら不足はない」

中学の友達ではなかった。星の生徒というのは、名古屋や大阪にあった陸軍幼年学校の生徒のことだ。制服の襟に金星のマークを飾っていたための通称だ。幼年学校と聞くと幼い生徒のようだが、そうではない。十三歳から十六歳の少年が集まって三年間の教育を受け、東京の中央幼年学校へ進み、やがて帝国陸軍の中核をなす士官養成コースであった。

昌清が入学した愛知一中は県立校のトップ格だ。全校生徒にマラソンを競わせた日比野《ひびの》〝マラソン校長〟は全国的に著名なのだ。

中学時代の昌清と客が、母校の名誉を賭けて殴り合う図を想像して、一兵は微笑ましく羨《うらや》ましかった。小学校を出て故郷を離れた少年に、中学の思い出なぞあるはずがない。それにしても、この客は何者だろう。瑠璃子ほど耳に自信はないが、聞いたことのある声だ。

ぐいとバーボンを呷《あお》る音がした。水で割っている様子もないから、彼も昌清に匹敵する大酒呑みらしい。酒豪の仲間は酒豪なんだ……。

「皮肉なものだ」

ぼそっと、男がいった。

「俺はおなじ名古屋幼年学校出身を手にかけた……」

どういう意味だ？　眉をひそめたとき、昌清の叱声が飛んだ。

「やめとけカス、その話は」

「ここにはムダ公と俺しかおらん。いいたいことをいうさ」

そして客はフッと笑った。「肝心な秘密は墓まで持って行くがね」

「カスは義理固いよ」

嘆声であった。昌清がムダ公と呼ばれたのは宗像姓だとして、するとカスというのは？

トンと、グラスをテーブルに置いた音。

「それでもまだ夢に出る」

客の溜息。強い酒を喉に流した余韻かと思ったが、そうではなかった。

「大杉栄じゃないぞ。あいつの甥だ……まだ七つだった」

あっ。

あわや叫びそうになった。

（この人は――先生のお客さんは――甘粕もと憲兵大尉だ！）

3

銀座の夜で会った甘粕正彦。温厚な眼鏡の紳士としか思えなかったのに、アナーキスト大杉栄とその愛人伊藤野枝、大杉の甥橘《たちばな》宗一《むねかず》少年を次々と絞殺した凶悪犯が彼であった。殺された大杉は、名古屋の幼年学校で成績優秀操行不良で有名な生徒だったという。

当時の警視庁官房主事として、デマから起きた朝鮮人虐殺事件に対処した正力松太郎《しょうりきまつたろう》は後の読売新聞社長だが、事件を軍隊の組織的犯行と示唆している。子供好きの甘粕がなぜ少年まで道連れにしたたか。従犯の憲兵はなぜ直属上官でもない甘粕に従ったか。解剖医の所見書類と甘粕の陳述との食い違いはなぜか。

多くの識者が唱えたのは、事件が軍上層部の意向によるもので、甘粕はその生贄《いけにえ》に過ぎぬというものだが、真相は今なお藪の中である。

三年という驚くほどの短期間で刑期をつとめ終えた彼は、フランスへ留学した。留学資金も軍の提供という噂が飛んだが、事件の一切を胸奥に鎖《とざ》して、甘粕当人は日本を遠く離れたのである。

次に彼が歴史の表面に浮かび上がったのは、満州建国に絡む活躍であった。軟禁状態にあった清国最後の皇帝溥儀を、秘密裏に満州へ連れ込んだのが甘粕だ。廃帝は満州国皇帝として返り咲いた。権力のすべてを関東軍に握られたお飾りにせよ、大日本帝国の弟分として誕生した国のトップに相違ない。

「あの国で偉くなるつもりはなかったのかよ、カス」

からかい半分の昌清に、甘粕は真剣だった。

「残念だが満州は、俺の夢見た国ではなくなったからな」

「ふん」

「五族協和は亜細亜の理想のはずなのに、日本だけがよその国に先んじて貧しさから抜け出そうとはな。虫がよすぎる。それではどの民族もついてこん」

「大きな顔でのさばるのは日本人だけだと?」

「いや!」トンと強く杯の置かれる音。

「亜細亜の先達はまさしく俺たち日本だ。白人の軛《くびき》を断ち切って、はじめて近代国家を造り上げた、その先見は燦《さん》たるものさ。すべからく他の亜細亜人たちを、菊の旗の下に集結してしかるべきなのだ」

「おい待て」

昌清は苦笑していた。

「あんたの天皇陛下崇拝はわかってる。だがその万世一系思想は、よその国や民族に通用しないよ」

水を浴びせられてカッとするかと思えば、意外に甘粕は冷静だった。

「世界を漫遊したあんたの主張だ、理解しよう。だがアメリカやヨーロッパを見ろ。キリスト崇拝は特殊でもなんでもない。おなじことだ、陛下崇拝も宗教と思えば通用させられる。違うか」

「腰の剣をガチャつかせて、神を拝めといっても通じないぜ」

「まあな」

あっさり返答されて、昌清は肩すかしを食っていた。

「素直だな。どういう風の吹き回しだ」

「きさまがいうのも一理ある。帝国がやりすぎた面は否定しない。いくら目に余る軍閥の親玉でも、張作霖《ちょうさくりん》を爆殺したのは陸軍だからな……それをきっかけに日本は満州をもぎ取り、国際連盟を追ん出た。愚策だった。……ムダ、きさま胡適《こてき》という男を知ってるか」

「知らん」

「北京《ペキン》で教授をしている人物だが、二年前に〝日本切腹、中国介錯論〟を唱えた」

さすがの昌清も面食らっている。

「なんだ、そりゃあ」

「これまで日本は中国にしばしば武力で迫ったが、欧米諸国は見て見ぬふりをしてきた。日本に言い分はある。狭いこの国の農民が広大な大陸に進出できれば、不況の苦しみを逃れられるだろう。少なくとも娘を女郎に売らずにすむ」

一兵がコクンとうなずいている。大陸の花嫁というスローガンなら耳にタコができるほどだ。少年の故郷の南信は、全国でももっとも多く満州に移民した地方であった。

昌清の声が聞こえた。

「……残念だがそれは日本一国の理屈でしかない。長年の間満州を開拓してきた中国からすれば、泥棒の集団に襲われたも同然だ。吉野作造《よしのさくぞう》先生がいっている。その理屈を通したいなら国際的な組織に仲介させるべきだ。渇したから盗泉の水を呑むのは日本自身の道徳にも悖《もと》ると」

「理屈はそうだが、もう遅い」

甘粕の声に、いくらかの自嘲《じちょう》がまじっていた。

「すでに満州帝国は誕生した。……だからいっそ中国は腹をくくって、日本と戦え。そして負けろと、胡適は説くのだ」

「なに？　日中戦争で中国は負けろというのか」

「そうだ。上海も北京も南京《ナンキン》も、みんな日本に占領されてしまえ」

「……」

昌清は黙った。呆気《あっけ》にとられているらしい。

「そこまで行けば、アメリカもイギリスも必ず動き出す。お節介だがヒューマニストを標榜する彼らは、もはや知らん顔はできまい。中国はそこまで負けつづけろ。……」

「まさかその教授は、そんな意見を蔣介石《しょうかいせき》に」

「聞かせたんじゃないかね。有望な外交官になるという噂の男なんだ」

「ううむ。……迂遠《うえん》だが確実かもな。連盟を脱退した日本を更に追い込む戦略か！」

声を大きくしたのは、一理あると思ったからだろう。

「蔣介石は中国のトップの座にある。彼がその献策を本気にしたら……いやしかし、現実問題として負け戦を重ねては、中国の財政がもつまい」

昌清が重たい息を吐き出すと、甘粕の語調が変化した。

「きさま、迂遠にして確実といったな。然り、わが帝国の思考はあまりに短兵急だ。だから俺は岸信介《きしのぶすけ》のすすめに応じることにした」

「岸……満州に出向いた役人かね」

一兵には初めて聞く名前だ。ここで甘粕は思いも寄らないことを言い出した。

「岸曰くだ。俺に満映へ行けというんだ。満州映画協会。満州帝国に住みつく給料泥棒の温床のひとつさ。……ところで俺が銀座で会ったのは寺中という男でね」

へえ。一兵は聞き耳をたてた。

「名前は聞いている。関東軍の少将閣下だな」

昌清には珍しく憎悪のこもる口調であった。

「女にも金にも目がないという……」

「正しくね。ところで満映を牛耳っているのが、彼の子飼いの男でな。寺中の言い分は満映理事長の椅子を譲らせる代わり、応分の利権をよこせ……」

「そういう人物のようだな。で、どうした」

「喧嘩別れさ。俺の満映行きを徹底して邪魔するだろう。俺も断じて彼らのいいなりにさせん。金の問題じゃない、あの連中に映画を食い物にされてはならん。映画は民衆に根付く文化だぞ。穏やかに緩やかに、満州建国の精神を理解させることができる……」

「待て待て、ちょっと待て」

昌清は半ば呆れていた。

「そりゃいつか俺が、あんたにした説教じゃないか」

「そうだ」

「そうだ？　もと憲兵大尉どののお言葉とも思えんな。確かに俺はハリウッドにいた、活動写真に酔いしれる観客を見た。剣付き鉄砲で小突くなんぞ下の下策だ、映画には民衆を味方につける魅力があると、効能書きをぶち上げた。それをお前がやるというのかよ！」

「いかんか」

「いや、実に素晴らしい大事業だと思うぞ。だがなあ、映画を創るのは人だ。満州にそんな人材がいるかね」

「いるもんか」

「おい、カス……」

なにかいおうとする昌清に、甘粕の真摯な声が覆い被さってきた。

「おい、カス……」

「だからきさまを頼ってここへきた。……頼む！」

椅子の動く音があがった。甘粕が手を合わせているのか。それとも両手を突き額をテーブルに擦りつけているのか。

「承知の通り、俺に映画のことはわからん。きさまならわかる。だから頼む、大陸に映画文化を根づかせる意欲的な人物を紹介しろ。待遇は俺が責任をもってふんだくってやる。日本では力を発揮できないが無限の可能性を秘めた、そんな連中だ。傾向映画や左翼映画で干された者でも、実力さえあるなら構わんぞ。俺ならちゃんと使いこなして見せるから、安心して紹介しろ」

一気にまくしたてられて、昌清はしばし絶句していた。

毛布の下でも、一兵が唖然としている。

鈴木重吉《すずきしげよし》監督の『何が彼女をそうさせたか』のように下積みの階層を描くもの、あるいは内田吐夢《うちだとむ》監督の『仇討選手』のように世の矛盾を衝くものなど、ようやくトーキーの文法が定まり大衆の嗜好を導く映画が、つぎつぎと生まれた時代である。映画制作の裏を垣間見ている少年にとっては、胸躍る甘粕の構想であった。

「まず俺は、大スターを満映から誕生させるぞ。数寄屋橋《すきやばし》の日劇を眺めたばかりだが、あの小屋の回りをファンが囲むような、そんな花形女優を……オイ笑うなムダ」

「いや、すまん」

笑いながらだが真剣に応じたのは、甘粕の覚悟を感じとったからに違いない。

「裏道伝いだったあんたが、日の当たる場所に顔を出すというのは結構、大いに結構。そうとも、映像文化はわが国が大手をふって進むべき道だ。その意気込みに大賛成するぞ。……それにしてもカスよ」

昌清の声音にはほとんど感嘆の響がある。

「大博打だ、よくその気になった！」

「いつか俺に博才があるといったのは、貴様だからな」

一息にグラスを干した気配がある。

昌清が早口に畳みかけた。

「今の話なら心当たりがある、日活の撮影所長だ。ちょっと待て」

今度は甘粕の方が驚いている。

「なにも今、紹介状を書くことはないぞ」

「善は急げさ。明日にも俺の身になにか起きたら、千載《せんざい》に悔いを残すからな。名刺一枚の手間だ、ホラ」

渡した名刺に、もうペンを走らせてあるらしい。

「多摩川撮影所の根岸《ねぎし》という男だ。名プロデューサーだが、しょっちゅう会社と揉めている。

俺の名前を出して会ってみろ。彼なら監督たちスタッフに人脈があるからきっと役立つ」

4

「すまん」甘粕が押しいただいた様子だった。

「それにしても、忙しそうだな。明日になれば海外へ飛び立ちそうな調子だが」

昌清が笑った。「ま、そんなところだ」

「満州にくるなら世話をするぞ。……貴様は崔桑炎と親しい仲だったが、博覧会にきているんだって?」

「よく知ってるな」やや意外そうに、昌清が答えた。

「銀座の料亭に王陽《ヨウ》という板前がいる。満州時代に小遣いをやって情報を収集させていたんだが、妹は看護婦で金白泳という。崔に従っているらしいな」

毛布の下で一兵は感心した。いっとき諜報の甘粕機関を指揮したと聞くが……平時から情報収集に貪欲な人なんだ。

それにしても……『篠竹』で垣間見た男と金さんが兄妹《きょうだい》だったとは。

「彼女なら確かに看護婦で秘書だ。それならあんたが彼の行動を知って不思議はないな。崔がどうかしたのか」

甘粕は声を落とした。

「彼のケシ畑を喉から手が出るほど、関東軍が欲しがってる。売り渋ると後が怖いと、忠告してやった方がいい」

「だがカス。あれは朴家代々の土地だ。崔はともかく潭芳夫人が手放すとは思えないが」

苦笑した甘粕は合点したらしい。

「あの夫婦は別々の畑で育ったような二本のケシだからな」

「……だがまあ、後の祟りがあっては気の毒だ。話しておこう……本人も処分の機会を待っている気配だし」

「小うるさい寺中が自分の手柄にしたがっている。あの男は、杏蓮の件で崔に含むところがあるからな」

(澪のお姉さん?)

驚いた体の下で、ぎいっとソファが軋《きし》んだ。

一兵は思わず体を硬くしたが、大人たちの会話は淀みなくつづいたのでホッとした。

「今は崔の二号でも、それ以前に彼女にぞっこんだったのがあいつだ」

(そんな因縁があったのか!)

うなずいたとたんだ。毛布越しに冷水を浴びせられて飛び上がり、全身をさらしてしまった。

水差しを手にした甘粕が、一兵を認めて厳しかった顔をやや緩めた。

「ほう……きみだったか」

昌清はふしぎそうだ。

「初対面ではないのか？」

「銀座で会っている。昨夜は彼が留守だったので、仙波という爺さんから帝国新報の仕事で名古屋へ行ったと聞いた。社長の樽井はきさまの同窓だったからな」

「だから那珂くんがうちにいてもふしぎはないとね。カスは回転が良すぎるぞ」

フムと鼻で笑った甘粕が、少年を睨んだ。

「俺がまだ酒を五杯ですませていたのは、幸運だった」

冗談とは思えぬ口調だ。

「十杯も呑んでいたら、盗み聞きしたきみを間違いなく殺した」

語気が剃刀《かみそり》の鋭さだったので、一兵をヒヤリとさせた。

「カスは酒乱だよ。料理の鍋にスリッパを投げ込んだ前歴がある」

「ほれ、ムダ公はちゃんと知ってる」

甘粕がにやりと顔を崩したときは、もう銀座の紳士に戻っていた。

「用はすんだ。邪魔したな」

「東京にトンボ帰りか。あんたこそ忙しい」

「まあな」チラと壁の時計を見上げたので、一兵が気を利かせた。

「今からですと名古屋午後十一時四十五分発の東京行急行に乗れます。混んでいてもそのすぐ後、〇時十六分発の急行があります」

「ありがとう」甘粕が屈託なく笑った。

「便利な少年だ。……いいかね。約束だよ」

またスッと目が細くなった。

「今夜ここで聞いた話は」

「はい」

頭からまだ水を垂らしたまま、一兵は両足の踵《かかと》を合わせ背筋をのばした。

「殺されたつもりで、しゃべりません!」

蔵の出入り口まで、昌清と一兵が甘粕を送って下りると、即座に操と巴が姿を見せた。

「名古屋駅まで頼む」

操に命じた昌清は、甘粕と連れ立って門へ向かった。従おうとした一兵が、巴に止められた。

「あんたは風呂に入りゃー。夕立に会ったみたいだがね」

ポンと頭をはたかれた。五月とはいえ、夜風が濡れた頭や肩に染み渡る。

屋敷の湯船は広々として、一兵のアパートの部屋くらいありそうだ。さっぱりして脱衣室へ出ると、新しい浴衣が用意されていた。

湯上がり用の小部屋で熱い茶をすすめる巴に礼をいいながら、思わず彼女を観察した。その気で見れば、残《のこ》んの色気を発散させている。ジロリと見返されてあわてて視線をそらしたが、彼女はちゃんと察していた。

「甘粕さんになんぞ聞いたみたいだなも」

「はあ……いえ……まあ」

「あのころの私は、乳母みたいな姐《ねえ》やみたいな役目だったでよー。今でも弟みたいに思えるがね。そんだもんで……」

彼女の額が曇っている。

「ここしばらく御前さまの顔色が優れんのが、気になってよー」

会話が途切れたのをきっかけに、一兵は立ち上がった。湯冷めしないうちに工作蔵の寝室に帰った方がいい。脱いだ着衣を小わきに抱えて、ペコリとお辞儀した。

「おやすみなさい」

「よー寝てちょー。明日の朝はゆっくりできるでなも」

そのつもりでいた。博覧会のスケッチはほぼ終わっている。後は夜間開園を描くだけだ。一兵はすっかり肩の荷を下ろしていた。

その夜が明けないうちに、銀座で怪事件が起きるなぞとは夢にも思わない。少年の眠りは快適であった。

泥酔の栄町で解明の暗示を受ける

1

「……一兵ちゃん」

どこかで誰かが自分を呼んでいた。

「いっちゃんてば！　コラ一兵、起きろ！」

手荒く全身を揺すられた。マットごと揺さぶりをかけられたが、健康な眠りを貪っていた一兵はしぶとく、とうとう瑠璃子は実力行使に出た——パシン！

「わっ」

目から火が出た。頬をビンタされたのである。

ベッドを滑り落ちた少年がやっと目を開けると、今度は胸ぐらを摑まれた。

「澪って子が大変！」

「……えっ」

少女の名は目覚ましのベルよりよく効いた。

「澪ちゃんがどうしたって？」

「現金すぎる」

ドンと瑠璃子に突き飛ばされて、一兵はベッドに尻を落とした。寝相がわるいから浴衣は半分ぬげていたが、そんなことに構っていられない。

「どういうこと！」

「あのね、まだ日も出ないころ、銀座に血の雨が降ったのよ！　杏蓮さんの片足が振りまいたの！　忠勇号がもう一本の足首を銜《くわ》えて走って、宮城を守っていた警察に射殺されたヨ！」

「……？」

どう反応していいかわからず、一兵は半分口を開けたままだ。

「そんな話し方では、わかりませんよ」

操がはいってきた。今日の若者は書生っぽい袴《はかま》姿ではなく、略式ではあるがスーツにネクタイを締めていた。主人に従ってどこへでも乗り込めるフォーマルな服装だったから、一兵は昌清を連想した。

「先生はどこへ」

ちょっと操が情けない顔になった。

「置いてけぼりを食ったよ……ぼくが身支度する間もなく、巴さんにハイヤーを仕立てさせて万平ホテルへ」

「崔さんのところ？　なぜ……そうか、杏蓮さんの足を犬が銜えて走ったということは……あーっ」

少年は奇声を迸《ほとばし》らせた。やっと脳細胞が賦活してきたらしい。

「なんだってそんな……杏蓮さんは死んだのか？　じゃあ澪ちゃんは」

「落ち着け一兵」

腰に両手をあてたポーズで瑠璃子が凄むと、操が肩をすくめた。

「降旗さんこそ落ち着いてください。ストッキングを片方しか穿《は》いてませんよ」

まともな姿は操だけだ。ゆうべは遅くに甘粕を駅まで送ったのに、疲れた気配はまるで見せない。一兵が着慣れた学生服へやっと袖を通したころ、下から巴が声をかけてきた。

「食事のまわしができとるでよー」

まわしというのは、名古屋弁で用意という意味だ。顔を洗う時間も惜しい一兵は、瑠璃子の後からドタドタと階段を下りた。

庭伝いに母屋へ向かうと、太陽はもう空のてっぺんから照りつけていた。顔を撫でる風がさわやかだが、むろん一兵は天気なぞどうだっていい。足がもつれて片方の下駄を飛ばしてしまった。

食堂にはいると、テーブルに二十九日付けの朝刊が広がっていた。手にとろうとすると、巴に叱られた。

「今日のお天道様が上らんうちの事件だがね。出とるわけがにゃー。それよりパンはバターとジャムでええかね。なんならフレンチトーストにしたげるよ」

「いえ、コーヒーだけで」

瑠璃子がいい、一兵もかぶりを振った。

「食べるより、話を聞きたいです」

「たわけ」というのが巴の返事だ。

「腹が減ってはいくさはできんがね」

「だって俺、急いで東京に帰らないと」

「くそだわけ」

もう一度叱られた。

「おみゃーさんが東京へ行って、なんの役に立つ」

「……それは」

口ごもり、いくらか頭が冷えてきた。

「澪という子は、ちゃんと警察が保護しとるでよー。その姉さんの体も一所懸命探しとる最中だがね。あんたが東京へ行ってすることなんぞなーんもにゃー！」

それはそうかも知れない……でも。

少年が口を尖らせると、巴はさっさと新聞を畳んだ。恨めしそうな一兵にピシャリという。

「東京に行けば、名古屋にいるより詳しいことがわかる、そう思やーすならそれは間違い。御前さまのそばにいた方がよーわかる」

「事件の記事は明日になっても新聞に出ない。ラジオも一切しゃべらないわヨ」

瑠璃子がぼそっといった。

「詳しい話はしてあげるけど、妾《あたし》だって社長から電話を貰ってやっと知ったの……キミの夜店の仲間も、誰も知らないはずだワ」

いったいそれはどういうことなんだ。一兵は途方に暮れて彼女を見た。

「事件はすべて報道禁止。なかったことになっている。……杏蓮さんらしい足の一本は、アドバルーンの籠から発見された。もう片足は犬が銜えてお堀端へ走った。お堀に落ちる寸前で足は回収できたけど……車掌が客に敬礼を強要する二重橋で、女の足を犬が銜えていたなんて、警察が発表できると思う？　さいわい朝早かったから、目撃者は澪ちゃんと新聞配達と、それに朝のランニングを励行した樽井社長と……さっきまで警察にいたらしいわ。絶対に帝国新報に載せないと誓詞《せいし》まで書かされたって」

一兵は長い吐息をついていた。

だから明け方の出来事なのに、こんな時間まで電話が遅れたのだ。

「食べよう、那珂くん」

操は少年を慰める口調だった。

「そうね……妾も少しだけおつきあいするワ。それから社長に聞かされた話を、ゆっくりしてあげる」

一兵はコクンとうなずいた。

「……」

時間をかけて、瑠璃子から一部始終を聞かされた少年は、ぎゅっと唇を嚙みしめている。樽井が齎《もたら》した事件の内容は予想外に詳しいものであった。

上からの指令で彼は四丁目の交番に留め置かれたが、そこには澪が青ざめた顔で目を据わらせていたのだ。

朝刊を抱えた少年は新聞店の懇願を担保に配達を許されても、裸同然の澪はおいそれと交番を出られない。巡査がてんてこ舞いを演じている間、樽井がこまかく事情を尋ねたという。

瑠璃子が思い出し笑いした。

「うちの樽井ときたら、ハゲでデブの中年よ。痩せたくて毎朝走ってるんだけど、あのオジサンと銀座一の燐寸《マッチ》ガールが並んでいたら、強姦未遂でしょっぴかれたとしか見えないわネ」

「そんなことといっては、社長さんが可哀相です」

操にたしなめられても、彼女はケロリとしている。

「いいのヨ。あのご面相で妾にプロポーズしたんだから。心臓に毛が生えてるワ、絶対」

「肘鉄食わせたんですか」

「ウウン。OKしてやったわヨ。結婚指輪は服部時計店でよりどりみどりだっていうモン」

「……つまり澪ちゃんは」

長く黙っていた一兵が、ようやく言葉を押し出した。

「裸にされたのか……犯人に」

「はじめは長襦袢《ながじゆばん》と腰巻き、その次は丸裸ヨ」

野次馬気分の瑠璃子は、食器を下げに現れた巴に睨まれた。

「アラ、でも男の手にかかったとは思えないって……さすが樽井さんネ。よくそこまで突っ込んで聞いたこと。……でも澪ちゃんてバージンでしょ。なのにそんなこと、わかったのかな」

わざとらしく一兵を見た。

「それともキミがもう戴いてた？　そんなはずないか」

瑠璃子の調子が必要以上にハイなのは、少年の気を紛らわすつもりであったのだろう。

ベルが鳴った。聞き慣れない音に一兵が身じろぎしたが、すぐ電話とわかった。急ぎ足で隣の広間へ行った操が、大声をあげた。

「帝国新報です」

さすが瑠璃子は電話慣れしている。即座にすっ飛んでいった。

「はい降旗。……あ、社長。ええ、はい……はい」

しばらく黙って聞いた後で、「ごめんなさい。伯爵なら今ここにいないの。崔さんが泊まってるホテル。えっと電話番号はね」

スラスラ告げてからつけくわえた。「お馴染みの交換手さんによろしくネ」

「続報ですか」

操が体を乗り出し、前掛けで手を拭き拭き巴も顔を出してきた。ドスンと音を立てて椅子に座った瑠璃子は、ジャーナリストの目つきになっている。

「とんでもない続報よ……射殺された犬が忠勇号とわかったから、『篠竹』に警察の捜査がはいったの。そしたら大変、築地から入荷した氷詰めの鰹《かつお》の間に、女性の脛の肉と骨が見つかったワ！」

三人の聞き手は一様に茫然とした。

「仕入れの責任者は、妾たちが会ってる満州人ですって」

一兵がすぐ名を口にした。

「王さんだね」

「本人は行方をくらましてるけど……まさかねえ」

「なにがまさかなんです」

瑠璃子は苦笑してみせた。

「樽井さんがネ、冗談まじりにいったのよ。『篠竹』の料理に人肉が混ぜ込んであったらどうなる……」

「やめてちょーよ！」

巴が両手をバタバタふれば、一兵も嫌な顔になった。

「澪ちゃんの姉さんなんだ！」

「そ、そうよね」つい社長の冗談を伝えた瑠璃子も恐縮した。

「西洋では人肉を食べるのを、カニバリズムというんだけど……いくらエログロ時代でもヒドイわよネ」

甘粕によれば、寺中は崔のケシ畑を狙っていた。その少将閣下が馴染みの料亭で、人肉の一部が発見された……。

「体はどうなったのだろう」当然の疑問だが、操は遠慮しながら口を挟んだ。

「帝国ナンタラの社長さんは、そのことは？」

巴に聞かれた瑠璃子は首をふった。「体も首も手がかりはまだ」

そこで瑠璃子も、一兵に気を遣って言葉を呑み込む。

「体」と「首」とべつべつにいったのは、杏蓮が切断されたのが足だけではないことを、漠然と想像したからではあるまいか。

2

一兵は工作蔵の図書室にいた。

パレット片手に黙々と画板に向かって彩色中であった。新聞に印刷されるのは単色でも、色を使えば読者に微妙なニュアンスが伝わる。そう思って、自信のある絵に色つけを施していた。リアルに描くだけなら写真に敵わない。だが絵は画家の目を通して創った〝作品〟なのだ。おなじ赤でも、俺の赤はほかの画家の赤と違う。そう自分に言い聞かせて作業に没頭していた。

——本音を吐けば、それどころではなかった。

スケッチブックには確かに博覧会の建築が並んでいたが、一兵の目には桃割《ももわれ》に簪《かんざし》を揺らす澪が映っている。

おなじ部屋では瑠璃子が本を広げていたが、彼女も少年の視野に入らない。

絵筆を手にパレットを凝視して、それでいて思いは少女の上に膠着《こうちゃく》したきりであった。

ふと操の声が耳に届いた。いつ図書室にきたのかも知らない。

「へェ。降旗さん、中国語ができたんですか!」

中国語なら澪も渡満にそなえて勉強してたっけ。意識をいったん彼女に中継して、ようやく少年は現実に帰還した。

瑠璃子が広げていたのは、漢字を羅列した中国の武俠小説であった。

挿絵を拾い読みしているのかと思うと、ちゃんと黙読していたらしい。読みさしのページに栞《しおり》を挟んで、彼女は首筋をトントンと叩いた。

「上京してすぐ友達になったのが、上海から留学してた女性なの。一年いっしょの下宿住まいで、熱心に教えてくれたわヨ」

操がしきりに感心している。

「じゃあ会話もできるんですか」

「まあね」

「昨日の崔夫人たちの言葉も?」

「それはちょっと。中国は広いもの、上海の言葉なら少しできても、東北は発音も言い回しもまるきり違う」

こちらを見ている一兵に、注をつけてくれた。

「満州は中国の東北部だからネ……上海の子が腹を立ててた。日本でそういったら、満州は岩手や秋田じゃないと叱られたそうヨ」

「片言くらい、わかりませんでしたか」

操は拘《こだわ》っていた。あのときのことに違いない。

「久遠さんと崔夫人が、〈いこいの間〉に駆け込んできたでしょう。那珂くんも覚えているだろう？　ふたりは血相を変えていた」

確かに夫人と久遠は夢中であった。一兵は、男が口から飛ばした唾まで記憶していた。潭芳の召使でしかなかった彼が、はじめて見せた驚愕ぶりだ。

瑠璃子が額に縦皺をきざんだ。

「えっとねェ……まず夫人の悲鳴が聞こえたワ。声が遠かったから階段のあがり端だったかしら。『そんな馬鹿な！』確かそうヨ」

「久遠さんが〈いこいの間〉に飛び込んで二度。怒鳴りましたね」

「『消えた！　消えた！』そんな意味だった」

一兵の耳も、「没有」の絶叫を捉えている。

「消えた、ですか？」操の反応は思わしくない。

「いったいなにが消えたというんだろう」

「その後でふたりが口々に、『あり得ない』と叫び合ってたわネ」

「どういうことですか」一兵も会話に割り込んだ。

「……七階にあったはずのなにかが、なくなっていた？」

その「なにか」とはなんだ。

あり得ないほど不思議な現象が〈いのりの間〉で起きたのだ。それで仰天した主従は、六階へ駆け込んできた——？

〈いこいの間〉のその前後を、一兵は懸命に思い出そうとした。ふたりの注進を受けた崔と昌清が、どんな反応を見せたのか。

崔は——一兵が観察した限り、はじめ途方に暮れて見えた。絶叫の意味がわからない、というように。次に彼は助けを求める目で昌清を見た？

昌清は——はじめから終わりまで冷静さを保つ、唯一の人物であった。その様子を見た崔も、やがて持ち前の落ち着きを回復させていった……。

まばたきするほど短い時間であったが、似顔絵描きで鍛えた少年の目は、高速のシャッターでとらえたように、その一瞬をありありと思い出している。

脳内に映像を再現したつもりだが、それらの画をどう繋げば意味ある流れになるのか、残念ながら一兵には見当もつかなかった。

また電話のベルが鳴った。

屋敷にかかった電話を工作蔵へ回すよう、予《あらかじ》め巴に頼んであったのだ。ワゴンに載っていた卓上電話機を、操がすぐ瑠璃子に渡してやる。

「もしもし。あ、社長。その後の進行は……マァ」

いったん一兵に目を移してから会話をつづけた。新しいニュースが盛りだくさんらしく、けっこう時間をかけた挙句、

「はい、一兵くんにそう伝えます。……アラ、もう切っちゃった。つめたい男」

「もう」というにしては長時間だ。電話代を心配していた一兵に、なぜか瑠璃子はからかい顔を向けた。

「喜べ、いっちゃん。明日キミの彼女が名古屋にくる」

「え……」

意味が摑めたのは、瑠璃子のうす笑いに気づいてからだ。

「澪ちゃんが、名古屋へ！」

「いいんですか。まだ警察の保護下なんでしょう」

操のもっともな心配に、瑠璃子が答えた。

「その警察といっしょなんだって。いっちゃんも知ってる仁科《にしな》刑事ヨ」

「西築地《つきじ》署の？」

それなら事件がらみでなん度か会っていたし、彼の捜査に協力したこともある。顔の下半分が髯《ひげ》で覆われた、見るからにむさくるしい警察官であった。銀座界隈を根城《ねじろ》にする帝国新報の面々が昵懇《じっこん》なのは当然だ。

「被害者の遺体は見つかっていないけど、妹の証言があるから足の主は杏蓮さんと決まったの。雇い主の崔さんに事情を聞く必要がある。だけど満州の名士を東京へ呼びつけるのは恐れ多いから、担当刑事が出張ってくる。そういうワケ」

「それに澪ちゃんが同行するんですか」

「そう。被害者の肉親だから遺品の問題もあるし」

死んだとは決まってない内に瑠璃子が使った「遺品」という言葉は、一兵の胸にトゲを刺した。だが今はそれより、澪に会える喜びが大きかった。

「でネ、彼女は今夜は仁科家に泊まるそうよ」

「へえ?」

「考えてごらんなさい。キミの彼女は可哀相に、犯人に身ぐるみ剝がされてるのよ！」

「あ……」

そうだった。裸のまま放り出されたのだ。明るくなった銀座から、裸で裸足で丸坊主にされた娘が、どうやって帰ればいい？

「下宿へもどるかと聞いたら、女将《おかみ》さんや店子のみんなの顔を、考えただけで気が遠くなる……泣いたっていうのネ」

「そうですか」

満州に身売りした姉をもつ澪を、みんなは決して温かい目で見てくれなかった。それを一兵も知っている。

「仁科さんの家は三男一女だったけど、去年一人娘をハシカで亡くしてる。だからたとえ一晩でも女の子を預かりたいそうよ。あのタワシがどんな顔して、澪ちゃんを口説いたのかしらねエ」

「口説くって、泊めるだけでしょう」

瑠璃子ははしたないほど大口を開けて笑った。

「当たり前のことを聞きなさんナ。イヤだねエ、この少年もうそわそわしてる。明日は澪ちゃんに会って純情二重奏か。あーあー、年増になんかなりたくなかった！ いいからさっさと絵の仕事をつづけなさいネ。今夜の博覧会のスケッチの後は、伯爵のガイドで栄町の夜の呑み歩きと食べ歩き。キミだって羽をのばせるのは、今夜までなのよ、そのつもりで」

ひとりで張り切っている。

「どうして俺は、今夜までなんです？」

「だって明日になれば、愛しい彼女と会うんじゃないか」

そこで瑠璃子は、スーッと真顔になった。

「いいこと、いっちゃん。澪ちゃんはお姉さんと別れて寂しいんだから。男ならちゃんと慰めてあげなさい！」

打って変わって真剣な口調だったから、一兵も反射的に「ハイ」と答えてしまった。

3

手を抜いたつもりは絶対にないのだが、その夜の博覧会場スケッチは、一兵にとって悔いが残る画業となった。いくら頭をふっても、ときには自分の頰を張り飛ばしても、目に映るのはパビリオンを飾るネオンではなかったから。

澪の——それもとうとう裸になった彼女が瞼《まぶた》の裏から消えないのだ。

俺、描けない。なぜ描けないんだよっ。

そう思いながらむりやり鉛筆を走らせていた。

……スケッチが終わると、絵の線は例外なく死んでいた。当たり前だ。

閉じた画帳を膝に載せ、噴水池の縁石に腰を下ろして目を閉じた。

狂奔《きょうほん》する想念を制御しようとは、もう思わない。はじめてのことだった。絵筆を持てば即座に画家となりきる俺が、どうなっちまったんだ。

彫像のようであった一兵が、ともかくも立ち上がると世界が揺れた。スケッチブックを抱え直して、池に映った自分を睨みつけた。

エイとばかりに片足を池に突っ込んだ。思いっきり水が跳ねた。力まかせに足で引っかき回してやる。ザマ見ろ！　噴水池の向こうにいた子供がたまげて逃げてゆく。波紋が自分の顔を滑稽に歪める。煌《きら》めく噴水を眺めて語らっていた若い男女が、気味悪そうに離れていった。

俺はなにに怒っているんだろう？

決まってる、澪の着物を剥いだヤツだ。ぶん殴ってやる！

事件にぶつかる度に一兵は、犯人を見つけた。名探偵やプロの刑事の相棒になったからだが、今度はひとりきりだ。でも、やってやる。誰が、なぜ、澪ちゃんやお姉さんをあんな目に遭わせたのか！

「いっちゃん……コラ一兵！」

呆れ顔の瑠璃子がそばに立っていた。

「高い靴が台無しヨ！」

「あ」

さすがに驚いて、池から足を抜いた。

「あーあ……靴下を脱いで頂戴。ホラ足を出して」

しゃがんだ瑠璃子が、ハンケチを汚しながら拭いてくれる。音もなく色彩を七変化させる照明が、彼女の洋髪を輝かせた。

「……すみません」

興奮から覚めると恥ずかしくなり、一兵は小さくなっていた。

操と待ち合わせた昌清と崔が近づいたのは、どうにか元通り靴を履いたころだ。

「仕事は終わったかね。腹が空いただろう」

「はーい！」瑠璃子が元気に手をあげた。

「崔さんもごいっしょできるんでしょう」

彼はかぶりをふった。

「わしは潭芳とホテルにもどるよ。様子が思わしくなくてね。残念だが」

ついさっきまで、昌清は崔夫妻たちと『慈王羅馬館』にいて、一兵の写生が終わるころを見計らって合流したのだ。

説明してくれないので想像するしか手はなかったが、〈いのりの間〉で見失ったなにかを探し回り、結局得るところがなかったようだ。尋ねても言葉を濁されるだけなので、失せ物の大小さえわからなかった。

退場する客の群れを縫って、車椅子の潭芳と久遠、金の姿が見える。そちらに軽く手をあげた崔が、「また明日」と、背中を向けた。

「お気の毒に」一兵が呟く。

万平ホテルで会ったときに比べ、二日たっただけで潭芳夫人の症状は遙かに亢進していた。一兵たちが博覧会場を回っている間に、悪化するきっかけがあったのだろうか。そっと操に尋ねてみた。

「……館の中を、潭芳さんに見せたの？」

正気の自分たちでさえ悪夢の虜《とりこ》になったほどだ。阿片《あへん》に侵された潭芳があの悪趣味なジオラマを見せられたとすれば。そう思ったのだが、操は苦笑いした。

「とんでもない。潭芳さんは先生の案内で、まっすぐ〈いこいの間〉へはいっていただいたはずだよ」

昌清がうなずいた。

「そこで一息いれてから、〈いのりの間〉に上がったのだが……」

なにかが紛失したんだって？

昨日も今日も探しているのに、その「なにか」は見つからない？

それが潭芳の悪化の理由だとすれば、やはり問題は、消えた「なにか」なんだ。昌清の様子を窺《うかが》ったが説明してくれる様子は微塵《みじん》もない。一兵は諦めた。阿片の妄想の意味なんてわかるはずがないや。でも完全な妄想というなら、崔さんたちまでいっしょになって探すだろうか。それとも病人の気休めになるよう、無駄と知っても協力するようみせかけたんだろうか。

昌清に従って門をくぐり車置き場へ行くまで、考えあぐねていた一兵は、瑠璃子に背中をつつかれてしまった。

「早く乗ってネ」

4

栄町交差点に出て、日銀裏に車を停めさせた昌清は、「こっちだよ」銀行には関係ないという顔で、南大津通りを歩いた。

名古屋の夜は早い。まだ午後八時だというのに、明るい街路は西へつづく広小路くらいだ。日銀は煉瓦造りの巨大な金庫となって黒々とうずくまっている。

それでも松坂屋を控えた南大津通りには、いくらか繁華街の匂いがあった。

区画をひとつ南下すると、『飛切堂書店』と木枠にトタンの看板を掲げた古書店が雨戸を閉じている。その隣では赤青白のサインポールがまだ回っていて、軒下の看板に『理髪・井上シンシ館』とあった。二軒の間に割り込んでいるのが栄小路の入り口だ。

路地に入るとすぐ、左に大提燈《おおぢょうちん》をぶら下げたおでん屋が目をひいた。

「『辻《つじ》かん』といってね。店主は勝手にこの道を辻かん横丁と名乗ってる」

縄暖簾《なわのれん》をくぐる前に、昌清が説明した。

「名古屋の中でも、芸能人や文士の集まる店として知られた店だ。……ごめんよ」

障子を開けると「いらっしゃい！」客の喧騒を抑えてダミ声が迎えた。逆L字形のカウンターの他に、テーブル席がふたつと小上がりがあって、雑多な客が談笑していた。

「伯爵、こっちが空いてますよ」

おでん鍋の湯気の向こうで、法被《はっぴ》姿の小柄な男が笑っている。

「よう、助《すけ》さん。大将はいるかい」

大将とは店主だろうから、助さんは従業員らしい。ちょっと猿に似ていたので、一兵は孫悟《そんご》空《くう》を連想した。菜箸を手に鍋をかき回しながら、障子で間仕切りした座敷に顎をしゃくってみせた。

「長谷川《はせがわ》先生と御園座の支配人のお相手をしてまさ」

「長谷川伸《しん》先生がおいでなのか。ああ、来月の御園座は新国劇だったね。先生の芝居をかけるのかな」

カウンターに昌清たちが腰掛けると、間髪を容れずに助さんが仲居に声を張った。「清《きよ》ちゃん、お銚子！」

全員の注文は酒と決めているようだから、操が急いで訂正した。

「ぼくはお茶でいいです」

万事承知と助さんは笑った。

「車持ち主人持ちは辛いねえ。凶状持ちよりましだけどさ」

股旅もので知られた長谷川伸が、先年書いた戯曲は話題を集めた『瞼の母』である。大将と呼ばれた店主の辻寛一《かんいち》は、本職は市会議員だが長谷川の弟子でもあるそうだ。

「先生がおいでならサインねだりたい」

瑠璃子がいうと、昌清が運ばれてきた徳利を指した。

「この徳利も先生の筆だよ」

渋い色合いで凸凹な形だ。その胴になにか書きつけてあるのを、一兵が読んだ。

「義理と人情を振り分け荷物……ぶらりぶらりと世を渡る」

少年の顔の前を白い手が横切った。瑠璃子が昌清に酌をしたのだ。

「先生どうぞ。……いっちゃんもおあがり」

少年の前の猪口《ちょこ》に琥珀《こはく》色の液体が揺れていたから、ちょっと目を見張った。助さんの背後には賀茂鶴《かもつる》の薦被《こもかぶ》りが鎮座して、料理屋というより呑み屋の雰囲気ムンムンの店なのだ。

今さら遠慮するのも業腹で猪口に口をつけたら、喉から胃袋まで一気に強火で炙《あぶ》られた。子供扱いの銀座ではホンの一口つきあう程度だったから、今夜は効きそうな予感があったが――

構うもんか、それよりも。

鼈甲《べっこう》色に染まった大根を味わいながら、怪事件の謎を反芻《はんすう》するつもりでいた。

(銀座が舞台の怪事件に、名古屋で取り組むなんて無駄かなあ。明日、仁科さんに警察の動きを聞けばいいじゃないか)

なぞと最初はまともなことを考えていたが、酔いに煽《あお》られてだんだんといても立ってもいられなくなった。澪のために少しでも早くできることをしてやりたい。酒に炙られたのは喉と胃袋だけではない、脳細胞の隅々まで焦げ目がついてきた。謎をほぐす糸口くらい、きっと見つけてやるんだ。

豆腐が口の中でホロリと溶けると、よく味が染みていた。

……話を聞いて、まず気になったことがある。

澪は二度失神した。最初に覚めたときは長襦袢と腰巻きだけ、次に目覚めるとなにも身に纏《まと》っていなかった。犯人は手込めにしようとしたに違いない。少女の落花狼藉図を想像したらたちまち下半身にテントを張ったが、それはまあそれとして。

なぜ犯人は、目的を果たさなかった？　そこがまず謎。

「果たさなかったのではなく、果たせなかった？」

独り言が零《こぼ》れた。よく煮込まれたフクロが、銀杏ひじき三つ葉と詰め込んだ複雑な味を、口腔内で弾けさせる。

（なにかの邪魔がはいったのか……それはおかしい）

「うん、おかしい！」

声を大きくして猪口を干したら、縁にカチンと歯があたった。

「なにをブツブツいってるの。カラならカラと仰いナ」

順調に聞し召している瑠璃子が注ぎ足してくれ、一兵は有り難く頂戴した。

そうとも……時間はたっぷりあったのに、彼女を裸のままで放っておくなんて……つい本音を漏らした。

「勿体ない！」

「なにが？」

瑠璃子に首を突っ込まれても、気がつかない。画帳に向かう以上の少年の集中力だ。

操がささやいた。

「那珂くんは事件のことを考えてるんですよ」

「ほう……」

長良川《ながらがわ》育ちの鮎に箸をあてようとした昌清が、一兵の横顔を凝視した。

「樽井社長に聞いてる。少年には探偵の才能もあるらしいね」

周囲の会話も耳にはいらない。一兵はまた猪口を空にした。すかさず瑠璃子が注ぐ。

（裸にされたことに、ぜんぜん別な意味があったとすれば？）

アルコオルで灼熱した脳細胞は、高速回転をやめない。

（でも、どんな場合が考えられるんだ）

「どんな場合」

呟いて、また猪口を持ち上げる。

さすがに瑠璃子も心配顔になった。

「いっちゃん、大丈夫なの？」

（理由はわからないが、澪の着衣が必要だったとか……だから脱がせた……裸にするのが目的ではなかった……髪を切ったのは、その目的をカムフラージュするため……いや、それでは二度に分けて脱がせた意味がない……）

手にした空の猪口を睨みつける。不意にあたりが薄暗くなった。照明のせいではなく、小路に面した窓が暗くなったのだ。

窓はふたつ並んでいた。奥まった窓を赤く染めているのは、横丁の曲がり角にあるカフェのネオンだ。ＫＩＴＡＮと赤いローマ字がスリガラス越しに読める。暗くなったのは手前の窓だ。小路を挟んだ二階家の商店がカンバンらしい。

「女将さあん」

瑠璃子が気安く呼びかける。

「お向かいの店、なに屋さんだっけ。由緒ありげな構えだったわネ」

座敷の会談がつづいて大将は顔を見せないが、割烹着《かっぽうぎ》の女将さんが亭主の分まで愛想をふりまいていた。

「『針亀《はりかめ》』といいましてね、老舗《しにせ》の小間物屋なんですよ」

がしゃんと椅子が動いた。

猪口を置いて、一兵が立ち上がっていた。

「どこへ行くのヨ」

「厠《かわや》なら、お座敷の横を抜けてすぐ……」

料理を運ぶ女将の声を無視して、小路に面した障子を開ける。今にもつんのめりそうな足どりだから、操が腰を浮かせた。「那珂くん……」

表に出た一兵は、『辻かん』の店先の竹飾りに凭《もた》れ、二階家を見上げた。庇《ひさし》の上で亀甲形のガラスの看板が横座りしていた。卯建《うだつ》みたいだが黄の地色に黒々と『針亀』とある。さっきまでこの看板に明かりが燈っていたのだ。

簪《かんざし》や笄《こうがい》、袋もの、印籠など、和装に必要な細々とした服飾品を扱う、昭和の今では数少なくなった専門店である。

「小間物屋だ、そうなんだ！」

声をあげたのがいけなかった。アッと思ったときにはもう、喉を生温いものが逆流していた。

酒に和えられたおでん種の残骸がどばどばどぼ。

「わっ」

介添えのつもりでついてきた操があわてた。

『辻かん』の正面を舞台に、ゲロの大宴会が開陳されてしまったのだ。

「ちょっと、那珂くん！」

ふだん大声をあげない操だが、こんなときは特別だ。下水の溝に向かって、際限もなく嘔吐する一兵の背をさすっていると、洗面器と手拭いを摑んだ女将が飛び出してきた。このテの客は珍しくないとみえ、手慣れたものだ。

「玉《たま》ちゃん、富美《ふみ》ちゃん！」

洗い物中だった仲居が助っ人に出た。ふとっちょの玉ちゃんが井戸のポンプをギコギコと漕いだ。誂《あつら》え向きに店の脇に鋳鉄製の井戸が備えてある。錆《さび》色の水に押し流されたゲロの大半は下水の排水口に消え、後は富美ちゃんの馬穴《バケツ》とモップが活躍を演じた。

——という後日談を瑠璃子から聞いたときは、もう明くる日の太陽がうらうらと上り詰めていた。

少年は探偵として階段を上る

1

頭蓋骨にはいった罅《ひび》から脳味噌が漏れている。そう一兵が確信しているというのに、枕元の瑠璃子は容赦がない。勝手に話すだけ話してくれた。

「……そんなワケだったノ。

「死んでます……いてて」

「安心なさいナ。痛覚があるうちは死んでない。ねえ、色は塗り終わったんでしョ。社長から電話があったの。閉会式は出なくていい、その間にさっさと画稿を持ってこいって……水、まだほしいのネ、ハイ」

勢いよく枕元のコップに注いだから、跳ねた水がおでこを濡らした。やっと体を持ち上げた一兵は、喉を鳴らした。二日酔いで飲む水は天下の甘露だ。

「閉会式は描く必要ないって。形ばかりの儀式なんか帝国新報の読者は洟《はな》もひっかけないそうヨ。あっ、忘れてた！　いっちゃんの頼み、社長が聞いてくれてたわヨ」

「俺の？　なにを頼んだッけ」

「ダメだね、キミ。泣いて妾《あたし》に取りすがったじゃない……表札書きの爺さんに確認してほしいというのを」

「俺が泣いたの？」

「多少の脚色は気にするな。だけど昨日ゲロの最中に頼んだのは本当ヨ。仙波さんがレコード屋にちゃんと文句をつけていたかどうか聞いてくれ……なんのことなの？」

それなら幸い脳味噌に残っていた。

小間物屋の後始末中に俺はレコードが気にかかった……だから夜店めぐりが道楽の樽井さんに頼んでもらったんだ。

「そうだ！」

大声をあげたらエコーして、頭蓋の罅が太くなった。「いてぇ」

「なんなのヨ、意味わかんない」

「教えて。仙波の爺さん、なんと返事したんです？」

「レコード屋なら、とっくに文句をつけてやったぞって。それがどうしたのサ」

「……そうなんだ」

ボソッと応じてから少年は黙りこくった。

「あの爺さん、横浜の香具師《やし》の古株だったのネ。夜店の仲間では睨みが利くんですって？　ねえ、キミ。聞いてるの、聞いてないの」

一兵の答えがない。気味悪そうに瑠璃子が覗《のぞ》き込んできた。

「また吐き気がする？　洗面器で足りなかったら、お鍋を借りようか」

少年がブツブツいいはじめた。

「そんなことってあるだろうか……でも、だとすると、筋がつながる……」

「妾ゃ知らないヨ」

匙《さじ》を投げておいてから、ニンマリとした。

「東京発午前九時」

ハッとして瑠璃子を見た。汽車好きのサガで反射的に燕号のダイヤと知ったのだ。

「名古屋着午後二時十七分。澪ちゃんが着く時刻ネ」

一兵の目が見開かれた。

「妾は駅へ迎えに行くけど、頭の割れているキミには無理かも」

「ゆ、行きますっ」

滑り落ちたベッドの枠に、後頭部をしたたかぶつけた。笑って瑠璃子は立ち上がった。「まだ時間はあるワ。その間にキミは母屋で食事した方がいい。先生はとうに出かけたし、妾は新聞の原稿を書くから。じゃあネ」

ひとりになった一兵はヒョロヒョロしながら、制服というべき詰襟を身につけた。形ばかりに洗面をすませて庭へ出ると、目の前でチリンチリンとベルが鳴った。郵便配達の自転車であった。

速達を押しつけられた一兵が、目をこすりながら封書を見ると、宛て先は宗像昌清ではなく巴で、差出人は名古屋市内の興信所だ。彼女がなにか調べてもらったらしい。消印は会津郵便局であった。

よくわからないが巴に渡せばすむことだろう。

日は斑《まだら》に陰っていた。今日は博覧会最後の夜間開園で、花火も四寸玉五寸玉と打ち上げられるから、雨は願い下げだった。

縁側に上がると巴と操の会話が耳にはいった。一兵はまだベッドと思い込んでいるらしい。耳をそばだてるまでもなくよく聞き取れた。

「……じゃあ御前さまの行き先はホテルかね」

「いや、万平ならお送りしますといったのに、違うと仰ってました」

「やっぱりあの黒い館かなも。誰かと待ち合わせなさったのかね」

「さあ……おひとりのようでしたが」

「晩になるまで、あの気色の悪い館で?」ぶるっと体を震わせる気配だった。

「心配であかんがね。御前さまのおつもりがわかれへん」

小さな子を気づかう口ぶりに可笑《おか》しくなったが、次の巴の言葉を耳にして、一兵は凝然となった。

「弁護士さまに耳打ちされたでよー。預かったのは御前さまの書置みたいだと……」

「そんなはずないでしょう」

操の声が尖った。

「先生はいつだって、先々まで見通して行動されるんだ。それだけですよ」

「ほんならえーけどよー。ゆうべの深酒は見ておれんかったがね」

伯爵がそんなに酔どれた？　屋敷へ着いてぶっ倒れた一兵は知る由もなかった。

これ以上の立ち聞きが辛くなり、少年はわざと足音をたてて広間にはいった。

「郵便屋さんがきましたよ、ハイ速達です」

「え……まあおおきに」

慌ただしく開封した巴は、ひと目で内容を摑んだようだ。

「……やはり、そうだったのきゃあ！」

思わず叫んでから一兵の存在を思い出し、なんとも間の悪そうな顔になった。

「あの、俺……あっちへ行ってましょうか」

「ほんなことせんでもええ。……おなかが空いただろ、お粥はんでもあがりなさい」

用意してあったとみえ、品々を素早くテーブルにならべてくれた。その間に落ち着いたようだ。操と目配せしてから、一兵に話しかけてきた。

「御前さまはなも。小さいときから寂しがり屋の坊ちゃんでよー。大学を出て福島の銀行へ勤めに出たときは辛かった、そういいなさってよー」

「はあ？」

だしぬけにいわれても、返事できない。なにが「やはり」だったのか。曖昧《あいまい》な顔で粥をすすっていると、巴は構わず話をつづけた。

「屋敷にお偉い肩書の客は多いけど、寄付してほしいとか名前を貸してくれとか、そんな用のある人たちばっかりでよー」

「古い家柄なんだから、親族は山ほどいるんじゃないですか」

二日酔いの揺り返しが不安で、粥は一杯だけにした。

「……それがなも。御前さまが跡継ぎなさったとき揉めに揉めて……周りに義絶されとるがね」

操も黙って耳を傾けていた。昌清の子供時代から仕えた巴と違って、昌清が海外漫遊を終えたころ出仕した操なので、主人についての知識は浅いようだ。

「御前さまにはお兄さまがおいでだったで、次男坊の気楽な風来坊でいなすったが、そのご長男が世継ぎなさる直前に、赤痢で亡くなられてまって！　急いで昌清さまを名古屋へ呼び戻す、そのあたりのゴタゴタが尾を引いてよー。向こうに言い交わした女がおったのに、その約束もワヤになったがね」

「それはぼくも耳にしました」

操がうなずいた。

「私は伯爵夫人になれる身分ではないと、先方から諦めたそうですね。その後結婚の話は一度も持ち上がっていない……」

ちょっとふしぎな気がした。天馬空を行く自由人にしては、似合わないと思う。俺の知ってる先生なら、伯爵なんて肩書はうっちゃらかし、好きな彼女と手に手をとっていっそ小田急《おだきゆう》で逃げそうな人柄なのに。

そんな会話のやりとりの間に、一兵は速達のことなど忘れてしまった。老巧な熟女に誤魔化された節もあったのだが、改めて尋ねる暇もなく庭の瑠璃子に呼ばれてしまった。

「いっちゃん、行こう！　大切なキミの思い人のお迎えだヨ！」

2

激しい蒸気と地響きを伴って、名古屋駅東海道線下りホームに、ゆっくりと鋼鉄の流線形が停車した。重量感漲《みなぎ》る列車でも停車位置を一〇センチと外していない。

東京駅と名古屋駅、それぞれの発着時刻が理想的に組まれており、しかも週末なので乗降客は多かった。無数の帽子と洋髪の群れがホームを往来した。靴と下駄と草履《ぞうり》の足音が賑やかに交錯して、客車から吐き出された旅人が一段落すると、新顔の旅客が車両に吸い込まれてゆく。機関車が吐き出す煤《すす》は列車の屋根を乱舞して消えていった。

燕号の長大な姿が陽光を遮ったので、ホームは一気に黄昏《たそがれ》てしまったように見える。もっとも迎えに出た一兵たちが、しばらく澪に気づかなかったのはそのせいではない。

人込みに揉まれながら、少年は本気で心配していた。

澪ちゃん、乗り遅れたんじゃないか。

「おう、ご苦労」

ドスンと背中を小突かれて振り返ると、顔の半分を髯《ひげ》に覆われた仁科刑事が立っていた。その陰に隠れるようにした小柄な少年。鳥打ち帽に飛白《かすり》の着物姿は、呉服屋の小僧さんの藪入りにしか見えない。

一兵が目を丸くした。

「澪ちゃん……きみか！」

少年は——いや少女は、返事をしなかった。

青ざめていた頬を少しだけ紅潮させ、澪はコクンと頭を下げる。

思わず一兵はまじまじと見直した。四日前の夜に銀座で逢ったとき、彼女は桃割《ももわれ》に簪《かんざし》を挿していた。銀ブラの紳士淑女は例外なくあでやかな少女に見とれたものだ。おなじ澪が、今目の前にいる小僧さんだなんて！

「笑ってもいい」

囁《ささや》かれて一兵は狼狽した。

「可笑しくなんかないよ。可愛いよ」

本気でいったのだが彼女がまともにとるはずもない。じっと草履の足元を見つめている。狼狽した仁科がどもりながら弁解する。

「娘のワンピースで間に合うと思ったんだが、どうにも小さすぎてな。二番目の息子が高等小学校を出たばかりで、そっちを」

「凜々しいわヨ、澪ちゃん！」

さすがに瑠璃子は堂々と褒めた。「タカラヅカみたい」

「そ、そうだ。斎藤五百枝《さいとういおえ》が描いてる『少倶』の表紙そっくりだ！」

「ありがと」

澪は開き直っていた。鳥打ち帽をとってお辞儀すると、坊主頭のてっぺんまで見えた。

燕号の発車まで時間があり、ホームの客は当分散る気配がない。

「行きますか、そろそろ」

仁科の横に控えていた男が遠慮がちに声をかけた。枯れ木みたいに痩せているが、顔は大きく、存在感を主張するように顎が張っていた。愛知県警の男だろうと一兵は推測した。仁科は今夜、県警の寮に泊まることになっていた。

「ああ」

警視庁所属の仁科は、本店から支店に出張したようなものだ。威張るタイプではないが、顔も体もいかついので偉そうに見える。丸太のような腕をのばして、澪の頭にポンと鳥打ち帽を載せた。

「……」澪はなにもいわない。

黙りこくった一行がコンコースに下りると、仁科がわざとらしい大声で褒めた。

「ふん。東洋一を呼号するだけあるな」

列柱を縫って大股に歩いて行く。

「動物園も東洋一だって？　いつか息子を連れてきたいもんだ」

「植物園もあるよ。ラフレシア・アルノルディ……世界一大きい花なんだ。見に行こう」

一兵がはしゃいでみせたが、澪の表情は晴れそうにない。わかっていても少年は懸命であった。表口へ出るとすぐに、瑠璃子がロールスロイスを見つけた。操が待ち構えてくれたのだ。

「ほう！　こいつは豪勢な車だ」

仁科は羨《うらや》ましそうだが乗るわけに行かない。犬飼《いぬかい》と名乗った県警の刑事に従って、寮に手荷物を運ぶからだ。

男臭い警察の寮に澪は泊められないから、宗像邸へゆくことになっていた。小憩した後『慈王羅馬館』に案内して、崔と会う約束ができている。

澪と崔桑炎は初対面である。姉の男なのだから複雑な気分だろうが、澪は覚悟の上だ。それよりも杏蓮——杏の暮らしを熟知する崔から、姉がどんな毎日を過ごしたのか、じかに聞きたいというのが少女の願いであった。

澪は今、白壁町に向かう車内で一兵の隣に、ちんまりと座ったきりだ。木彫りのお人形みたいな少女の横顔を、一兵はそっと見た。

駅の中を歩いていた間に、仁科に囁かれている。

「あの子の姉さんは、まだ見つかっておらん」

いいにくそうに髯を歪ませた。

「どこの部分も、な」

こわもての刑事は顔を擦り、それっきりなにもいわなかった。いいたいことはわかる。首も体も未発見というのだ。足が出現した状況からしても、被害者が存命とは考えられず、警察はバラバラ事件と見て捜査を進めているのだ。

大切なことを思い出して、一兵が尋ねた。

「澪ちゃん、車酔いはいいのか」

「平気」

「だけど燕に長時間乗った挙句だろう?」

「気分が悪ければ、いつでも止めるよ」

運転席から操が声をかけると、少女は小さく笑った。

「それが心配だから、ずっとなにも口へ入れてません」

「マァ、可哀相に」

助手席の瑠璃子が大げさに同情する。

「もどしたら仁科さんに悪いでしょう。私は眠ってても粗相するタチなんです。でもおなかにはいっていなければ大丈夫……」

ちょうど腹の虫が鳴いたので仕方なさそうに笑うと、瑠璃子が励ました。

「巴さんが腕を揮ってくれるわよ。すてきな料理番だから」

彼女の陽気さに気がほぐれたか、改めて澪が袖をまさぐった。

「……コレ」

差し出したのは、破られた新聞の切れ端である。

「アラ、うちの新聞ね」

肩ごしに受け取った瑠璃子が目を大きくした。帝国新報は、東京でしか手に入らない夕刊専門紙である。

「昨日、仁科さんが買いました。でも私に見せずに捨ててしまった。あとで拾っておいたんです」

乗り出した一兵は、斜めに裂かれた新聞の見出しを読んだ。

赤いゴチックの活字が、大々的に躍っていた。

『閣下、美女の肉は美味でしたか？』

Sという頭文字の料亭の名もあった。驚き顔の一兵と瑠璃子に、澪がそっと尋ねた。

「このお店の食事の材料に、人の足がまざってたの。……肉というのは、姉ちゃんのことなんでしょう」

ふたりは揃って絶句した。

3

白壁町の邸《やしき》に着くと、昌清が待ち構えていたのは、ちょっと意外な気がした。燕号到着の時刻を見はからって『慈王羅馬館』から戻ったそうだ。操に「館にはどんな御用がおありでしたか」と聞かれても言を左右にしていた。秘書格の操を無視した行動は不可解だが、追及を許さない顔つきであったのも妙だ。

決して機嫌が悪いのではない。一兵の目に陽気にさえ映ったのは、屋敷に帰ってまた酒を呑んだからなのか。

「先生、ふだんからのべつ幕なしに呑むの？」

面とむかって瑠璃子にいわれても、ニヤニヤするばかりだ。

そんな昌清だが、澪にはキチンと気を遣った。質量ともに十分な食事をしたためる間、そっと一兵たちに声をかけてきたのが可笑しい。

「酒臭くないかね、私は」

「先生、今さらなにを仰るのヨ」

瑠璃子に笑い飛ばされてしまった。

「ゆうべは夜明けまで、また今日も帰ってすぐ呑んでた癖に」

「『磐梯山』を繰り返しお歌いになりましてね」

巴に聞かされて一兵も笑った。そういえば先生、『慈王羅馬館』でもおなじ民謡を歌っていた。

目の前で噂されても蛙の面に水の昌清であったが、瑠璃子に例の帝国新報を見せられると、様子が変わった。顎をしゃくって一兵と瑠璃子、操まで連れて広間から、更に玄関寄りの応接室まで移動した。

白木造りの軽快な応接セットに座を占めると、昌清はすぐ瑠璃子に尋ねた。

「この件で樽井に電話したかね」

「さっき繋がりました。また警察で絞られたそうです。でも閣下が誰とは書いてないし、料亭の名も伏せたから問題ないと突っぱねたといっていました」

昌清は苦笑した。

「まあな。一般の読者がこの記事を読んでも、杏蓮の事件を知らなければ、なにもわからんだろうが……」

「わかる人にはわかると、社長はいいました。それで十分だ、と」

蓮《はす》っ葉《ぱ》に煙草を銜《くわ》えた瑠璃子が、肩をすくめる。

「説明してくださいナ。この夕刊は先生から取材したんですか」

「あべこべだ。私が樽井に売りこんだのさ」

一兵が昌清を睨んだ。

「閣下というのは寺中少将のことですか？」

「鋭いな、少年。そうか、甘粕の話から類推したか」

瑠璃子がジロリと一兵を睨む。（そんな人にいつ会って、どんな話をしたのヨ）という目つきだが、話せば甘粕に殺される約束だ。

「料亭『篠竹』に届いた食材に誰かが細工した……それも少将閣下が会食した夜に。どうせ関東軍の糧秣《りょうまつ》には、阿片《あへん》も入っているんでショ。……先生、甘粕の名をお出しになったけど、潭芳さんが持ってるケシ畑……なんとなく繋がるみたいですネ」

先端をゆく婦人記者の肩書は伊達ではなかった。

「これ以上寺中閣下にのさばられては、崔さんの立場も剣呑《けんのん》ネ。関東軍の名でケシ畑を買い叩かれてはたまらない。軍の中にも寺中を疎む勢力があるから、追い落とすきっかけを作ってやれと……エログロがお盛んなご時世だもん、大受けしますワきっと。ウフフ、孫子《そんし》も三舎を避ける兵法ですこと。……なぁんて記者なんかやってると、想像が飛行船みたいに膨らみますノ」

ペラペラしゃべったところで、ヒョイと一兵を見た。

「キミのご感想は？」

「なにもいいません」

肩をすくめた。

「殺されたくないから、俺。でも先生」

「なんだね」

昌清は真顔で受けた。

「澪ちゃんのお姉さんが、利用されたのは確かですね？　日本でも戊辰《ぼしん》戦争で人肉を食べた噂があったけど、まさか杏蓮さんの足なんて……」

滾《たぎ》ろうとする憤懣《ふんまん》を抑えていた。

昌清も瑠璃子も口を鎖《とざ》しているが、構わずに一兵はつづけた。

「……板前の王さんは崔さんも知ってる人だった。金さんのお兄さんでもある。頼まれて宴会の食材に混ぜたとすれば……それなら杏蓮さんの」

声を低め、いくつもの部屋を隔ててダイニングを窺《うかが》った。

「体の残りの部分も、あの板前なら知っている？」

「断っておくがね、一兵くん」

昌清は落ち着いた口調だった。

「すべて崔たちと相談の上のことなのだよ」

昌清が正面きって答えるとは、一兵も考えていなかった。しかも落ち着いて聞けば、彼は崔「たち」といった。それが誰なのか考える暇もない間に、昌清は立ち上がっていた。

洋間を通り抜けたとき、澪の声が聞こえた。

「こんな詩なんです。『もずが枯木で鳴いている　おいらは藁を叩いてる……』この詩を教えてくれた修ちゃんは、おいらとは自分のことだといいました」

巴が耳を傾けている様子に、昌清が足を止め一兵たちもそれに倣《なら》った。

「……みんな去年と同じだよ　けれども足んねえものがある　兄《あん》さの薪割る音がねえ　バッサリ薪割る音がねえ」

諳《そら》じる澪の声は、歌うように澄んで聞こえた。

「兄さは満州へ行っただよ　鉄砲が涙で光っただ……」

「修ちゃんて子の兄さんも、やはり満州へ行ったのね？」

巴の問いに、澪はカラリとした口調で答えている。

「ハイ、戦死しました。だから修ちゃんはこの歌が大好き。サトウハチローって人の詩なんです」

一兵は驚いていた。

「サトウハチローって……」

「『あ、それなのに』を作詞した人ヨ」瑠璃子が受けている。

潮時と思ったか、昌清はダイニングにはいって行った。

「澪くん、腹はくちくなったかね。よければ『慈王羅馬館』へ案内するよ」

「はい！」

そのつもりでいたのだろう、鳥打ち帽をかぶった澪がすぐに現れたので、一兵は鉢合わせしそうになった。

「あ、あの、きみ食事したけど、それですぐ車に乗るけど、大丈夫かい」

少女が失笑した。

「なん時間も乗るわけじゃないもん。我慢できます」

「そう……それならいいんだ」

真剣な顔でホッとする。そんなふたりのやりとりを、昌清が黙って見ていた。

4

ロールスロイスに乗った四人を、巴は恭《うやうや》しく送り出す。

「いってらっしゃいまし……」

「うん」

軽く答えた昌清だが、窓から巴を見詰める横顔がなぜか寂しげで、理由もなく一兵の胸は騒いだ。

いつもながら操のハンドル捌《さば》きは流れるようだったが、表通りへ出たとたんに後部席の中央で澪が金切声をあげた。

「止めて頂戴！」

車は即座に停車した。

「えっ、なんなの」

あたふたする一兵を押し退けるように、澪は車を飛び出している。

「修ちゃん!」

少女が声をかけた相手を、ロールスロイスの全員が見た——。

昼下がりの人気のない住宅街を、左右に目を配って歩いてきた若者。古びた洋服を着て風呂敷包みを抱え、見るからにポッと出の田舎の青年が、車からまろび出た澪に気づいた。どんぐりのような目をいっそう大きくして、それから満面の笑顔になった。一兵より年上だろうに童子のように開けっ放しの表情であった。

「澪!」

「きてくれたの、嬉しいっ」

あわや少女は若者の胸へ躍り込もうとして——車の四人を思い出したらしい。

若者の袖口を引いて、ロールスロイスに近づいた。

「あのう、この人が修ちゃん……あっ」

みごとなほど顔を真っ赤にしてしまった。

「平賀修市さんです。私のことを心配して、会津から出てきたんです」

若者はもうすっかり落ち着いていた。

「澪がお世話になりました。田舎者なので名古屋駅で行き違いになりました」

訛《なまり》を抑えるのでしゃべりにくそうだが、濃い眉毛、がっちりと高い鼻、浅黒い肌。素朴だが野卑《やひ》ではなく、まっすぐに育った好青年の印象であった。

「仁科刑事に教えられてきましたが、うまく連絡がつかなくて」

「タワシの馬鹿」

まだ赤い顔の澪がぶつぶついっている。

「仁科さん、俺が連れて行くから任せろといってたのに」

「いやあ」修市が頭に手をやった。

「寮に電話したら仁科さん、県警に呼び出されててね。事情を話すと管理人のおばさんが、こちらを教えてくれたんだ」

「はじめての町で不安だったろうね」

一兵越しに、昌清がいたわりの声をかけてきた。

「きみも乗りたまえ。これから博覧会へ行くところなんだ」

含み笑いになった。「ただし私の博覧会だが」

「はい。でも……」

窓の外では澪がもじもじしている。その手が修市の手を摑み、離れるのを一兵は見て、ドアを開けてやった。

「俺、前の席に移るよ。澪ちゃんたちはここへ」

後部席から滑り出て、昌清に詫びた。

「窮屈になるけどすみません」

「ああ、いいとも」鷹揚な声を背に、少年は少し硬い微笑を若者に送った。

「遠いところをお疲れさま。澪ちゃんも、ほら」

「ありがとう」

少女はまた修市の手をとろうとして「はしたないよ」軽くはたかれている。助手席では一兵のために瑠璃子が詰めてくれた。

発車すると一兵の視界にミラーがはいった。カーブを曲がるはずみに澪と修市の体が重なる。雨に打たれた子猫であった澪が、今は生気撥剌《はつらつ》と輝いて見える。

昌清が柔らかに声をかけてきた。

「幼なじみということだね？」

「はい！」

打てば響くような澪の声を、一兵はぼんのくぼのあたりで聞いていた。そうなんだ……いつだって澪ちゃんは、花火のように元気に囀《さえず》る女の子だった。

瑠璃子が後部座席に向かって声を張った。

「ただの幼なじみ？　名古屋まで追ってくるなんて、ワケありなんでしョ」

一兵の傷が深まる前に、引導を渡させようという瑠璃子の気遣いに思われた。

誘い水を向けられては、澪も黙っていられなかった。

「あのう……結婚の約束をしています」

「まア、そうなの」

「秋になって十五の誕生日を迎えたら……」

「民法七百六十五条だな。男子は十七歳、女子は十五歳になれば、婚姻ができる」

念を押すような昌清の声と無関係に、一兵は前方に広がる町並みを見つめていた。

味気なく乾いた十三間道路を、乗用車が走り、大八車を追い越してゆく。警笛に慌てた牛車が道を避けると、新進女優高峰三枝子《たかみねみえこ》の大きな似顔絵の看板を積んだトラックが追い越していった。

「それはおめでとう。平賀くんの実家はやはり会津なんだね」

「はい、父は若松に近い神社で宮司を務めています。ですが私どもは、満州に渡る予定なので」

一兵が思わず声を出した。「満州!」

「そうなの、一兵くん」

澪の弾んだ声と対照的に、昌清が落ち着いた声で問いかける。

「では会津の方は？　ご両親を置いて行くことになる。弟さんがおいでかね」

「いいえ、平賀家には妹が残るだけです」

「兄上は満州で亡くなられたのだろう……お父上は反対されたのでは？」

「喜んで送り出すと申しました。満州は兄の骨を埋めた土地です。弔い合戦のつもりで、銃の代わりに鍬《くわ》と鋤《すき》をとれと」

「母上もそれでよろしいのかな」昌清が念を押した。

「決心を話すと二日ほど泣いていました。しかし日本は亜細亜の盟主なのだ、若者の未来は大陸にあると、青年団が東京からお招きした講師の先生が、母を説き伏せてくださいました。戦死した兄の後を継いでこそ、わが国の家族の絆は美しいと」

修市は意外なほど雄弁であった。

「今年から始まるんです」修市の隣で、澪の声はいっそう弾んでいた。

「満州農業移民の百万戸計画！　陸軍省と拓務省《たくむ》が後押しする大計画なんです。満州に日本の第二の故郷を作ります。一兵くん、私は大陸の花嫁になるのよ！」

「頑張って」といいたくても声が出ない。

力強い修市の言葉が後につづいた。

「日本は人口が多すぎるんです。農家一戸あたりの耕地面積は、アメリカの三十分の一、フランスの六分の一でしかありません。だから不況になれば、女の子は街に売られます。小学生は欠食児童です。こんな有様でなにが〝躍進日本〟ですか。なにが世界の一等国ですか」

瑠璃子がつい口を出した。

「でも満州にだって、農民は大勢いるんでショ。その人たちの土地へ割り込むの？」

自信ありげに修市は笑った。

「あちらの農法は日本より遅れていますから。移住した我々が教えてやれば、おなじ土地から数倍の収益があがるんです。……ここに詳しく書いてあります」

大切そうに修市が差し出したのは、赤と白で印刷された小冊子『移住の栞《しおり》　満洲は招く』だ。

表紙をひと目みた昌清が、軽く息をついた。

「満洲日日新聞社発行か。……信濃毎日が売りさばいているようだな。あそこは、桐生悠々《きりゆうゆうゆう》さんが主筆だったがやめさせられたんだ」

「あ、そうなんですか」

修市は知らなかったが、信州で育った一兵は知っていた。『関東防空大演習を嗤《わら》う』と題した社説を掲げ、軍の反発を招いたジャーナリストである。木と紙の町に敵機が襲来すれば、関東大震災に匹敵する被害を生ずると論じ、読者や識者に罵倒された。神国が空爆されるはずはないからだ。不買運動の矢面に立たされた新聞社は彼をやめさせた。

空襲なんて想像できない一兵だけに、あのときは憤慨した。

「今どうしてるんですか」

「名古屋のすぐ隣に住んでいる。読書会を主催して会誌『他山の石』を発行中だ」

「ふうん……懲りない人なんだ」

吐き捨てるような一兵の言葉に、昌清はなにもいわなかったが、瑠璃子は反応した。

「骨の髄まで新聞人ですね。その人が主筆を務めた新聞社が、今では国策推進に熱心なのか」

毒のある言葉を吐いた彼女も、冊子の奥付を見て驚きの声に変わった。

「百版ですって！」

「ええ、凄い売れ行きなんです」

自分のことのように、修市は自慢した。

出版社は自社の書籍の売れ行きを見て、版を重ねる。それでも客足が落ちないようなら三版、四版と刷りを重ねる。そんなことは一兵だって知っているが、『満洲は招く』はなんと百版を重ねていた。

「ちょっと見せてください」

我慢できなくなって手にとると、瑠璃子も覗《のぞ》き込んできた。

「うわあ。昭和十一年九月三十日に初版を発行して、十月二十五日で第八十版！　十一月一日にもう第百版！」

「これだけ売れたのでは、どこの新聞社だって笑いが止まらないわね」

不買運動を招いた主筆なんか、なん人クビにしても会社は安泰だ。後部座席の昌清は溜息まじりだ。

「日本人なら誰もが、満州に夢を抱いたというわけだな。すっかり自分の国にしたつもりでいる。甘粕がどう思うかね」

そう、どう思うんだろう。あのときの甘粕の奥歯にものが挟まったような言葉を、一兵は覚えている。満州が掲げたのは、五族協和の旗印だ。貧しさから逃げ出すため日本人だけが熱狂しているのなら——のこる四つの民族はどうすればいいのか。

世界中の植民地に白人の傲岸《ごうがん》さで君臨する大英帝国が、一兵は大嫌いだ。日本は違うと思っていた。満州は日本の植民地じゃない、亜細亜の誰もが平等に暮らせる国を創ろうとしたんだ。そのはずであったのに甘粕さんは漏らした。「夢見た国ではなくなった」……。

修市と澪はまるで屈託がない。

「日本が拓く新天地なんです！」

「五族協和の王道楽土を、私たちが創るんだわ」

「大陸に渡るのはもう決めているのかね」

昌清の問いに、修市の答えは元気そのものだ。これっぱかりも国の植民政策を疑っていなかった。

「三日後に、村役場で移住希望の選考があります。父の推薦ももらってますから、確実に決まります」

「……なるほど。国の助成金をもらえるから、地方はどこも熱心だろうな」

後半の呟きは、修市や澪には聞こえなかったようだ。

一兵がふとバックミラーを見ると、表情を消した昌清の顔が映った。彼は一兵の後ろ姿に視線をあてている。それに気づいた少年は、ことさら陽気な声をあげようとした。

「頑張れよ、澪ちゃん！」

努力の成果で、きっちり声が出た。

5

博覧会も大詰めである。今日は最後の夜間開園で、明日の閉会式が挙行されれば、名古屋市始まって以来の大事業も終わりを告げる。

さすがに車置き場は混雑していたが、日の傾く時刻だから入場よりは退場する客が多いとみえ、会場を背に鼻面をならべた車も一台二台と抜け出して、空いた場所を探すのに時間はかからなかった。

雲は多いが、さいわい雨の心配はないようだ。

操の後に昌清がつづき、観光客に圧倒されている澪と修市の案内役は、一兵と瑠璃子が引き受けた。

「妾たちの行き先はあの黒い『慈王羅馬館』ヨ」

こまめに瑠璃子が声をかけてやる。

「先生が建主になった特別仕様の館なの。お姉さんにご縁の崔家のみなさんとは、あそこで待ち合わせの約束ヨ」

さすが今日は迷子の心配はなさそうだ。一兵は安心して解説役を瑠璃子に任せていた。

「宗像伯爵でいらっしゃいますね」

緊張気味に声をかけてきたのは、仁科と犬飼だ。一行の到着を待っていたらしい。県警の犬飼刑事は顔なじみでも、東京からきた仁科は初対面だから、真剣な表情である。

「はるばるご苦労さまだったね。どうぞ」

塀の内部に足を踏み入れると、澪や修市、刑事ふたりが目を丸くした。「こんな施設が会場のすぐ隣に！」犬飼が嘆声をあげ、澪も気味わるそうに吊り橋の下を覗き込んだ。

「猪苗代湖《いなわしろこ》より深そうだわ……」

来場は二度目の一兵も面食らっていた。始祖鳥《しそちょう》の遊弋《ゆうよく》していた空堀が、今日はまんまんたる水を湛《たた》えていたからだ。だがよく観察すれば、一面に張り渡された紗のスクリーンに、さざめく波が投写されているとわかる。

ポンゾの錯視にひっかかる四人は愉快な眺めだが、一昨日の自分たちとおなじと思えば笑いにくくはあった。美人九相図は今日はブラ下がっておらず、瑠璃子が残念そうに一兵に囁《ささや》いた。

「赤剝《あかむ》けの美女を頭から被る、タワシさんを見たかった」

二階の〈あそびの間〉のとっつきには休息用の椅子が並んでいる。そのひとつに座を占めた昌清は、顔をひきしめてふたりの名を呼んだ。「宰田澪さん。平賀修市くん」

「はい?」

「はい!」

「きみたちは満州に渡るという。そこで新しい家庭を持つという」

「ハイ」異口同音で返事した若い男女は、互いに微笑し合った。ふたりの顔にともる明かりを吹き消すような強さで、昌清は告げた。

「苦労は覚悟の上と思う……だが異郷の地は宣伝とまるで違う。政府は五族協和というが、民族には固有の歴史がある。物質文明を知らないから純朴でも、それだけに土着の陋習《ろうしゅう》は連綿とつづいている。中国の一部の人々を虜《とりこ》にした阿片がそうだ」

真剣な口調に、みんな静まり返っていた。

「満州国は皇后陛下まで、重度の阿片中毒者なのだよ」

「……！」

知っていたかどうか、澪は身じろぎした。

「断っておくが、崔家の潭芳夫人も中毒患者だ、そのつもりでいなさい。幻覚の中で彼女は自分を呂后《りょこう》に擬している。呂后、本名は呂雉《りょち》。……知っているかね」

自信なげに修市が答えた。

「中国三大悪女のひとり……でしたか」

「その通りだ。近くは清国末期の西太后《せいたいごう》、遠くは唐の即天武后《そくてんぶこう》、更に昔を尋ねれば漢《かん》王になった劉邦《りゅうほう》の妻、呂后」

刑事ふたりはポカンとしている。よもやこんな場所で中国史を勉強させられるとは思わなかったろう。

「劉邦の死後、彼女は夫が寵愛していた女を虐殺、功労者を次々と亡き者にした。ただし最初に劉邦に英傑の素質を認めたのは、当の呂雉なのだが。妻に支えられて劉邦が王となったのも史実なんだ」

ああ、という声を漏らしたのは瑠璃子である。

「崔桑炎さんも、大地主だった潭芳さんの家に認められて、聟《むこ》になったんですネ」

昌清が二度三度とうなずいた。

「わしに運を授けたのは潭芳だと、あいつは今もって繰り返している」

「その恩義があるから、阿片中毒がひどいのに愛妻家として……」

「あの男の美点だよ」昌清が椅子に深く凭《もた》れると、どこかでギィと雑音が出た。「彼ほど義理固い奴はいない。だから私は彼と国籍が違い主義主張が違っても、裏切られることのない親友としてつきあってきた」

「主張が違うんですか、先生と崔さんは?」

意外そうな一兵だったが、昌清は首肯した。

「あの男は中国人だ。私は日本人だ。あいつにとって満州とは、日本が中国を侵略した爪痕なのだから」

澪と修市を見やって重い声。

「彼と私の仲でさえ、そうだ。綱渡りの友情だろう。五族協和とは日本政府が移民政策を進める便法でしかない。きみたちを迎えるのは、決して拓務省がいう楽園ではない。茨《いばら》の大地だと思いなさい」

不意に犬飼がいいだした。「私の妹も移民しております。いまのお言葉は事実ですか」

仁科が目を怒らせた。

「大陸は日本の非常線ではないですか! 伯爵のように地位あるお人が、大衆の不安を煽《あお》るデマは感心できませんな」

刑事の抗議を、昌清はあっさりとかわした。

「デマではなく事実さ。潭芳夫人が呂后なら崔は劉邦だよ。いつ彼が秦《しん》ならぬ日本に反旗を翻《ひるがえ》すのか。それを抑えているのは口幅ったいようだが、私たちの友情に過ぎない」

「そんな危険な人物ですか、これからわれわれが会う相手とは！」

タワシの髯が逆立つように見え、座の空気が緊張した。一兵は対応に困ったが、こんなときの瑠璃子は、笑って誤魔化すテクニックを身につけている。

「なんか怖い話をなさってますのネ！　でも先生がおいでなら、崔さんが謀叛《むほん》を起こすことはないんでショ」

昌清も潮時を察したようだ。首のネクタイを緩めながら笑顔になった。

「勿論私の目が黒い内は、断じて彼を蔣介石のもとに走らせないさ」

蔣介石を熟知するのは一部の中国通だけだから、瑠璃子が説明した。

「日本の帝国陸軍に勤務していた人ね。陸軍十三師団だワ」

一兵たちは驚いた。「そんな人が！」

「砲兵隊の士官でした。帰国してからは孫文《そんぶん》に従い、軍の中で頭角を現してゆきました。作戦立案の才能を買われたそうです」

操が注釈した。ちゃんと中国の事情を追跡しているのだ。昌清がつづけた。

「南京の国民政府主席だから、孫文亡き後の中国代表だよ。今のところ彼は自制を保っているけれど、たとえ日中が明日開戦しても私は驚かないね」

「でも博覧会には、中国も協力しています」

一兵がスケッチして回った海外館の中に、中国風の城門があった。

「ああ、中国からは二館もパビリオンを出してる。どこも好んで戦争をしたくないのさ。平和博の名の通り東洋永遠の平和であってほしいが、未来のことは誰にもわからない」

操が腰を浮かせた。

「約束の時刻です。……崔さんたちをお迎えに行きます」

昌清がうなずくと、下りのエスカレーターに乗って姿を消した。

「平和が破れれば、蔣介石は日本の敵になるんだ。崔さんにそんな奴の仲間になってほしくないや」

一兵の言葉ではあっても、昌清はうなずかなかった。

「今もいった通り、彼は中国人だ……」

「中国といっても満州人でしょうが」仁科が唸った。

「そんな人物が日本を敵に回すのは、謀叛ですぞ」

「……崔さんたち、いらしたみたいヨ」

慌てて仁科が口を閉じた。

上りのエスカレーターが一行を運び上げてくる。先頭は崔、つづいて潭芳の車椅子とそれを押す久遠チョクト、それに金白泳と操である。エスカレーターのステップに幅と奥行きがあるので、小柄な久遠でも危なげなく車椅子につき添っている。女主人は木賊《とくさ》色のチーパオだった。

彼女の手は前を行く崔の漢服の袖を摑んでいるのに、一兵は気がついた。聞いたばかりの話――劉邦によく仕えた呂后のことを思い出した。今の彼女は、顔色こそ悪いがちゃんと正気を保っていた。万平ホテルで阿片を吸ったとは思えないから、必死に自制しているに違いない。

その潭芳が表情を陰らせたのは、昌清が澪を紹介したときである。

「辛田杏の妹です」

「辛田？」

すぐにはわからなかったようだ。夫に耳打ちされると、間髪を容れず澪の顔を凄まじい視線で抉《えぐ》った。彼女の憎悪を察した少女は、そっと修市の陰に隠れた。

男装とはいえ、杏蓮の俤《おもかげ》が濃い澪であった。今にも夫人が狂声を放って摑みかかるのではないか——とまで一兵は感じた。おなじ気持か、久遠も目を光らせて女主人の挙動を見つめていた。

さいわい潭芳はそれ以上の行動に出なかった。妻の視線を断つように、崔が彼女と澪の間に立ったからだ。

「……どうした、潭芳。また気分が悪いのかね？」

やさしくいたわられて潭芳は目を落とした。チーパオと共色の膝掛けが下半身を覆っている。夫の落ち着いた声に彼女も自制心を回復させたようだ。小さくかぶりをふると、あざやかなグリーンの耳飾りがチリチリと鳴った。

昌清が全員に声をかけている。「揃ったようだね。では〈いこいの間〉へ」

6

先日は階段室の広さをもてあました一兵だが、今日は大勢なので都合がいい。斜路を進む車椅子を操が先導して、その後に看護婦役の金白泳がつづく。大きめのトートバッグには救急箱を納めているらしい。万一潭芳が激しい発作を起こせば、麻酔の用意ができている。彼女は、京城の帝国大学医学部で麻酔学を修めた才媛《さいえん》だ。

一兵は操から、彼女が日本人に敵意を抱いていると聞かされていた。

「関東大震災のどさくさで朝鮮人が井戸に毒をいれた、暴動を起こしたというデマが飛んだ」

「ええ。俺の父親は憤慨して、そいつらを全部逮捕しろとわめいたそうです……みんなデマだったなんて！」

「毒も暴動も流言蜚語《りゅうげんひご》だったけど、信じた市民たちが自警団を作った。その結果、大勢の朝鮮人を殺したのは事実だ。不幸にもその中に金さんのお父さんがいた」

「それは本当のことなんですか」

「ある作家が、朝鮮人と思われ殺されかけた体験談を書いている。警察の責任者正力松太郎の記録にもある。いつ朝鮮に反乱されるかという、日本人の猜疑心が原因ではないか、内鮮一体なんて絵空事だと、先生は嘆いてた」

イヤな話だった。

なん年かたって世代が替われば、本当にあのとき朝鮮人の暴動はあった、自警団の行動は正当防衛だ！　そういいだして定説を否定する者が出るのだろうか。日本人がそこまで愚かとは、一兵だって思いたくないのだが。

すぐ後ろを歩いていた刑事ふたりの声が、耳に入った。

「仁科さん。この人たちについて行っていいんですかね」

髯をごしごし擦る音が聞こえて、タワシが答えた。

「構わんさ。待ってろとはいわれてない」

「でも、限られた人だけ入場できる館なんですよ」

「ふん。なにかと噂のある伯爵が、満州人とどんな話をするのか。確かめるのも、いざとなったら逮捕するのも、われわれ警察官の義務だろう」

一兵はうんざりした。タワシさんはいつもこうだ、個人としては溺をいたわる優しい人なのに、役人としては四角四面で融通がきかない。

犬飼は、本庁の刑事の意見を大真面目に受け取っていた。

「まさか捕り物にはならんでしょうね。武器を持っておりませんが」

「俺だってナイフ一丁持っておらんよ」

一兵が振り向くと、聞き耳をたてていたのは承知とみえ、仁科はタワシを揺らした。笑ったのだ。

「どうだ、一兵。事件の解明は進んだか？」

だしぬけにいわれて、少年は面食らった。

「え？　警察は仁科さんの方ですよ」

「いつもしたり顔で探偵する癖に。あの娘と貴様は銀座の仲間だろうが。役に立て」

「無茶苦茶いわないでよ、タワシさん！　宗像先生こそ愛知県警のお手伝いの実績があるんですよ」

初耳だったらしく犬飼に尋ねた。「本当か？　こいつのいうことは」

「まあ、そうですね。ときにはうちの署長の相談相手をしてくれてます」

「ほーお」毒気を抜かれた顔で、仁科は昌清の後ろ姿を見た。

ちょうど踊り場に出て、折り返す上り階段にさしかかっていた。すぐ目の下を上がってきた一兵に、昌清が手すり越しに声をかけてきた。

「少年、来てくれるかね」

「はい」

勾配の緩い階段を二段三段と駆け上がり、折れ曲がったところで追いついた。

「御用ですか」

昌清は立ち止まっている。その足元の蹴込みにのこる傷を、一兵は覚えていた。俺が靴でつけた傷だったよな。

「那珂くん」

声をかけられたので、我に返った。

「……つかぬことを伺うが、きみは探偵小説が好きだったね。だからむろん、クライマックスで、名探偵が関係者を集めて謎を解く場面も好きだろう？」

脈絡のない話をなぜ聞かれたのか知らないが、素直にうなずいた。「大好きです」

「それなら結構。では頼むことにしよう」

「はい……？」

どういうものかそこで昌清は言葉を切り、平行した斜路を上ってくる潭芳たちを見た。前後を崖と金がついて歩く。

「きみは昨夜、したたかに酔っていたね」

思いがけない話をふられて、一兵は赤面した。「すみません……」

「いやそれは構わないんだが、家に着くまできみが話しつづけた内容に、私は驚かされたものだ」

「ええっ、そうなんですか？」

恥ずかしながら一切の記憶が飛んでいる。俺はいったい、なにをしゃべり散らしたんだろう、それも先生を驚かせるような。

「するとあの、小間物屋から始まった……？」

「そう。一連のきみの推理だよ」

げへっ、と思った。そんなに筋道たてて話したって？　アルコオルに励起された俺の脳味噌が、勝手に暴走しちまったのか！

　冷や汗をかく少年に、昌清が告げた。

「実はきみに〈いこいの間〉で、その話を再演してもらおうと考えてね」

「……はあ？」

「銀座で起きた怪事件の推理をね。都合よくここには管轄署の刑事もきているし」

　なにをいわれたのか呑み込めず、一兵はしばらく茫然としていた。

　操たちほど彼の体調を心配しなかった少年も、ようやく不安にとりつかれている。

（先生、熱があるんじゃないか！）

　一兵の視界に立つ昌清は、微笑していた。熱があるようにも、気がヘンになったのでもない。少しばかり人は悪いが、憎めない愛嬌をこめて、おもむろに説得するのだ。

「刑事がいる、被害者がいる。関係者のこらず顔を揃えている。これこそ探偵小説ならではの山場だ。今ここには理想の舞台が用意されているのだよ」

（？　！　？）

　あまりの提案に、人の思いを探りたがる少年も、持ち前の性癖を見失ってしまった。用意されていた舞台というなら、探偵役は昌清こそ至当なのに、なぜ俺に推理の主役を押しつけるというんだ？

　ぼんやりしている間に階段室は終わり、どの階でも見かける扉が行く手を塞いでいた。斜路を上がってきた崔がひと足先に扉を開き、潭芳の車椅子を迎え入れている。やっとここで、一兵は予想もしない大怪事に気がついた。

（ど……どうなってるんだ？）

フロアに足を踏み入れた一兵は、改めて驚愕している。

彼を迎えたのは色とりどりなカーテンの林。ここは紛れもなく、〈いこいの間〉ではなかったか。

階段を上がったのは一階分だけである。二階の〈あそびの間〉から始まった階段だというのに、一階分上っただけで六階に到着した！　隣の瑠璃子がおなじ驚愕で顔を歪めていた。

にもかかわらず他の人々――澪や修市、仁科や犬飼は平気なもので、林立する七色の帳《とばり》に見とれている。四人ははじめて館を訪れたのだから、異常に気づかないとしても、潭芳や久遠、金たちは今日が最初の訪問ではないはずだ。それなのに全員が平然と〈いこいの間〉に顔をならべ終えた。

「どうかしてる」

瑠璃子の息が耳たぶにかかった。

確かに変だ。いっそうへんてこなのは、ふたりを除く全員が、異常を異常と感じていないことだ。まるで落語の一眼国《いちがんこく》に迷いこんだ気分だ。

館の六階が三階に沈下したとしか思えない！

黒い館で謎は解かれるのか？

1

「この館は昇降するんですか」

操に尋ねたかったが、声をかける暇もない。いつの間にスーツから着替えたのだろう。色調が淡くボタンが多いのでボーイの制服に似た上下を着用していた。いでたちにふさわしく忙しそうだ。いっそ昌清に尋ねようと思ったけれど、

「六階が三階になった？　そりゃなんの話だね」

笑いとばされそうな気がして、腰が引けた。

人数ちょうどの椅子が壁際に準備されており、操とそれを手伝う金のふたりで、席は大型電蓄のステージに向かって放射状に据えつけられた。間にカーテンがあるから、全員を一度に視認するのは困難だが、潭芳の車椅子だけは片隅に久遠の椅子と並べられた。手順の良さにせかされて、一兵もひとまず後ろの椅子に浅く座った。

「ようこそ」

響のいいバリトンの主は、昌清である。

ステージに上がった彼は、電蓄の共演者然として隣に立った。

「みなさん、よくきてくだすった。はるばる大陸から名古屋にお越しいただいた崔さんたち。それに東京から西築地署の仁科刑事」

ざわついていた席が、にわかにシンとした。刑事の肩書に驚いたようだ。淡々と昌清はつづける。

「愛知県警からも犬飼刑事にきてもらっている」

名前を出された私服警官のふたりが、目を白黒しているのがわかった。

「事件の被害者である宰田澪さん、介添え役として平賀修市さんにもきていただいている」

修市の登場は予定外のはずだが、素知らぬ顔で紹介をすすめた。

これが謎解き場面の口開けか？

唐突でいながら事務的でもあって、客たちはいちように当惑顔を並べていた。

崔桑炎、潭芳夫人、補佐する久遠、看護婦の金白泳、降旗瑠璃子、那珂一兵、それに宗像昌清自身と、秘書の別宮操。この顔ぶれが事件の関係者ということだ。

「ここにお呼びしていない——というよりできなかったのは、銀座の料亭『篠竹』の板前であった王陽さん」

昌清を睨んだのは仁科刑事だ。彼は慌ただしく隣席の犬飼になにか囁《ささや》いたが、昌清の態度は変わらず平気で当人の名前を出した。

「仁科刑事もご承知の通り、王さんが勤めていた料亭で食材にまじって意外な品が発見されました。かねてモラルに悖《もと》る趣向の宴を噂されていた店です。報道されない事実ながら、帝国新報の樽井社長から私に、私から崔さんに伝わっており、この席の全員が銀座で起きた事件を既知であるとして、話を進めます」

一兵の目は澪の後ろ姿をとらえたが、少女は身じろぎひとつしなかった。鳥打ち帽を目深にかぶったままだ。

杏蓮の足は回収されたが情報が封鎖され、『美女の肉は美味でしたか？』の見出しが、帝国新報一面を飾った経緯を、一兵は反芻《はんすう》している。

一般の読者には意味不明でも、軍の上層部の目には寺中弾劾の絶好の機会と映ったはずだ。人肉嗜食？　卑しくも帝国軍人の品性が疑われては一大事である。火のないところに煙をたてられたとしても、処分は下る。一兵は溜飲の下がる気分だったけれど、軍内部の抗争に姉が利用されたと知れば、澪がどう思うことか。

「事件の真相を知りたいのは、まず警察のおふたりでしょうな」

昌清が刑事たちを見た。今にも叫びそうな仁科を、犬飼が押しとどめる。

昌清の視線が澪に移った。

「それ以上に、身を揉む思いで事件解明を祈っているのは——あなただ。宰田澪さん」

「ハイ」

明瞭な少女の声であったから、知らない者は目を見張った。鳥打ち帽に飛白《かすり》の着物姿がはじめて女性と知ったのだ。

「なにもかも知りたいです。私は姉と銀座のビルで会いました。とても恥ずかしい恰好で、別れを告げました。夜が明ける前に姉の血が四丁目に振りまかれ、足首を犬が銜《くわ》えて走りました……その後を銀座中の野犬が追いかけて……」

一気に口をついて出た言葉がそこで途切れた。しゃくりあげる少女の背を、修市がそっと撫でてやる。

「泣いていいぞ」呻くような仁科の声だ。

色とりどりな布の林の中で、〈いこいの間〉は静まり返っていた。潭芳が顔を紙のように白くさせているが、まだ正気は保たれているらしい。

「——そこで少年。きみの出番だ」

声をかけた昌清を仰いだ一兵は、椅子から立ち上がった。垂れている帳をかきわけながら、彼は猛烈に腹を立てていた。

俺の推理までひっくるめて、見世物扱いするんですか、先生。澪ちゃんは天勝の鳩なみに魔術の小道具なんですか。

しかも、悔しいがまだ情報が足りない。俺は最後まで事件の謎を追えるだろうか。それでも朧《おぼろ》げに輪郭が浮かんできた。ここまで考えたことだけでも洗い浚《ざら》いぶつけてやろう。

昌清がスッと位置を譲り、少年はステージに上がった。つやつやしたマホガニーの電蓄が彼を迎えた。

絵を描くとき——探偵小説に没頭したとき——シンと頭が冷えて集中する一兵であったが、今はドロドロと熱した溶岩になっていた。

手前の椅子に澪の鳥打ち帽があった。

「俺……」

口を開けると、喉の奥で声が痰に絡んだ、くそ。

「那珂一兵といいます。俺の前で泣いている澪ちゃんとは、銀座で仲良しなんです。とても可愛い燐寸《マッチ》ガールです」

澪が泣き止み、修市が一兵を見た。

「だから俺、なぜ彼女が訳のわからないひどい目に遭わされたか、一所懸命考えました。気になったのは、誘拐された彼女が最初に目を覚ましたとき長襦袢《ながじゅばん》姿だったこと。二度目に気がついたときは裸にされていたことです」

そこまで話した一兵は、再び顔を覆った澪を見下ろした。修市が睨みつけてきた。覚悟の上である。ここを避けては推理の筋道を語れない。彼女から目をそらすこともせず、話を止めなかった。

「……そう聞けばみんな想像したはずです。彼女が男に襲われたと……でも澪ちゃんは、そんな覚えはないと供述しています。……そうですね、仁科さん」

話をふられて動揺しながらも刑事は応じた。

「その通りだ。医師の所見も被害者の体験を裏書きしている」

肘を犬飼につつかれたが、仁科はうるさそうに腕をふった。

「ここまできたんだ。黙っていては引っ込みがつかんだろう。県警の偉いさんには、適当に言い訳してくれ」

「つづけます」一兵がいった。

「俺の疑問はそこから始まりました。男の子の正直な疑問と思ってください。なぜ彼女は二度にわたって、理由もなく恥ずかしい目に遭わされたか？」

2

「いいや、理由がないはずはないんです。銀座の真っ只中で大胆な行為をしてのけた者が、無意味に女の子を裸にしたとは思えません。あの晩の澪ちゃんはいつもの桃割《ももわれ》に着物姿でめかしこんでいたと思います。では犯人はその衣装に執着したのだろうか。

でもすぐに、それはおかしいと気づきました。

高価な着物というだけなら、場所は銀座です。百貨店や呉服屋が軒を連ねているというのに、なぜ彼女の着物が必要になったのか？

必要——というのではなく、汚してしまった場合を想像しました。澪ちゃんをどこへ連れ去るにしても、汚れた着物姿では目立ちすぎます。

でも、これだってヘンです。誘拐した女の子を、人目のある場所へ移動させるわけはないんだ。気を失ったのも目が覚めたのもおなじ夜の銀座だから、たとえ泥まみれだったとしても、着物を脱がせる必要はない。

いくつも仮説を出してはペケ、出してはペケ。思案にあぐねていたときです、『辻かん』という店に行ったのは。その向かいが『針亀』という小間物屋さんの老舗《しにせ》でした。呑んだくれた俺は、二軒に挟まれた小路で小間物屋を広げました。

酒呑みなら知ってますよね、呑みすぎて吐くゲロのことです。

汚い話で失礼しますが、ゲロを吐きながら思い出しました。澪ちゃんが乗り物に弱いこと。たとえ失神していてもおなかに食べ物があれば、時と場所を構わず小間物屋を広げてしまうこと。

それならあのときも？

あのときというのは澪ちゃんが、御幸通りで失神させられたときです。そのあと目を覚ますまでの間に、乗り物酔いで着物を汚してしまったんじゃないか。

正気をなくした女の子の着物を脱がせるなんて、ひと苦労だと思います。

脱がせるだけではなく、周りの状況に応じて改めて服を着せる必要がある。

これはもっとたいへんな作業だと思うんです。

だから——犯人は、澪ちゃんに着物を着せるのを諦めた。着衣だけを剝ぎ取って、長襦袢の姿にした。そう考えてはどうだろうか……。

これだけでは、次に目が覚めたとき丸裸にされていた理由が、まだわかりません。

もうひとつあります。なぜ澪ちゃんは、頭の髪を刈り取られたのか？

栄小路から帰ったあと、二日酔いの頭で唸っていました。ところが宗像先生の話では、そんな状態なのにひとり言で推理を続けたそうです。それで俺、もういっぺん唸って自分の考えを思い出そうとしました。……そもそも理屈に合いませんよね、ずっと銀座にいた澪ちゃんが、そこまで乗り物酔いをしたなんて。

待てよ！　実は澪ちゃんは、長い時間乗り物に乗せられていたのではないかと思いつきました。遠くへ——たとえば東京から名古屋へ。

でもそれで、気がつきました。

酔っていたからそんなことを考えたんですね。

なぜ澪ちゃんが二度、麻酔を嗅がされたのか。なぜ髪を刈られたのか。なぜ一度目はギチギチに縛られていたのに、二度目の縄は緩んでいたのか。

答えがひとつにスルッと纏《まと》まりました。

澪ちゃんとお姉さんが逢ったのが、銀座でなくて名古屋だったとしたら？

最初にゲロしたのは、東京から名古屋へ運ばれる途中だった……。

杏蓮さんが上京したのではなく、澪ちゃんが名古屋に運ばれてお姉さんと逢っていた！　そう考えたら、いろんなことがわかってきました。これからそれを、ひとつずつ話します。

はじめにプレイガイドビルで、澪ちゃんがお姉さんに逢ったときのことです。縛られていた、でも銀座ということはわかった。それはなぜ?

そう、窓の外に夜店の明かりが煌《きら》めいていた。大勢の人間が歩くざわめきが聞こえた。見覚え聞き覚えのある光景だ。だから銀座とピンときた。

だけどそのときの澪ちゃんは、ろくに首も回せなかった。視界にはいるのはただひとつ、扇形の窓。それもおなじ角度からしか見られない。傍で確かめるのも無理だった。

お姉さんが顔を見せても、抱き合うどころか近づくことさえできない状態のまま、また眠らされた。もう一度目覚めたときにはお姉さんはいない。縄目から抜け出してみると、外は明け方の銀座だった……。

それで澪ちゃんに尋ねたいんだ。きみがお姉さんに逢ったビルは、本当に銀座だったのかい?

だってきみは、おなじ角度でおなじ窓を見ていただけだ。窓に細工してありもしない夜店を見せられたとしたら。音の大部分は録音ですむ。日本の録音技術はまだまだでも、動転しているきみを騙すくらいできただろう。目くらましの技術だってある。撮影所に出入りしている俺は、そういう手品の種を見知っているんだ。スクリーン・プロセスといってね。

たとえば走る列車の中で、乗客に扮した俳優が演技する。窓の向こうを山が、川が、回り燈《どう》籠《ろう》みたいに流れてゆく。そんな場面に使われるのがスクプロなんだ。

窓の外に大きなスクリーンが張られていると思えばいい。そいつの裏から流れる風景を手前の客車ぐるみで撮影する。客車はもちろんセットだよ。

それで俺は想像した。

澪ちゃんが見て聞いた窓の向こうの夜店が、スクプロでできた贋物だとしたら？　銀座と思っていたビルが、実は名古屋のビルだったとしたら？

御幸通りで眠らされた澪ちゃんは、その夜の内に名古屋へ連れ込まれ、銀座に誤認させられた——そう考えてみたんだ。

俺は汽車が好きだから、夜行列車の時刻を暗記している。東京発午後十一時四十分、列車番号三〇の大阪行の列車なら、あの晩の銀座から十分間に合う。その直前、十一時二十分発の大阪行きの列車もあるよ。二等寝台と和風食堂車までついているから下りの夜行はきっとこちらがメインだろうね。三〇番の列車はいわば補欠選手だから混雑も少なく、目立ちにくいというわけさ。

いざ走り出すと、眠っていた澪ちゃんが小間物屋をはじめたから、誘拐犯はあわてただろう。乗客は寝静まった時刻だかち、厠《かわや》に連れ込んで着物を脱がせた。犯人がひとりではなく、麻酔を扱える女もいたとすれば、これは彼女の役目だ。襦袢姿にした澪ちゃんを毛布にくるんで病人に見せかけて運んだ。

澪ちゃんは二十八日の晩に銀座で目覚めたつもりだけど、密閉されたビルの中で時間の経過はわからない。夜店のスクリーン・プロセスで騙されても無理ないんだ。実際には名古屋着が朝の八時二十五分。偽の銀座でお姉さんと対面できたのは、二十八日の日中ですむ。

それならトンボ返りする列車は、名古屋発午後三時四十三分の燕号が利用できるから、東京着は二十八日の午後九時だ。……ね、片道だけでも超特急が使えれば、澪ちゃんの知らない内に名古屋往復が可能。そんな流線形時代になっているんだ、昭和十二年の日本は！……」

間を置いてから、一兵はいった。

「おなじ燕号にはきみのお姉さんの足だけが乗せられていた。冷却設備のほどこされたケースに詰められて」

場内はシンとしている。キイと鳴ったのは潭芳の車椅子だったようだ。

「きみを本物の銀座プレイガイドビルに運んだ誘拐犯は、屋上で気球浮揚の準備を整えた。その傍には、お姉さんの片足があった。もう片方は『篠竹』に運ばれていた……。

この段取りだと、御幸通りから偽銀座の名古屋までと、そこから本物の銀座までの時間がほぼおなじだから、麻酔薬注射も同量ですみ覚醒時間も見当がつけられる。

燕号に澪ちゃんを乗せた犯人は、ゲロを用心してはじめから裸にして、毛布でくるんでおいたんだろうね。たまたまおなかが空っぽで、帰りの小間物屋は無用の心配に終わったけど。

さらに澪ちゃんを騙す手が打たれていた。

それは髪を刈ったことだ。きみは二度目に眠らされた後、銀座のビルで刈られたと思っているだろうね。実際に足元に髪の毛が落ちていたんだから。でも犯人たちにそんな暇はなかった。お姉さんに逢わせてすぐ燕号に乗せなくては間に合わない。きみの頭を刈ったのは、名古屋に着いて偽の銀座ビルに運んだときだと思う。

そんなはずはないって？　最初に目覚めたときはまだ桃割に結っていた？　でも澪ちゃん。縛られていたきみは、自分の頭に触ることができなかった。簪《かんざし》の落ちた音は聞こえても、それを確認できたのは縄をほどいた後だった。

簪はきみのしぐさに合わせて、犯人が落として聞かせたんだ。その音できみは判断した。いま、私の髪から簪が落ちたのだと。

その簪を床から拾いあげたきみは、ずっとこのビルに監禁されていたと錯覚させられた。実は犯人は、ふたつを別べつの場所と悟られないため、簪を利用したんだよ。名古屋で刈った髪を銀座に散らしておいたのも、おなじ理由さ。

帰りの列車は天下の超特急だから、怪しげな服装では目立ってしまうが、丸坊主のきみなら正ちゃん帽とマスクで、急病の男の子という触れ込みが通用したはずだ。

見てきたようなことをいうって、澪ちゃん呆れ顔してるな。

でも俺が今話したのは、当てずっぽうじゃない。

なぜいいきれるかといえば、ひとつは雨のことなんだ。

二度目に麻酔をかけられたとき、きみは雨の音を聞いたという。パラパラ、パラパラって音。夜明けに逃げ出した澪ちゃんは、ちゃんと雨に濡れた銀座通りを見ているしね。

だがおなじ雨でも違うんだ。

予《あらかじ》め調べておいたんだ。するとその夜の雨は霧雨だった。音もなく肩や頭を濡らす雨。決して澪ちゃんが聞いたような雨音はたてなかった。

じゃああの音はなんだったろう。

夜店の賑わいはスクプロ用のフィルムがトーキーならそれですむが、気象条件はそうはゆかない。気象台の発表で二十八日の夜が雨模様と知った犯人は、ラジオの音響効果の道具を使ったのさ。

そんなもの、名古屋のどこにあるっていうのかい。

あるんだよ、ちゃんと。

JOCKが放送劇制作に利用する浪越会館という貸スタジオ。俺が見ただけでも、細長い籠にいれた小豆《あずき》を揺らして造る波の音、砂箱に置いたお椀を両手で使えば馬の蹄、組合わせた木と木を軋《きし》ませて船を漕ぐ音が出る。そんな道具にまじって、両面に糸で沢山の豆を結んだ渋うちわがあった。煽《あお》るだけでいい、渋紙にあたった豆がパラパラ、パラパラと鳴る。素人が使ってもちゃんと雨の音に聞こえるんだよ。

だから犯人は、麻酔で朦朧《もうろう》となる澪ちゃんにそんな雨音を聞かせた。実際に降ったのが霧雨で事実と違ってしまったけど、これはもう不可抗力だね。

決定的におかしいのが、もうひとつだ。

それは夜店のレコード屋が鳴らしていた『東京音頭』だよ。

降旗さんは知っていますね。レコードに小さな傷があったこと。その話を表札屋の仙波爺さんに話したら怒っていたんだ。銀座の名が泣くぞって。

あの爺さんのことだから、すぐレコード屋に文句をつけたはずだ。そう思って確かめてもらった。

やはりそうだった。今でこそ好々爺に見えるけど、もとは横浜のテキヤの親方で、怒鳴ると怖いんだよ。

仙波さんに叱られたレコード屋は、二十八日の夜店にはちゃんと傷のない小唄勝太郎を聞かせていた。でも澪ちゃんは、『東京音頭』に傷音を聞いている。

犯人は、麻酔から覚めた澪ちゃんに、そこが銀座とすぐ知ってほしかった。だから街の雑踏の録音に『東京音頭』をかぶせて聞かせた。

わざわざ傷のあるレコードを聞かせたばかりに、それが絶対に二十八日の夜の銀座ではないと、証明してしまったんだ」

3

「だったら私はどのビルで、姉ちゃんに逢ったの！」

立ち上がった澪の頭から鳥打ち帽が落ちた。乱暴に刈られた坊主頭が剝《む》きだしになったが、隠そうともしない。修市が急いで座らせようとするのを拒否して、ステージの一兵を睨んでいる。

辛そうな表情だが、少年は顔をそむけなかった。

「この館だと思う」

「じゃあまだ、ここにいるの？　姉ちゃんは！」

嚙みつくような口調の澪だったが、

「……」

一兵は沈黙した。

「生きてるの、死んでるの！」

「……わからない。でも慰めをいっても始まらない。俺は死んだと思ってる」

今度は澪が絶句している。

「両足を切断されながらもお姉さんは、死に物狂いの努力できみに別れを告げたんだ。俺はそう考えた」

思いもよらぬ答えであったのだろう。片手を口にあてた姿勢で、澪は棒立ちとなっていた。

中腰の瑠璃子が叫んだ。

「じゃあ、彼女が澪ちゃんに逢ったのは」

「足を切られた後だよ。局所麻酔はかかっていただろうけど、恐ろしい苦痛に耐えてでも、澪ちゃんにさよならをいいたかった。椅子にかけたままカウンターの向こう側へ滑り出た。そのときの杏蓮さんには、もう足がなかった。チーパオで隠していただろうし、縛られた澪ちゃんが見ることはできなかった」

「……なんだって、そんな」

澪の声はしゃくりあげるようだ。

「両足を冷凍保存する準備がいる。お姉さんの体力を温存させるには、できる限り遅い方がいい。だが燕号発車に間に合わせなくてはならなかった」

少女は黙って、色のない唇を震わせていた。

「俺は博覧会の機械館で見ている。大型の冷凍機や運搬に適した小型の保冷ケース。この館はもともと冷凍機製造工場の跡地に建ったんだ」

「わけわかんない!」

瑠璃子が怒鳴った。

「いっちゃんの口ぶりだと、杏蓮さんは、自分の足を銀座に飾るために死んだみたいだよ! どうしてその夜の内に、足を東京へ運ばなきゃならなかったの!」

「東京へ、銀座へ、『篠竹』へ」

「ああ! 寺中少将主催の宴会が『篠竹』で開かれるんだワ。たぶん最大級のネ。それに間に合わせるために?」

「そう、それがお姉さんの目的だった」

「こら、小僧、一兵!」

ぬっと髯《ひげ》面が立ち上がった。

「彼女がわざわざ自分の足を切って『篠竹』に? なにをいっとるのか意味がわからん! 『篠竹』といえば、きさまとは縁もゆかりもない雲の上の」

タワシが一旦言葉を区切ると、瑠璃子がつづけた。

「雲の上でなにをやってるのかわからない、偉い人が集まる料亭でショ」

愛知県警の犬飼にははじめて聞く名前だ。

「どんな店ですか、それは」

「銀座の警察だっておいそれと手を出せないんですヨ。関東軍専用だから」

瑠璃子を睨んで、仁科が吐き捨てた。

「帝国新報だったな、あんた。その通りだよ、俺が耳にしただけでも、小学生の女の子に接待させる。芸者の肌に鞭を打つ。女形《おんながた》と二枚目を戯れさせる。射殺された忠勇号はな、あの料亭で女とまぐわせるための犬だった！」

警察と軍が不仲なのは明治のころからというが、軍の中でも別格の関東軍糧秣部《りょうまつぶ》が根城《ねじろ》にした『篠竹』は、警察にとって不可侵の聖域であった。

「そんな外道の饗応が売り物の料亭ヨ、食材にまじって女の足が転がれば、そうか今度はカニバリズムか、なるほど寺中閣下が催すらんちき騒ぎなら、そんなこともあるだろう……うなずく銀座の通人がいるんじゃないかしらネ」

「……鬼畜ですな」

犬飼が呟いた。

「それを銀座の警察は、見て見ぬふりをしておいでだったと？」

愛知県警刑事の、痛烈な一言である。

「ば、馬鹿なっ」

仁科の顔の上半分が赤らんだ。下半分は髯だから色の変化はわからない。

「手を拱《こまね》いているのではない！　隙あれば一網打尽にと虎視眈々《こしたんたん》……」

「その隙を犯人が作ってくれたんだ。……そうじゃないの、タワシさん」

一兵がいうと、仁科はもう「馬鹿な」といわなかった。

「……逢ったことがあるよ」

澪が口を切った。か細いが澄んだ少女の声だから、〈いこいの間〉の隅々までよく通った。

驚いた修市が少女の肩に手をかけた。

「逢ったというのは、誰に」

「寺中という太ったオジサン」

一兵はギョッとした。

「いつかあたいが燐寸を配ってるところへ、燐寸問屋の主人が案内してきたの」

「なにかいわれたのか」

「あんた可愛いね。そういったきり、寺中というデブがじっとあたいを見ていたよ。イヤーな目つきだったけど、やっとわかった。『篠竹』に連れ込む算段をしていたんだ、問屋の主人にお金を摑ませて。あの旦那ならきっとあたいを売る」

一兵も修市も色を失っていた。

澪自身が顔を強張らせている。年端もゆかなくても、夜の街の危うさを知る少女であった。

「……そんな閣下なのヨ」

瑠璃子が断言した。「澪ちゃん、危なかったネ」

たとえ事件が表沙汰にならなくても、これで間違いなく寺中は、軍の片隅に追いやられる。銀座にもどることはもうあるまい。杏蓮の足が生んだこの結果を、一兵は決して偶然とは思わない。

一兵はステージの上から一同を見回した。二本の柱が支える天井からは、色とりどりな帳が――幕が――布が――あるいは幅広いカーテンのように、あるいは一筋の瀑布《ばくふ》みたいに、思い思いのフォルムで垂れ下がっている。

その間から窺《うかが》われる、〝事件の関係者〟。

下手に据えられた車椅子にかぶさって、なにか潭芳に囁いている久遠。

深々と椅子に座した漢《かん》服の崔は、目を瞑《つむ》り拱手《きょうしゅ》していた。

刑事ふたりが低い声の会話をつづけている。

瑠璃子と金白泳は、それぞれぽつねんと腰を下ろしていた。

黙っていても瑠璃子の存在は際立つ。銀座から降臨したようなモガっぷりだが、崔家の看護婦はあまりに静かな佇《たたず》まいだ。のっぺりと平面的でも目鼻だちは整っていた。惜しいことに表情に生気がないので、日陰に潜む隠花《いんか》植物さながらであった。

なおも一兵は目で探した。昌清と操の姿がなかったからだが、振り返ると青い帳の陰に操がいて、少年に声をかけてきた。

「那珂くん。きみは杏蓮さんと澪ちゃんが逢ったのは銀座ではない、名古屋だというんだね？」

「そうです」

質問に励まされて、また話しはじめた。

「名古屋の、それもこのフロアが最適だと思ってます。天井から吊られた布を巻き上げれば、柱だけ残してガランとした空間になります。俺が乗っているステージは折り畳めるようにできています。電蓄を下ろしてステージを組み立て直せば、澪ちゃんが見たカウンターになりそうだよ」

「あっ」小さく聞こえた少女の声。

「そう思わないか、澪ちゃん。俺もあのプレイガイドに行ったことがあるから、店のレイアウトを覚えてる。これでも映画美術をかじってるからね。カウンターの樺《かば》色はこのステージそっくりだ。きみが縛りつけられていた柱はそれ」

椅子席の間に生えた二本の中で、上手の柱を指した。

「澪ちゃん、ここへきてくれる？　平賀さん、すみません。連れてきてやってください」

「わかった」

修市が澪を促して、柱に誘う。

「その柱を背負ってくれる？　うん、顔は下手——潭芳さんの方に向けてね」

少女は黙って指示に従った。実際に縛られたつもりだろう、後ろに回した両手で柱を抱く姿勢をとる。

「きみが今見ているのは、潭芳さんじゃない……お姉さんだ」

久遠を押し退けた潭芳が、車椅子から澪を見つめた。天井の投光機が、ちょうど彼女を照らす位置にとりつけられていた。そのせいか、潭芳の目は猫みたいに光った。

椅子席を越えて潭芳を直視した澪の頰が、かすかに震えた。

一兵の言葉はまだ終わらない。

「きみの話だとお姉さんは、壁に設けられた扉から滑り出たという。壁は崔さんの席あたりまでつづいていた……。それでいいかい、澪ちゃん」

柱を背負ったまま澪がうなずいた。

「いいよ。あたいの位置からだと、車椅子から崔さん──て仰るのね、中国服のおじさんまで正面に見えたわ」

「見える範囲はそこまでだった。少し上手寄りの金さんの椅子は、もう澪ちゃんから見ることができない。だから壁はそれ以上の長さを必要としない。仁科さん」

呼びかけると「おう」タワシが立ち上がった。

「壁の幅はどれくらいになるだろうね」

予測していたとみえ即答する。

「二間と少しだな。三間はいらん。せいぜい四メートル」

メートル法と尺貫法をごちゃまぜにしていた。

「ありがとう……六九《ろっきゅう》の張り物四枚を飾りこむだけでいいんだ」

「あん？　ロッキュウ？」

「大道具一枚の基本的な寸法だよ。六尺×九尺の張り物が四枚ですむ」

「なるほど」犬飼が同意した。

「四枚立てればカウンターの後ろの壁ができるわけだ。予め銀座のビルを知ってる奴なら、真似できる」

「そんな代物がどこにあったんだ」

仁科は三百六十度首を巡らせた。「あるのは幕ばかりだぞ」

「張り物ならこの下の階にあるよ、仁科さん。黒い目隠しの壁がずらりと立っている。ペンキじゃなく張ってある暗幕を剝がせば、銀座のビルの中そっくりの色に塗っておいた張り物かも知れないね」

「だがどうやって運ぶんだ。この館にはエレベーターはなさそうだ。仮にあっても芝居小屋じゃあるまいし、九尺のデカブツなんか乗せられない」

「だから階段室に斜路が用意してあった。車椅子だけのためじゃないんだよ」

坂道を上がってきた全員が、納得した。あの歩行通路なら、大型の張り物を運ぶのは容易だ。かさばる六九でも、ベニヤだからきわめて軽量なのだ。

「澪ちゃんに見えたのは、窓のほんの一部だったね。それはどのあたりまで？」

「奥さまの車椅子から、もう一間ほど」

「それなら窓を設けた張り物一枚でいい。スリガラスに似せた紙を張り、窓の外には、小学校で使う掛け軸みたいなスクリーンと、映写機。人の手で簡単に移動できる」

「そんなもので私、騙されたの！」

がっくりした澪を、修市がなだめた。

「麻酔から覚めたばかりのきみに、わかったはずはないよ」

「……でもせめて」少女の声が萎れてゆく。

「お姉ちゃんの体くらい、ちゃんと見てあげていれば……そうだ、いっちゃん！」

柱を離れた澪は、少年を見上げて憤然とした。

「肝心のことを聞いていないよ！　そんなことを考えたのは誰！　寺中を懲らしめるのに姉ちゃんの足を使うなんて、誰が唆《そそのか》したのよ！」

「……うん」

一兵は生返事だ。見るからに困惑した彼は目を泳がせて、操を――あるいは青い幕に隠れた昌清を見ようとした。

だが彼がなにかいう前に、金白泳が口を切っていた。

「那珂さん、あなた仰ったわね。女の子を東京から攫《さら》った犯人の仲間には、麻酔を使うことができる女がいた……それは私のことなんですか？」

一座がシンとなった。

4

「私は看護婦ですが、大学で麻酔学を学びました。卒業したら、崖さんの奥様の面倒を見る約束で学費を出していただきました。ですからこの関係者の中では、私がいちばん麻酔に詳しいはずですけど」

決めつけられて、一兵は素直に詫びることにした。

「金さんが自分のことと思ったのなら、ごめんなさい。ですが一連の誘拐事件を見ると、二度巧妙に麻酔が使われました。澪ちゃんの話では麻酔は静脈注射で行われています。二度の麻酔の覚醒時間を按配するため、正確な薬液の分量を決めたはずです。それに夜汽車といっても、客の全員が寝るとは限りません。眠り込んだ女の子を、男がトイレに連れ込んでは目立ちます。客席と通路の間はスリガラスがはいった扉だけです。麻酔に詳しい人物、それも女が仲間にいたんだ。そう考えました……」

「なあんだ」

金に笑われて、一兵はビクリと眉を震わせた。

「あなたの探偵ぶりを感心して見ていたけど、証拠なんてなかったのね。みんな当推量だったの、そう」

「でも可能性は高いと思っています」

「だからといって、その麻酔に詳しい女が私だなんて」

「はい……いいきることはできません」

少年は悔しげに答え、もう一度頭を下げた。

「気に障ったのなら、許してください」

「いやいやいや！」

仁科がまたズイと立ち上がって、髯をこすった。

「証拠がなくても、お前さんの考えは大いに参考になった」

対抗するように金も立ち上がった。ほっそりした肢体だが、それまでの印象より遥かに強い存在感を溢れさせている。

「刑事さんのいう通りです。証拠がないのに日本人は、大勢の朝鮮人を殺したものね」

ギクリとして仁科は彼女を見た。

「私の父は、関東大震災で日本の自警団に殺されました。井戸に毒を入れた証拠なんてあるはずがないのに」

苦い話を蒸し返されたが、一兵はなにもいえない。少年自身は内鮮一体のモットーを信じていたのだ。朝鮮は植民地にされたのではない、おなじ立場で日韓併合が成立した。そう思い込んでいた。

だから小学校にいた朝鮮人の同級生が、餓鬼大将と取り巻きにいじめられるのを庇《かば》った。すると一兵は、当の同級生に背中を蹴られて尻餅をついた。

「いい子ぶるな。お前だって俺を殴りたいんだろう。さっさと殴れよ」

訛《なまり》の強い日本語で罵られた。その顔を隈取る痣は涙で濡れていた……思い出したくない思い出であった。

「金さん。そこまでにしよう」

ぎこちない空気を破ったのは、落ち着いた昌清の声だ。彼は青い幕から歩み出ていた。

「一兵くんは、杏蓮さんの謎を解こうとしている。その話は脇道に過ぎやしないか」

「私は私の父の話をしているのです」

青白い額がうっすらと赤らんでいたが、昌清の静かな声音は変わらない。

「だがここでは、澪さんの姉上の話が先と思うのだが」

「金、やめなさい」

腕組みのまま押し黙っていた崔が、このときようやく腕を解いた。立ち上がろうとはせず、ただ言葉と目で看護婦を制止する。彼女の顔から赤みがひいた。

「……申し訳ありません、旦那さま」

「わしに謝ることではない。……それに那珂一兵くん」

崔が少年をはじめて名指しで呼んだ。

「はい」

「きみの考えでは、この館こそが犯行の現場だというのだね。証拠はなくても、可能性までは否定されていない。ではそこから先を、きみはどう想像したのだろうか。宰田澪さんがいった通り、これでは彼女を誘拐した者もお姉さんに危害を加えた者も、正体不明のままではないかね」

まさしく彼のいう通りだ。

「日本の言葉にあったと思う。蛇の生殺しだ。当然きみなら、最後まで想像していたのではないか。それなら結構、この際きみの考えをのこらず聞かせてもらおう。その想像に手応えがあれば、刑事さんたちは動き出してくれると思うよ」

崔の唇の端が、僅《わず》かに吊り上がった。悠揚迫らぬ大富豪にしては、珍しく意地悪な印象で言葉を継いだ。

「日本の警察は、容疑者を自白させてから証拠を探すのが常道だ。そんな噂を耳にしているのだが」

挑発されたと気づいたが、仁科は立たなかった。

タワシの気持は一兵にもわかる。崔が告げた警察のやり口を、仙波爺さんから聞いていたからだ。証拠を固めてから立件、起訴に持ち込むのが刑事捜査の王道だが、遮二無二《しゃにむに》自白させて容疑者を決定するのが、この時代の日本警察の点稼ぎであった。

聞いたときの一兵は憤然とした。

「密室殺人が起きたらどうするのさ。犯人がどうやって密室を作ったか、それがわかるまで容疑者の決めようがないだろう」

すると爺さんは笑いながらいってのけた。

「そりゃあべこべだ。まず怪しい奴を捕まえる。それから脅したりすかしたりして、自白させる。密室破りの方法なぞ犯人に聞けばすぐわかるじゃないかね」

「でもその人が無実なら、密室の謎はわからないだろう」

「わからなくても構わないのさ、そいつ以外に怪しい者がいなければ、ちゃんと起訴に持ち込めるんだ、この国では」

そういってから、仙波は真顔で忠告してくれた。

「日頃の行いが大切というわけだな。ふだんからアカだの非国民だの悪評が立っていると、いざというとき警察に目をつけられる」

一兵は落胆した。これでは舶来の小説に出てくる密室殺人なんて日本に存在するはずがない。探偵小説がお化け屋敷のヒュードロドロでしかないのは当たり前か……。

痛いところを衝かれてか、仁科はむすっとした顔を少年に向けた。

「崔さんもこう仰る。構わんぞ一兵。ここだけの話として聞き逃してやる。きさまが想像したありのままを話してみろ」

え……。けっきょく俺に下駄を預けるのかよ、仁科さん。

閉口した一兵に、少女の声がかかった。

「いっちゃん、お願い。聞かせて頂戴」

坊主頭を垂れた澪には敵わない、覚悟を決めた。

エイこうなれば恥をかくまでだ！　一兵は前置き抜きで口を開いた。

「金さんが自分でいいましたね。この中では私がいちばん麻酔に詳しいはずだって。仰るように、俺は金さんが誘拐の仲間だと考えました」

あーあ、いってしまった。目を見張った金の白い顔が視界にはいった。

5

「……銀座で澪ちゃんを攫った男がいますね。その正体も想像しています。『篠竹』で見かけた王さんなら、時間的場所的に犯行は可能です。あの晩万平ホテルにいなかった金さんには時間がありました。それもふたりは兄妹《きょうだい》です。息を合わせて澪ちゃんを館まで連れてきました。その方法と利用した列車は、さっきいいましたね。

この〈いこいの間〉には銀座のプレイガイドビルの中そっくりに、カウンターと窓が作られていました。壁にはおなじポスターが張ってあります。銀座で働いている人が計画に加わっているのだから、贋物をつくるのは難しくないでしょう。見える範囲はわかっているし、暗い明かりの下だし、決して近寄れない澪ちゃんを相手に騙すんですから。

杏蓮さんの両足はすでに切断されていました……金さんが調合した麻酔のおかげで、辛うじて意識は保っていたけれど、それを澪ちゃんに悟らせないため、お姉さんが必死だったのはいうまでもありません。

では誰が、杏蓮さんの足を切ったか。

はじめ俺は刺身包丁を使える王さんかと思いました。でも澪ちゃんを連れてくる役目があるから、時間的に無理です。

だから俺は、久遠さんだと考えました。

子供のころからお嬢さまの潭芳さんを護衛して、戦う技術を身につけていた。結婚する以前に潭芳さんの実家はたびたび賊に襲われたと聞きました。でも久遠さんは、単身でお嬢さんを守り抜いている。人を斬る経験も積んだはずです。

杏蓮さんが抵抗すれば困難ですが、覚悟の上なら据物斬りとおなじです。場所はこの上にある〈いのりの間〉のはずです。床がコルクで腰壁がエボナイトだから、汚れても簡単に落とすことができたでしょう。

作業の手順は、それ以前にまだあります。麻酔から覚めるより先に、澪ちゃんの頭の髪を刈り取ることです。さて、お姉さんとの対面を終えた澪ちゃんは、また眠りに落ちて上りの燕号に乗せられます。万一の小間物屋を用心して、簡単に着脱できる前あきの着物、頭には正ちゃん帽。特急だから指定席ですね。向かい合わせの四人掛けをとっておけば、ボロが出にくいはずです。澪ちゃんの世話は金白泳さん、杏蓮さんの足を収納した冷凍ケースの運搬は王さんが、それぞれ分担しています。

さいわいおなかがカラの澪ちゃんは、なにごともなく眠りつづけてくれました。

東京駅に着くとすぐ本物の銀座に運ばれます。金さんは名古屋へとんぼ返りしたんでしょうね。明け方になって、澪ちゃんは二度目の麻酔から覚めることになりました。

忘れてならないのは、この館で刈った澪ちゃんの髪をいっしょに運んでおいたことです。裸にされた澪ちゃんの縄は、解けやすいようわざと緩くしてありました。

麻酔が覚める時間は見当がつきますから、それに合わせて屋上から気球をあげたのは王さん。『篠竹』へも足をのばして、足の一部を食材に混ぜておく。食材の管理は王さんが任されていた。もと軍用犬の忠勇号も王さんの係でしたよね。

犬小屋に足を隠し、餌には興奮剤を入れたと思います。

おなじような薬を撒き餌にして『篠竹』の回りに散らせば、朝早く集まる野犬たちまで、興奮させられる。足を食べようとする忠勇号を追い回す。そんな構図ができればしめたものです。もと軍用犬が『篠竹』の飼犬ということは、大勢が知っていますから。

計画がうまくゆきすぎお堀端まで舞台となり、ニュースになり損じたのは残念でも、『篠竹』の寺中少将が人肉パーティを催す予定だったという、荒唐無稽《こうとうむけい》な噂をまき散らすことには成功しました。

樽井社長が現場に居合わせたのは、ランニングという弁解はあっても、なんだか怪しい気がするけど、これまた想像でしかないからほっておくことにして。

王さんはそれっきり姿を隠した様子ですね。行先は俺には見当もつきません。

でもここまで妹さんと呼吸を合わせて、危ない橋を渡ったんです。きっと逃げ道も考えていたのでしょう。

……ああ、澪ちゃんが不満そうだね。

当然だ、俺はまだお姉さんの話をしていないもの。

杏蓮さんはなぜ足を斬られたのか。

それは寺中少将を今の地位から引き落とすため。金と権利欲に塗《まみ》れた閣下が、澪ちゃんを汚そうとしていた。さらに崔さんまで狙っていた。このままではかつて関東軍に弓を引いた名家の二の舞になる。その危機感が動機になった。

それくらいは察することができました……でも、それでも！　自分の足を斬り落とされてもいいと思うなんて、正常な精神状態ではありません。その一点が解決できなくては、澪ちゃんを納得させられない。

考えぬく内に思い当たりました。

杏蓮さんに足を斬られる理由はないが、潭芳夫人なら斬る理由がある。呂后の夢に溺れている潭芳さんなら、夫の愛人の足を斬って当然だ。呂后の夫は劉邦、愛人は戚夫人《せきふじん》。そして潭芳さんの夫は崔桑炎さん、愛人は杏蓮さんではありませんか。

では杏蓮さんは、潭芳さんのために足を斬られた？

するとまた腑に落ちない点が出てきます。

呂后は戚夫人の足を斬らせただけじゃない、両手も切断させていた。達磨《だるま》の刑と俗称されているように、呂后は恋敵の両手両足を切り落として、目も喉も耳まで潰した後で糞壺に落として人豚と呼ばせている。

昭和エログロなんていうけど、中国のこの時代のエログロは桁違いに凄まじいんです。自分を呂后と思い込んだ潭芳さんなら、崔さんの目を盗んで、両足ばかりか両腕まで斬り落としたと思うのに、なぜか途中で止めています。

杏蓮さんが澪ちゃんに逢った。そのとき彼女には両手がありました。

杏蓮さんの足と澪ちゃんが、東京に運ばれる。両足が銀座で見つかったのだから、首も体も東京のどこかに隠してある——警察がそう考えたのは当然ですが、実は名古屋にのこされたままだった、この『慈王羅馬館』〈いのりの間〉に。『篠竹』と寺中少将を罠に嵌《は》めるための材料は、東京へ送り終わった。次は杏蓮さんの腕を斬れと、潭芳夫人が久遠さんに命じた——。

でもその後については、想像する材料が与えられていません。

杏蓮さんは腕を斬られたのか。

戚夫人のように、斬られても生きていたのか。

燕号へ向かう前に、金白泳さんは麻酔薬を久遠さんに渡していたと思います。妹との対面を終えた杏蓮さんは、このとき昏睡状態にあったはず。わけなく両腕を切断できたと思うけど
……そこから先が俺には読めません。

澪ちゃん、すまない。

肝心なことを説明できなくて、ごめん」

6

一兵が深々と頭を下げた。

それまで修市に支えられて立っていた澪が、不意にその場に膝を落としてしまった。突然だったので修市も支えきれない。

少女は両手を顔に当てたまま、石像のように動かなくなった。

ステージを飛び下りた一兵が肩に手をかけようとしたが、澪は乱暴に全身で振り払った。

「なによ、いっちゃんなんて口ばっかしだ」

澪の声が迸《ほとばし》った。

「澪ちゃん……」

「役立たず！　さっさとお姉ちゃんを見つけてよ。仙波の爺さんは名探偵と褒めてたんだぞ。なんだい、嘘つき絵描き！」

「澪。いいすぎだ」

修市に咎《とが》められた澪は、わっと声をあげて彼の体にしがみついた。

その様子を見るにつけ、少年は辛かった。なにひとつ言い返すこともできず、唇をきつく嚙んでいた。血の味がした。

それまで表情のなかった金白泳が、わずかに視線で床を掃いている。

瑠璃子には、彼女が同情のまなざしを伏せたと見えた。

たとえ証拠はなくても、一兵の推測は的外れではなかったのだ……頭ごなしの否定は理不尽に過ぎた……彼女のそんな感情を読み取った。一兵の推理が正しければ犯人のひとりである金が、自分の罪を認めるわけはない。それでも、彼女の表情は一兵の推理を肯定したように思われた。

依怙《えこ》贔屓《ひいき》だろうか。少年の見事なまでの玉砕に同情した瑠璃子の、オセンチでしかないのかも知れない……。

すると操が、強く一兵を励ました。

「那珂くん、きみの推理はそれでおしまいなのか」

「え……」

「足を斬らせた。では次になぜ、腕を斬らせなかった、潭芳夫人は？　その理由を空想もしなかったというのかい」

瑠璃子はまじまじと操を見た。

潭芳の名前まで出して、一兵の推理を裏打ちするみたい……。それもまるで文章に傍線を引いたように語勢が激しかった。

「材料がないって？　本当にそうだろうか。よく思い出してごらん！」

叱咤に誘われたようだ。おそるおそる彼は自分の考えを、一歩でも前へ進めようとしていた。

「……呂后が達磨の刑を途中で諦めるとすれば、夫の劉邦の制止が唯一の場合です……史実では劉邦は死んでいるから、呂后は最後まで悪行をやりきった。でも潭芳夫人にはご主人の崔さんがいる……」

鶯色の長袖がかすかに揺れた。

「もしもその場に崔さんが現れたとしたら？　杏蓮さんの腕を久遠さんが斬り落とそうとした、そのときに」

目を閉じた一兵は、その瞬間の〈いのりの間〉を想像しているのだ。

「床にはまだ杏蓮さんから流れた血が残っていたでしょう。でも犯人たちには時間がない。銀座のセットに移された杏蓮さんは、失血で薄れる意識に抗って、澪ちゃんと短く切ない会話を交わす……ここを銀座と信じた澪ちゃんに麻酔がかかれば、名古屋の主な関係者のアリバイは完成する。出番の終わった彼女に、〈いのりの間〉で更なる惨劇が見舞おうとした……そこへ崔さんが登場したんだ」

手探りだった一兵の独り言が、しだいに強度を増してゆく。

「そうだ、崔さんならグロテスクな処刑を中止させられた！」

天井から流れ落ちた幕や布が、まるで彼の推理に耳を傾けているように、ピクリとも動かない。だがそのとき、犬飼刑事の声が割って入った。

「それは違う、那珂くん」

立ち上がった細い体に、不釣り合いなほどの大声であった。

「残念ながら崔大人は、愛知県警の本部にいたんだから！」

瑠璃子も驚き顔になった。

「もちろん容疑者として呼んだわけではない。だが事件の被害者をよくご存じの崔さんに、礼を尽くしてご来駕《らいが》をお願いしたのだよ、午後三時半ちょうどにね。関係者同士の話に齟齬《そご》を来さぬよう、唐突なお願いだがわざとおひとりできていただいた。崔さんはにこやかに受け入れてくだすったよ」

一座が静まり返った。

愛知県警本部は名古屋城至近にある。自動車を飛ばしても『慈王羅馬館』まで三十分を見ておくのが妥当だろう。

「そうだったの……」

瑠璃子の小声。

「それでは崔さんが、杏蓮さんの私刑を止めるのは無理だワ」

澪と杏蓮の足を乗せた東京行き超特急燕号が、名古屋駅を発車するのは午後三時四十三分である。『慈王羅馬館』から名古屋駅までおよそ二十分。杏蓮の両腕切断が可能な時間は午後三時二十分から。余裕を見れば三時半以降であり、急いで刑を執行しなくては彼女は絶命する。それは潭芳の——呂后の意図するところではないから、久遠が一刀を振りかぶったのは午後四時前後と推定できるだろう。

潭芳を止められる唯一人の崔桑炎は、おなじ時間、完全に県警の監視下にあったのだ。

金が久遠にそのときの状況を確かめると、どうしたことか彼は瑠璃子たちに増して驚いていた。

「旦那さんはきたよ、本当だよ！」

叫んだ久遠が潭芳に会話の意味を通訳すると、彼女は怒鳴り返した。

瑠璃子がそれを訳して、犬飼に叩きつける。

「刑事さん！　崔さんは確かにここにきた、そういってますよ！」

「旦那さんはワシの手を止めなすった。それから杏蓮を抱き起こして、二の腕に注射したよ！」

小柄な体を背伸びさせた久遠は、犬飼めがけて唾を飛ばした。

「確かにここへ旦那さんは現れた、さもなければ奥様がワシにやめろというものかい」

「馬鹿なっ」

犬飼が猛々しい口ぶりではね返した。

「崔さんは、間違いなく県警にいたんだ！」

刑事の声とあべこべに、金の冷え冷えとした語気が崔にかけられた。

「……ご主人、どちらだったのですか。あなたがいたのは、この館かそれとも愛知県の警察本部か」

雇い主が相手だというのに、厳しい口調だ。問い詰められる形となった崔だが、なぜか即答しようとせず逡巡《しゅんじゅん》している。瑠璃子にはわからなかった。そのときの所在をいえばすむことなのに?

　このときの崔の気持が、一兵だけは朧げに想像がついていた。

　犬飼が鋭い声を放った。

「迷うことはないでしょう。崔さんはその時間間違いなく県警におられた!」

　すると久遠がカン高い声で応酬した。

「いいえ。旦那さまはこの上――〈いのりの間〉にお顔を見せてくださった!」

　日本語を使えない潭芳夫人の分まで含めて明言した。

「どっちなんです、崔大人《たいじん》」

　つり込まれた瑠璃子まで声を荒らげそうになったときだ。

　とうとう一兵は怒鳴った。

「ああっ、もオ!」

　荒々しくステージの縁を蹴飛ばした。

「こうなるからイヤだったのに……畜生!」

　思いがけない少年の爆発に、全員が呆気《あっけ》にとられてしまった。正確にいえば操以外のみんなが、であったが。

　一兵は顔を真っ赤にしてわめいたのだ。

「決まってるじゃないか、ここへ現れたのは崔さんじゃない!　宗像先生だよ!」

「ちょ、ちょっと、いっちゃん……」

バタバタと瑠璃子が手をふりながら、

「伯爵が、なぜ……」

「変装の大家だもの、体つきの似た崔さんぐらい化けてみせるさ」

「だからさ、どうして宗像伯爵がそんなことを……」

「まだわからないのか、降旗さん！　事件の首謀者は、犯人は、宗像伯爵なんだ！」

7

いつの間にか、潭芳を除くすべての人々が立ち上がっていた。

図抜けて大音声《だいおんじょう》になったのは、仁科刑事である。

「那珂！　もう一度いってみろ。伯爵が真犯人とは、どういうことだ！」

おなじ言葉を吐きたかったか、顎を喉にくっつける勢いで犬飼が首肯する。

瑠璃子だってそうだ。

この時代の日本人としては国際的な視野の主だが、殺人犯に擬するには、彼はあまりに自由な趣味人でありすぎる。反社会的な犯罪を実践するとは思えない。そもそも事件の首謀者というが、その中身はなんなのだ。

（杏蓮さんの足を切断したこと？　ううん、それはもう結論が出ているわヨ。妄想に駆られた潭芳夫人が、子飼いに命じてさせた……）

彼女の血を銀座に振りまいて、寺中少将弾劾の機会をつくったこと？　いや、それなら実行犯は、金であり王である。ふたりを動かすことができたのは崔だけだから、血の雨の首謀者は彼ではないか。

考えを巡らせる瑠璃子をよそに、一兵がいった。

「首謀者という意味は、映画でいうなら監督なんです。いや違うな、プロデューサーです。そんな役職が撮影所にありますね。時間やお金や人間を割り振って、計画をすすめる役割です。実際に先生が動いた場面は多くないから、計画の全体が摑みにくかった。でもこれではっきりしました。先生がやり遂げたかったのは、自分の手で杏蓮さんを殺すことなんだ！」

悲鳴があがった。

「姉ちゃんを殺したって、あの人が！」

ザワッとみんなが蠢《うごめ》いた。

瑠璃子はうわ言のように繰り返している。

「伯爵が杏蓮さんを殺した……？」

「おい小僧！」

破《わ》れ鐘のような仁科の声であったが、一兵の叱咤が上回った。

「黙ってろ、タワシ！」

仁科が口を閉じた。唇の端からあぶくが零《こぼ》れたが、とにかく少年の剣幕に押されて声を呑み込んだ。その傍らで犬飼が呟いている。

「その時間なら崔氏は県警に行けるだろう。そう示唆したのは、なるほど伯爵だった……」

一兵がまくしたてた。

「金さんはもうその場にいなかった。でも調合した麻酔薬を残していった？」

彼女が返答した。「そうよ。注射液を準備しておいた」

「一種類だけですか」

「いいえ、二種類。一本は両腕切断を終えるまで麻酔をかけておくため。もう一本には致死量をいれた」

「見ただけで区別がついたんですか」

「誰にでもわかる。致死の薬液はずっと分量が多いもの。予め旦那さまにいわれていたから……」

「ああ！」

久遠が叫んだ。

「ではあのときご主人が杏蓮に打ったのは、致死量の薬だった……杏蓮さんを安らかに眠らせるために！」

興奮した彼が更に中国語で口走ると、いち早く瑠璃子が翻訳した。

「偽のご主人は、麻酔が深まるまで時間がかかる。そう説明した……だからワシは奥様を連れて〈いこいの間〉に下りた」

「そのあとすぐ崔さんも現れた。しかしそれはもう本物の崔さんだった。県警本部から駆けつけてきたんだ。先生の作った時間表に合わせて」

「じゃあ妾《あたし》たちが階段で会ったときの伯爵は、崔さんの変装を解いたばかりだったのネ」

瑠璃子が思い出し、犬飼も唸った。

「確かにあのとき、崔さんはしきりと時計を気にしておられた。あれは伯爵と約束の時間があったからですな」

「ふたり一役に警察が利用されたか……だが、なぜそんな手間隙かけてまで、自分の手で杏蓮を殺す必要があったんだ！」

仁科が吼《ほ》える矛先は、昌清のいる青い幕に向かったが、幕はソヨとも動かない。

眉間に手をあてていた瑠璃子が、一兵に尋ねた。

「いっちゃんには見当がついてるの？　伯爵が杏蓮さんを手にかけた理由が」

「想像はつきます。操さんから聞いたんです。先生が知人の病状を、名古屋医科大学に問い合わせていたことを。レントゲン撮影可能な地域に住んでいるが、名古屋に連れてゆくのは簡単じゃない。それが先生の〝知人〟でした。

酔った先生は『会津磐梯山』の歌が得意でした。宗像家の跡継ぎになる前、勤め先は会津若松にあった。恋人がいたんですよね、先生には。

宗像家の当主になってからは、いくら結婚をすすめられても独り身を通してる。それでいて女性に興味がないどころか、世界を漫遊して浮名を流しつづけておいでです。

先生の会津時代の恋人は、華族夫人になり得ない境遇でした。女性の存在が表沙汰になれば、周囲は結婚に反対したあげく、そんなに惚れているなら妾《めかけ》にすればいい……訳知り顔でいうに決まっている。先生はそれが絶対に嫌だった。そんなことをすれば、大事な彼女を傷つけるだけだ。

……あるいは彼女には、まったく違う展望があったのかも知れません。たとえば大陸に渡る。多額の支度金を受ければ、養っていた家族の生活が安定するから」

「……！」

声にならない声が走り、

「澪！　しっかりするんだ！」

狼狽した修市の声が重なった。

表情を凍結させたまま、一兵は言葉を途切らせていなかった。

「彼女と自分の人生が交錯することは二度とない。そう諦めた上で世界を漂泊しつづけた先生のイメージを、俺は脳内のカンバスでミッドナイトブルーに塗りつぶしました。限りなく黒に近い青……それが宗像昌清氏でした」

幕はもうピクリとも動かない。

一兵はボソボソとしゃべり続けた。

「先生が映画の世界にのめり込んだのは、仮初めの幻影に自分を重ねて見ていたのかなって。アハッ」

乾いた笑い声をたてた。

「図々しいな、俺。男と女のまぐわいを見たばっかりのガキが。……でもガキだから、素直にわかった気もします。

先生、キツかったろうなあって。

いちばんの親友は崔さんだ。その愛人の杏蓮さんが自分のもとの恋人なんて。先生はいつそれを知ったんだろう。しかも胸を患う彼女の先は長くない。

崔さんの奥さんは、杏蓮さんの両手両足を斬り落とす妄想に駆られていた。

阿片《あへん》生産と流通を手にしたい寺中が、奥さんのケシ畑を狙っている。

八方塞がりの状況に、先生は大穴を開けたんだ。

自分のための計画じゃない、崔さんの窮地を救いたかった、杏蓮さんに死に花を咲かせてやりたかった。

……でも、いくら死期が近づいているからって、彼女の足を斬らせるなんて不自然すぎる。考えあぐねる内に先生の書棚から、東京を舞台にした都会小説——深夜の街を彷徨《さまよ》う人たち。公園の噴水の鶴が歌うと聞いて集まる人たち。そんな物語をいくつも見つけました。そこに書かれていたサインを宰田杏と読むのかと、思い当りました。

そうだったのか、あれは先生の蔵書ではなかった。会津若松にいたころの彼女が耽読していたんだ！　銀座の事件を思いついたのが、杏蓮さん本人だったとしたら——？

近いうちに私は死ぬ。

私が犠牲になれば、潭芳さんの妄想に区切りがつく。

澪を汚そうとする寺中を罠に嵌めてやる。

それなら私は決して無駄死にじゃない！

そこまで腹を括《くく》った杏蓮さんの着想を、実地に細かく計画したのが先生だとすれば。残る彼女の望みは、生きているうちに妹に会いたい、それだけだった。

澪ちゃんとの対面が、名古屋のみんなのアリバイとして、二重に生きてきます。非情な仕掛けの背後には、彼女の意志があったんだ。

澪ちゃんが聞いた杏蓮さんの言葉『ごめんね』には、その意味がこめられていたのだ……俺はそう考えました」

〈いこいの間〉は静まり返っている。

そんな一座の中で、やおら仁科が吼えたてた。

「小僧がほざいていますがね。崔さんたち！　なにか仰ることはおありかな。あるいはあなた方の弁解をお聞きしたい」

「仁科さん……」

真っ向から満州の大富豪に挑むタワシに比べ、犬飼はやや怯《ひる》んでいた。

「これ以上は本部に戻って上司に相談しないと……」

「あんたは目の前に殺人犯がいても、本部長の許可がなくては逮捕せんのか」

憤然とする仁科に、冷水を浴びせたのは金白泳だ。彼女はなんと拍手していた。

「面白いわね。とても面白かったけど、でも証拠はどこにありますの」

「なんだと」

「この子がしゃべったのは、そういう考え方もできるというだけですのよ。お尋ねしますが、一昨日の上り燕号の車掌に確かめたんですか。大型のケースを抱えて、眠りこけた女の子――いいえ、男の子に見せかけたその子を連れて、東京まで乗った私たちの存在が証明できまして?」

仁科はぐっと詰まった。むろん国鉄の聞き込みは終えている。だが捜査の対象は、おなじ燕号でも杏蓮の存在であった。事実は――乗ったのは杏蓮ではなく二本の足だ。運んでいたのは三等車の平凡な三人で、ひとりは眠っている少年でしかない。大荷物の多い遠距離乗客にまじって、そんな客がいたかどうか今から調べる方法があるだろうか。

答えられない刑事ふたりの様子に、金は愉快そうだ。

「ですから私どもとしては、一切がこの少年の夢物語ですと、申し上げる他ございませんの」

フラットな顔だちに小さく笑みを浮かべて、彼女は一兵を見やった。

「ねえ、あなた。証拠なんてないんでしょう。あれば最初から自信満々で推理しているものね」

まさにその通りであった。証拠などはない。すべては一兵の想像が描いた幻の構図だったから。

再度一兵は、澪が自分に向けた視線に痛みを覚える。

だから俺、ここまでいうつもりはなかったのに、なぞとは口が裂けてもいいはしない。探偵ぶるには余りに非力だった自分を責めるばかりである。

「おい、那珂！」

タワシの居丈高な勢いが倍増した。

「ここが現場だという証拠もなく、今までペラペラまくしたてたのか、貴様」

「崔大人に対して非礼極まる。子供といっても不問にできんぞ」

枯れ木じみた犬飼まで役人風を吹かせると、瑠璃子は見るに見かねた。

「刑事さんたち。寄ってたかって叱るの、可哀相でショ」

「黙れ」と犬飼刑事は怒鳴った。風に吹かれた枯れ木がさわぎたてている。

「女の出る幕ではない！」

すると突然、澪が小さく叫んだ。

「電蓄が！」

「え……」

一兵がステージの上を振りむくと、電気蓄音機正面の扇形の窪みが明るいのに驚いた。周波数を示す針が振れるのも見えた。電源がはいっている？　電気の引き込み口はどこにあったろう。青い幕の陰にあったと思い出すより先に、一兵はステージに飛び上がっていた。

艶々したマホガニーの蓋を開くと、裏に大きくコロンビアの商標が描かれている。載せられたレコードを覗いて、少年は息を呑み、呻いた。

「証拠が、あ、あった！」

「なんだとオ」

仁科と犬飼が競争みたいに背伸びする。

構わずモーターのスイッチを入れ、針をレコードに置く。

シャーッというノイズにつづいて、およそこの場に似合わない大音量の流行歌の演奏がはじまった。

ハァー　踊り踊るなら　チョイト　東京音頭　ヨイヨイ！

名残の花火を背景に生死火花を散らす

1

立っていた者も座りこんだ者も、全員がいちように驚愕している。

花の都の　花の都の真ん中で　サテ
ヤットナー　ソレ　ヨイヨイヨイ！

「このレコードよ！」

勝太郎の歌声を圧して、澪の声が〈いこいの間〉を劈《つんざ》いた。

「傷があるもン、私が聞いたのはコレ！」

少女が指摘した通りだ。聞き慣れた『東京音頭』だから、無粋なタワシの耳でも明瞭に聞き分けられた――コツン、コツンと曲を割って入る盤面の傷音。

「このレコードがあるということは……私が縛られていたのは、間違いなくここなんです！」

さすがに金も抗弁の法がなく、茫然と立ち尽くしていた。

それにしてもなぜあの日使ったレコードが、そのまま放置してあったのか。混乱する一兵をよそに、瑠璃子が息をついた。

「銀座の夜店より傷が大きいワ。澪ちゃんのいう通りネ……こんな傷もののレコードが、そんじょそこらにあるもんか。いっちゃんの推理は正しかった。〈いこいの間〉を銀座と錯覚させて、澪ちゃんを杏蓮さんに逢わせたのヨ！」

「……すると、だな」

老獪《ろうかい》にも仁科刑事は豹変した。崔・金、潭芳・久遠をねめ回して告げた。

「この場から娘は東京に連れ去られ、姉は腕を切断されるところを崔——いや、小僧の推理によれば崔に変装した伯爵が邪魔立てし、それから女を殺害したわけだ」

銀座界隈の悪党に睨みが利くと噂の刑事である。五寸釘を打ち込むほどの迫力で、一語一語に力をこめた。

「有効な反論のできる奴はおるか」

ひとしきり時間を与えてから、臼のように重々しく宣告をした。

「あんたたち。以後われわれの許可なくして動くなよ」

犬飼を顧《かえり》みて念を押した。

「動く者がいれば構わん。拘束したまえ、犬飼刑事。抵抗する者は有無をいわさず射殺していいぞ！」

先ほどの刑事の会話を聞いた一兵にはハッタリとわかるが、修羅場を踏んだ数の少ない犬飼は、べそをかくような顔になった。タワシは平然として声を励ます。

「みんな揃っているな？　宗像伯爵はどこだ。……おい、あんた！」

顎をしゃくられた相手は操だ。

「主人はどこだ」

こんな場合でも、操はまったく動転せずにかぶりをふった。

「さあ？」

「とぼけるな！　その陰だろう、幕が邪魔だ」

操が黙って青い幕を掲げてみせた。てっきり昌清はそこにいるものと、一兵も思っていたが誰もいなかった。

「逃げたか！」

思いがけない『東京音頭』に全員がたまげている隙に、姿を隠したに違いない。

仁科の怒号につづいて、絶妙のタイミングで昌清の声が聞こえた。

「私はどこにも逃げていない。この館に残っている」

肉声ではなかった。拡声器が設置してあるのだ。

「私は杏蓮の傍にいる。会津若松で出逢ったときの名は宰田杏だった」

あっという人々の声があがった。

空間を満たす幕という幕に、眠る杏蓮の上半身が映し出されたのだ。澪の悲痛な声が聞こえた。

「姉ちゃん！」

一兵も瑠璃子も目を見張った。

拡声器は一台だが、投写装置は天井に数台用意されていた。緞帳《どんちょう》なみの大型の幕にも、滝のような細いカーテンにも、それぞれの大きさで杏蓮がひっそりと眠っている。下半身は見えないが顔から胸にかけ、ほんのり化粧を施された寝顔は神々しくさえあった。

はじめ彼女の立像かと見えたが、そうではない。眠れる美女を真上から撮った写真だ。好んでいた朱鷺《とき》色のチーパオを纏《まと》い、それはみごとに静謐《せいひつ》な涅槃《ねはん》像といえた。

澪に一脈通じる容貌の、可憐であり妖艶なこの女性こそ、自由人宗像昌清が仕えた唯一無二の女神であったのだ。

「どこにいるの、姉ちゃん！」

哀願するような澪。

無数の杏蓮は黙って妹を見下ろしている。

昌清の声はすでに絶え、広間に君臨していた杏蓮たちも、ゆっくりと闇に失せてゆく。

沈黙を破ったのは潭芳夫人の怒号である。

「クオン！」

叱咤された久遠は勃然と行動を起こした。その手に両刃の中国剣があった。どこからそんな武器が湧いて出た？　一兵の疑問はすぐ解けた。潭芳が膝の上に抱え、衣装の共布で覆っていたのだ。

金が鋭い悲鳴を放った。

とっさに両手を広げた崔が、久遠の前に立ち塞がる。

その腕をかいくぐった小柄な剣士が、椅子から椅子を一息に駆け抜けた。

彼の前に飛び出したのは、刑事ふたりだ。空手だけれどさすがタワシの戦闘力は目覚ましい。椅子のひとつを床から引っこ抜いて叩きつける、間髪を容れずもう一脚ふりかぶると、細身の剣が奇術のように椅子の間をすり抜けた。剣先で髯《ひげ》の先端を斬り飛ばされ、「わっ」と仁科が椅子を放り出す。その背凭《せもた》れに頭を打たれた犬飼がでんぐり返った。

すでに久遠は、操めがけて駿足を飛ばしている。

中国剣は日本刀より西洋のサーベルに近い。斬撃よりも刺突に特化した武器である。階段室を背にした操めがけて、久遠は突進した。

昌清がそこから〈いのりの間〉に上ったと見たのだ。そこに必ず杏蓮もいる。まだ両腕が無事なあの女が。

操は、階段室を死守して動かない。

手練《てだれ》の久遠が全体重をかけた高速の刺突だ、操は避けもかわしもできないだろう。崔も刑事たちも駆けつける暇がなかった。

「危ない！」

久遠に飛びつこうとした一兵は、彼の足捌《さば》きひとつで呆気《あっけ》なく転倒させられた。

殺到する剣士を操は静かな目で見つめていた。

久遠は気合ひとつかけなかった。その驚異的なスピードを前にして、信じられないことに操は、僅《わず》かに体を開いただけでかわしきった——？

一兵の目は、宙に飛び散るいくつもの白い小さな球を捉えた。それは操が着用していたボーイ風な上着のボタンであった。

刺突の収穫がボタンだけに終わって、久遠は蹈鞴《たたら》を踏んでいる。

瞬時「エッ」という短い気息が迸《ほとばし》り、それを冴えた金属音が追う。久遠の剣が吹っ飛んだ。

起き上がった一兵には、なにが起きたのかわからない。瑠璃子の驚嘆の叫びだけが聞き取れた。

操の肘が剣を摑んだ久遠の腕を、痛烈に弾いた——と後で知った。

武器を失った久遠は階段室の突破を諦めたらしい。一気に椅子を跳んで、潭芳の傍までもどっている。

彼女がなにか叫ぶと、ハンドルを取った久遠が猛然と車椅子を押した。

崔と金は避けたが、その先に刑事ふたりが立ちはだかっている。くるりと向きを変えた久遠は、壁に穿《うが》たれた窓をめがけて真一文字に駆けた。掃き出し窓のように大型だから、楽に車椅子で抜けられると判断したのだ。

「いけないっ」

止めようとしたのは操であったが、久遠はわき目もふらなかった。

突っ走ると、窓を塞いでいた戸は呆気なく外側に開き、潭芳の車椅子と押し手の久遠を呑み込んでいる。

後に真っ暗で四角な穴が残された。

ずっと下で男女の絶鳴と破壊音が、つづけざまに起きた。

ようやく一兵は我に返った。

ここは六階だぞ！

なぜ久遠はためらいもなく、潭芳夫人の車椅子もろとも館から墜落したんだ？

いくつもの記憶の断片が、浮かんで消えた。

四階から五階に上がろうとして、階段で躓《つまず》いた俺。

そのとき蹴込みにつけた傷。

階段に腰かけていた昌清の足元には、おなじ傷があった。あのとき覚えたかすかな違和感の正体がこれだ。

そして〈いこいの間〉の前でどちらもおなじ位置、おなじ傷。違っていたはずの階段が、もしもおなじであったとすれば？

ようやく一兵は館の構造を把握していた。

階段室から各階のフロアに進もうとする客は、必ず扉に隔てられる。

一昨日の館見物で、俺たちは一階ずつ階段を上がり、隔壁に設けられた広い幅の扉を抜けた。

だが下りるときはどうしたっけ。

　上るとき扉をくぐれば決まって上りの階段だけがあり、下りようとすれば階段室にあるのは下りの階段だけであった。

　昇降を平行して行う機会はなかった……そのはずだ。この館には階段と斜路のワンセットしか用意されていなかった！

　思わず一兵は頭に手をやった。さもないと高速回転した脳味噌が、遠心力で頭蓋骨からハミ出るような錯覚に囚われたのだ。

「くそっ」一兵は口汚く罵った。

「この館にはエレベーターがあった！」

「どこにそんなものが？」

　瑠璃子もそうだが、仁科もポカンとしている。

「俺たちは、階段でここまで上がったぞ」

「そうだよ、仁科さん！」一兵が叫んだ。

「久遠さんや潭芳さんもおなじさ。二階からたった一階分上ったつもりでいた、窓から飛び下りるまで、ここは三階だと思い込んでいたんだ！」

「仁科さん、こりゃあどういうことだ！」

　果たして窓縁の犬飼が愕然としていた。

「館の回りの堀が、あんな下にある……」

当然であった。彼らが三階と認識していた〈いこいの間〉は、実は六階に存在しているのだから。

そして飛び込むつもりであったろう堀は、まやかしでしかなかった。

「なにぃ」

窓枠に飛びついたタワシが、あわや飛び出しそうになって悲鳴をあげた。

「お……落ちる！」

犬飼に背広の裾を掴まれて、ようやく踏みとどまった。

「あれは堀じゃない、黒い幕を張っていただけだ。そこがホラ、大きく破れている。奴らはあそこへ落ちたんだ」

「そうか……車椅子も木っ端微塵《みじん》になったろう」

しばらく刑事たちは、足元に広がる無機質な闇を見つめていた。

このとき中天で、ドオンと砲撃に似た音が轟いた。

窓から離れた位置に立つ一兵や瑠璃子たちは見た。

窓枠で四角く切り取られた夜空に、まんまるな色彩が広がった。博覧会最後の夜を告げる花火であった。

名残のこの夜、打ち上げられたのは五尺玉、三尺玉をはじめとして、技巧を凝らした仕掛け花火の数々が、場内の観客を沸かそうとしている。

会場の外でも『慈王羅馬館』六階の窓なら、夜空を彩る赤白黄のさんざめきは一望の下にあった。〈いこいの間〉を飾る垂れ幕や帳《とばり》や布の奔流をあやしく染め上げて、光と音の競演はつづく。

塀越しに遠く、潮騒に似た人々の歓声が流れてきた。

2

「奴らの確認を！」

階段室へ走ろうとする刑事たちを、操がやんわりと制止した。

「今、下りてきますから」

「下りる？　な、なにが」

タワシはまだ館の構造が呑み込めていない。地団駄踏む彼の前で、操が階段室の扉を開いた。

二倍幅の広い扉だ。改めて観察した一兵は、ようやく理解した。下りるときは扉の左半分、上る場合は右半分をそれぞれ開けば、必要な階段が待ち構えている。むろんその度に階段室が昇降して、客を迎える仕組みなのであった。

今は下りるのだから、左半分を開けて階段に乗った。よく見れば階段と扉の間には、ちゃんと溝が刻まれていた。むろん溝ではなく、裂け目とでもいおうか。階段と各フロアはここで断絶しているのだ。

刑事たちを階段室へ送り込んだ操が、瞑目《めいもく》して椅子に座す崔に声をかけた。

「ごいっしょにお下りになりませんか」

黙って手をふる崔にうなずいて、刑事たちに告げた。

「このまま下りれば、そこが館の二階です。後はお分かりですね」

まだ理解に苦しんでいた仁科だったが、なにを見たのか突然顔を赤らめた。それに構わず操が扉を鎖《とざ》した。耳聡《みみざと》い瑠璃子が聞きつけた。

「……軽い音がしたワ。この階段室はまるごとエレベーターだったのネ」

溜息まじりにつづけようとして、言葉を呑み込んだ。

「別宮さん、あなた……」

同時に一兵も気がついている。ボタンが飛んで大きく開いた操の上着。少年の反応は段違いに大きかった。はだけたワイシャツの胸に、白い膨らみが覗いている。

「女の人なの？」

正直に驚いたのは、歩み寄ってきた澪である。

頰を朱に染めたものの操は怯まず、〈いこいの間〉に残ったみんなに告げた。

「尾張徳川家に代々仕えた別式女《べっしきめ》の流れを汲んでおります。宗像さまの身辺を守護して参りました」

「別式女……知ってる」

瑠璃子が茫然と呟いた。

「名門の奥を護衛する女武芸者だわ……ふだんは男装しているのネ」

「はい。尾張徳川家には六派の別式女がおりました。明治大正と時代は移り、私の母が最後となりました。自分で幕をひくつもりでいた母が」

ほのかな笑みを漂わせた。

「流浪つづきの殿様を見かねて、私を宗像家に遣わしました。時代遅れの誹《そし》りは覚悟の上でしたが」

時代遅れには違いないが、最後の最後まで昌清を守護しきったのは確かである。

窓から見下ろしていた金が叫んだ。

「刑事が手をふっています！　奥さまたちが見つかったようです！」

金に並んだ修市も声をあげた。

「両手でバツをした……ふたりとも死んでいたのか」

笙《しょう》そっくりの楽の音が崔の席から流れだし、みんなの視線が集まった。それは彼の奏でるフルスであった。妻の死を悼もうというのか、現場に下りようともしないで。冷たすぎるよ……そう思った一兵は、金白泳の唇に浮んだ薄い笑みに気がついた。

彼女は崔の椅子に近寄って、小声で告げている。

「久遠は天国でも床を共にしたいのでしょうね」

風のような声であったが、瑠璃子の耳は聞き逃さなかった。フルスを口から離した崔の答えまで、一兵のために復唱して聞かせてくれている。

「わしより久遠の方が、その資格があるだろう」

自分で口にしてから、瑠璃子はブルッと体を震わせている。一兵も頬が強張る思いだった。

いつかの夜、甘粕が昌清に語ったこと――「あの夫婦は、家の名と財産だけでつながっている。別々な畑に生えた二本のケシだよ」

「よかったね、旦那さま」

金の次の言葉は、一兵にもよく聞こえた。

「旦那さまを繋いだ軛《くびき》のひとつが折れたんですよ」

聞こえたが、内容までは理解できなかった。

崔さんを繋いだ軛って、なんのことだろう?

フルスを膝に載せたまま、崔は表情を硬直させている。

彼の胸中に渦巻く思いなぞ、少年には理解の他であったけれど――やがて崔は、漢服《かん》の両袖で自分の顔を覆った。膝からひょうたんそっくりの笛がコトンと落ちた。

3

「姉ちゃん! そうだよ、姉ちゃんはどこ!」

フルスの音に気を呑まれていた澪が、我に返っている。

「操さんは知ってるんだね、姉ちゃんのいる場所を！」

「はい。杏蓮さんなら、私の主人といっしょに眠っておいでです」

「会わせて！」

しかし操は、かぶりをふった。

「なにもかも終わっております」

「いいんだ」

澪は毫《ごう》もめげなかった。

「姉ちゃんは死んでる、あたいを守ってくれて死んだんだ。せめて姉ちゃんの死に顔に手を合わせたいよ！　連れて行って、この上なんでしょう」

「……」

操には稀《まれ》な悲しげな顔で、無言のままだ。とうとう少女は、彼の——彼女の胸に取りついて揺すった。

「連れてけ！　妹が会いたいんだよオ！」

操の全身を揺すった。ボタンがひとつまた飛んで、彼女はかすれ声を絞った。

「なにもかも終わった。そういいましたよ、ぼくは」

一兵は、操の目に光るものを見た。

「それでもよければ……ご案内いたしましょう」

階段室がとっくに戻った頃合いだろう。扉の右半分を開いた操は先に立った。澪と修市がつづき、瑠璃子といっしょに扉を抜けようとした一兵が、崖を振り返った。

顔に袖をあてて彫刻のように動かない彼を、いたわりの目で金が見下ろしていた。ふたりを誘うのを止めた一兵も階段を上った。

これが動いているのだと思うと、「上った」より「乗った」という形容が正しいだろう。瑠璃子が踊り場で操を捕まえた。

「今は一階分だけ上っているのネ。でも二階から上ろうとすれば、時間は四倍かかる計算だワ。どうやって誤魔化していたのヨ」

「簡単です。四倍速で上昇させました」

「えっ。このエレベーターは速度を変えられるの！」

「……わかった」

一兵が溜息をもらした。

「ウォームギアだ」

操が微笑した。「きみはやはり頭がいい」

「妾《あたし》は悪いわヨ」

ぼやいた瑠璃子に一兵が教えてやった。

「ウォームの歯の数を増やせばいいんだ」

「どういうこと」

「降旗さんも先生から聞いたはずだよ。その応用さ。歯が一本のウォームと歯の多い笠歯車を嚙み合わせて、ケージのロープ巻き上げを制御していると思う。歯が二本や三本あるウォームも別に用意して、自動車の変速機みたいに可変式で嚙み合わせるんだ。歯が四本のウォームなら巻き上げ速度は四倍になる計算だろ。階段室が動いたことを知らなければ、昇降時間はおなじだから、三階へ上ったつもりで、実は六階に上っていたことになる」

「あ……」

口を開けた瑠璃子が、階段室の床の片隅を見た。滑り止めの鋲がならんでいる。

「もしかしてあの鋲のどれかを、スイッチに?」

操がうなずいた。

「踏む場所によって、エレベーターの速度を切り換えることが可能です。見て」

服に似合うお洒落な靴の裏を見せた。ただの靴底ではなかった。奇妙な形に金属片が取り付けてあった。

「先生も私も特注の履物です。鋲を踏み分けるだけで標準速、二倍三倍、四倍速と切り換えて運転ができます。変速しないのならオンオフだけで、靴や雪駄ですみますが。スイッチの鋲は各階の入り口にもあって、階段室を外から操作できるんです。……あ、そこで待って」

階段を上りきった澪を、操が止めた。扉を開けると、〈いのりの間〉から途方もない冷気が、一行に襲いかかった。

反射的に顔を覆った澪を抱き寄せ、修市も驚きを隠せない。

「まるで冷蔵室だ」

「ここが〈いのりの間〉なんですか……」

ガチガチ鳴る歯を食い縛って、澪は震え声になった。扉を開けただけで、まだ誰も入室していないのに裸で冬山に登っているみたいだ。

エボナイトの腰壁や、中央に鎮座する壺のような鏡の造形は見えたが、後は氷霧だ。天井の明かりは消えているため、鞘絵が映ることはない。

「ここなんですね、あの人たちが杏蓮さんを……」

さすがに一兵もその先を口にできなかったが、ここから久遠と車椅子の潭芳が、絶叫して飛び出したのだ。

瑠璃子もはっきり記憶していた。

「あのときのふたりネ。『消えた!』『そんな馬鹿な!』『あり得ない』……あの人たちが、あれほど騒ぎ立てたなんて……アアそうなんだ。『消えた』と叫んだのは、つまり杏蓮さんがいなくなった!」

「姉ちゃんが消えたって、どういうこと?」澪が一兵を見る。

「先生が変装した崔さんを残して、ふたりは一旦〈いこいの間〉へ下りた。それからまたここへもどった。俺たちが崔さんと話している間に、潭芳は七階に戻って処刑をつづけようとしたんだ。なのに杏蓮さんがいない。たとえ目を覚ましていても、自力で移動できたはずはない、手助けする人だっていない……」

「それなのに杏蓮さんがいなくなったから、大声をあげたんだわ。いっちゃんにその謎が解けるの？」

一兵がうなずいたので、尋ねた瑠璃子の方が目を丸くした。

「それもこの館の秘密のひとつだった。さもなければ、杏蓮さんの流した血の痕まで、きれいに消えるわけがない」

瑠璃子が朱唇を尖らせた。赤いというより冷気で青白くなった唇だ。

「秘密ってなによ！」

二の腕丸出しのファッションだからよけい寒いのだろう。懸命に両腕をさすりながら、「天井の上に秘密の八階があって、昇降していたとでも？」

「へえ！　降旗さん、よくわかったね」

「生憎《あいにく》だけどそれはないわ。妾だって計算したんだから。この館のフロアごとの高さは九尺ね。いっちゃんがいうロッキュウの張り物が、ドンピシャリで納まってるんだから。でもここは最上階なのよ。外から見て覚えているわヨ。七階の上は和風につくった破風《はふ》が載ってるだけ。高さ九尺どころか三尺の余裕だってないワ。アレを見たってわかるでショ」

瑠璃子のいうアレとは中央の鏡の壺だ。床からまっすぐに生え、天井を支えるようにガッシリ立ちはだかっていた。

「こんな天井の高い空間が、この上にあるはずない！」

「……とはいえないと思うんだ」

「へ？　そうお？」

せっかくの瑠璃子の推測も、少年は織り込みずみだったらしい。

「高さが二尺でも寝そべるだけなら可能だよ。鏡の壺の真上は、破風のいちばん高い位置にあるのだし、壺は二重になっている。コップとコップを重ねて、せまい食器棚へ収納するのとおなじに……」

「二重？　どうしてそんなことわかるのヨ」

「北斎の鞘絵を見ただろう。ホンの少し絵がボケて見えた。俺、目には自信があるからね。あのとき見た壺は実は重なり合っていたんだ……だから焦点が甘くなってしまった」

「ちょっと、聞こえる？」

瑠璃子が手をあげた。

「なにかが流れ落ちてるワ。あの鏡の壺の内側を……ヒャー」

夢中で腕をさすり出した。それまでは天井から降下する冷気だったが、今は鏡ばかりかコルクの床一面が、耐えがたい寒気を発散しはじめている。

ピシッという物音が、五人の耳に届いた。音はつづいた。

ピシッ。キシッ。ギシギシ……キン！

なにかに亀裂が走った。得体の知れない音は痛みさえ伴っている。

一同に操が告げた。

「この広間の真上は破風です……その内部には、液体空気の製造機が備えつけてあるんですよ」

4

「液体空気！」

一兵も瑠璃子も驚愕したが、予備知識のない澪と修市はピンとこない様子だ。説明を兼ねて操の声が忙しくつづいた。

「摂氏零下二百度です。床に臥した先生は杏蓮さんを抱いたまま、機械の吐き出す蒼い液体空気に身を浸しました。死体も生きた体も一瞬で凍結したことと存じます。そこに強い衝撃を加える装置が備えてありました……」

一兵は機械館の一銭活動を思い出している。

液体空気に漬けられたリンゴをハンマーが打撃する。赤と白の入り交じった微細な氷の霧が、空中に飛び散ってゆく。おなじ状況がふたりの肉体の上にも起きたのだ。美麗といおうか凄惨といおうか。昭和の御世《みよ》にあるまじき非日常の光景を、一兵はありありと幻視した。鮮紅色を呈した妖霧は、宗像伯爵であり辛田杏であり、ふたりは実に渾然ひとつとなって宙に渦巻いたのである。

静かに息をついた操は、どこまでも感情を抑えていた。

「先ほどの水音は、頭上の空間が強い水圧で清拭され、おふたりの痕跡が跡形もなくなった証

の奔流が襲いかかってくるのではないか。

「大量の水に希釈された血と肉は、大口径の導管を通じて、館の外へ駆け抜けます」

ギシギシギシと鳴る音につれ、鏡はかすかに揺れている。ときおりビシッと鋭い音が割り込み、一兵は思わず身構えた。今にも鏡を粉々に砕いて、液体空気の奔流が襲いかかってくるのではないか。

「安心して。何重にも重ねられた導管は、冷温を遮断しています。魔法瓶を裏返したと考えてください。この階と〈いこいの間〉の間に設けた撒水口から、四方の外壁を伝い下りてゆくのですよ……。

館を取り巻く黒い壁に漉《こ》されて……有機物を含む濃厚だった液体も……やがてただの水流に変わるでしょう……それは博覧会の水路に放流され……中川運河に合流して……名古屋港へ……平和な太平洋へ……拡散して参ります」

操はまるで歌っているようだ。

たぶん今ごろ、『慈王羅馬館』の外で県警の応援を待つ刑事たちは、驚きの目で館を見上げていることだろう。

「壁が汗をかいてるのか？」

「館が涙を流しているぞ！」

博覧会の掉尾《ちょうび》を飾る花火は、つづけざまに夜空を飾っているはずだ。五彩の光は濡れた館の壁に反射して、黒一色の『慈王羅馬館』を華々しく装わせたに違いない。

操が澪に話しかけていた。

「それでもあなたは、ひと目見たいでしょうね。お姉さんが亡くなった場所を」

「はい」澪ははっきりとうなずいた。

「そうでしょうね」

いつか操は女言葉を使っていた。

「……私もひと目見ておきたい。ご主人さまの」

彼の——いや彼女の足が、ステップを踏むように軽く動いた。床の鋲を踏んだのだ。一兵がそれと知ったとき、瑠璃子の声が聞こえた。

「ああ！　そうなるのネ！」

しずしずと〈いのりの間〉の天井が下降してきた。最初に見えてきたのは鏡の壺の裾であった。降りるに従い等質等大の壺となって、もとからあった壺にすっぽりと嵌まりこむ。それをコップを重ね合わせる動きにたとえるなら、周囲に二尺の腰板を巡らせた床が下降するのは、深めの皿を重ね合わせる動きに似ていた。新しいが同一の皿の腰板は二尺あまり。優に破風の内部に納まる高さであった。

やがて壁から上の壁面を除くふたつの空間は、五人の前で完全にひとつの〈いのりの間〉を形造った。

広がったコルクの床はまだ濡れ濡れと光っていたが、そこで結んだであろう男女の眠りの痕はなにひとつない。

「はいっていいわ」

操に促されて、階段室からおずおずと〈いのりの間〉に足を踏み入れる澪。やおら彼女はしゃがみ込んだ。つややかな床材をいとおしげに掌《てのひら》で撫で回す。

「姉ちゃん……」

それから〈いのりの間〉全体を見回した。

「もうどこにもいないんだね」

そう、ふたりはもういない。寄り添ったまま名も形も無用の世界へ消え去ったのだ。

一兵、操につづいて瑠璃子も〈いのりの間〉にはいった。氷結していたのだろう、四方の腰板は触れれば凍傷になりそうで、足の下はツンドラみたいに頼りなかった。

一兵の隣で彼女は掌を合わせている。

「南無阿弥陀仏」

それが少しも滑稽に聞こえなかった。

間を置いて、操が声をかけた。「下りましょう」

階段室を背に立つ修市をまず促した。扉は右半分が開いている。それを見た一兵はなぜとも知らずイヤな予感がした。扉をくぐった修市の姿が、唐突に消えた。

「うわっ！」

若者の絶叫。衝撃音がその後を追った。

「修市！」

恋人の異変を悟った澪が、真一文字に〈いのりの間〉を駆け抜けた。階段室に飛び込もうとするのを、

「あぶない！」

操が抱きとめる。その手を振り払った澪は、扉の前で立ちすくんだ。そこにあるべき階段がない！

戸口に駆けつけた一兵も茫然とした。

そこにうずくまっていたのは暗黒の巨大な空間だ。階段室の大きさはなみのケージの比ではない。前方を塞ぐエレベーターシャフトの縦壁が、闇に呑まれて見えないほどの遠くにあった。見下ろせば、一階下に階段室の屋根らしいものがある。体をくの字に折って、修市が呻き声をあげていた。

「動かないで！」

叫んだ操が身軽く飛びおりた。別式女として訓練された賜物《たまもの》だろう、危なげもなく屋根に降り立った操は、すばやく修市の負傷の具合を見定めていた。

「しっかりして！　右足首の骨折……ほかは異状ないみたい！」

「よかった……」

血の気をなくした顔で呟いた澪が一兵にもたれかかったとき。

ドオ……ン。

シャフトの壁を響かせて、花火の音が伝わってきた。

ドド、ドン！　どど、どん！　重量感のある爆発音の次に、ババババ、ばばばば、パパパーン！

複雑でリズミカルな破裂音が、暗いエレベーターの縦穴を揺する。仕掛け花火の演出でもあろうか。壁のそここから漏れる色とりどりな閃光が、夜のスペクタクルを伝えてくれた。記録によれば四尺玉八十個、五尺玉二十五個とある。

名古屋汎太平洋平和博覧会最後の光と音はつづいていた。

疑問符を乗せて燕号は東上する

1

疾走する上り超特急燕号は、静岡を定時の午後六時十六分に発車、清水《しみず》駅を通過したところであった。

右側の車窓に林立する起重機は、東海屈指の清水港の臨港施設だろう。海が見えると思って首をのばしたが、工場の群れと長蛇の貨物列車に遮られて、残念ながら一兵の期待は報われなかった。

日の長い季節とはいえ、街にぽつぽつ宵の兆しが迫っている。

食堂車では瑠璃子が三本目のビールを空にしていた。往きの下り燕で呑み損ねた分を、今日こそ取り戻そうと意気込んでいる。

ありがたいことに急ぎであった一兵の画稿は、東京から駆けつけた帝国新報社長——樽井建哉がトンボ返りで持っていったから、ふたりは警察の許諾を得るまでゆるりと滞在できたのだ。

「もう一本、いい?」

瓶をふる瑠璃子に一兵は諦め顔だ。四人席だが進行方向に向いてふたり並んでいる。鉄道ファンの一兵のため、窓側を譲ってくれた瑠璃子に、強いことはいえない。

「よくないといっても、呑むんでしょう」

「わかってるなら聞くナ」

どっちの台詞《せりふ》だよ。にこやかに近づくボーイを横目にして、一兵が溜息をつく。ボタンの並んだ制服で思い出すのは、操のことだ。

修市を病院へ送ろうとした操は仁科刑事に制止され、救急車は修市と澪だけを乗せて、操が電話した名古屋医科大学へ急行した。

——あの日の『慈王羅馬館』からは、ひとりの負傷者と二人の死体が送り出された。潭芳夫人と久遠は事故と、現場にいた刑事ふたりの証言が効果的だった。遺体が見つからない昌清と杏蓮は、失踪の扱いになるのだろう。

崔桑炎という満州の大富豪の権威がものをいって、県警の扱いは丁重であった。それでも宗像伯爵が事件の中心であっただけに、秘書の別宮操は厳重な取り調べを受けた。処罰を受けることは本人も覚悟していたようだ。

金白泳は満州国籍で、雇用者の崔が身分を保証してくれたし、一兵たちも沈黙を守ったので、共犯容疑はうやむやのまま解放され、崔に従って今日の燕に乗車していた。

海外まで名を馳せる名医大に運ばれた修市であったが、右足首の複雑骨折が意外に重傷で、快癒しても片足をひきずる程度の後遺症がのこるらしい。名古屋にとどまった澪が、熱心に彼の面倒を見ているはずだ。

転落の際エレベーターの鋼索に足首を強打したことが原因で、巴が全面的に医療費とその間の生活費を負担すると申し出た。

「もとはといえば御前さまの道楽だがね。面倒を見てあげんと、天国からお小言が降ってくるでよー」

悲報直後の彼女は身を揉んで悲嘆に暮れたが、翌日になると瘧《おこり》が落ちたように、明晰果断《めいせきかだん》な女執事の面目を取り戻していた。

「御前さまばかりか操さんまで当分帰ってこれんでは、メソメソする暇なぞあれへん」

彼女らしい言いぐさであった。

修市は安心して治療に専念できることとなった。残念なのは満州移民の夢が消えたことだけれど、最高の個室に落ち着いた若いふたりは、早すぎる新婚気分を味わっているに違いない。

「……嫉《や》ける？　いっちゃん」

ぶはーっ。

ホップの香りを発散させて瑠璃子がいいだし、一兵はカチンときてとぼけた。

「なにが焼けるんです」

「キミは頭がいいけど芝居は大根」

はっきりいわれてしまった。

「俺、そんな情けない顔してましたか」

「あたりきしゃりき、ホレ」

突き出されたコンパクトに自分の顔を発見して、一兵はうんざりした。もう自棄《やけ》だ。通りかかったボーイを捕まえて、

「お銚子一本頼む！」

「その意気！　おぬしも日本男児じゃのー」

瑠璃子が煽《あお》ったが、一兵にはまだアルコオルに惑わされない疑問が残っていた。

「修市さんが落ちたのは、偶然でしょうか」

「……偶然でなければ、誰の仕業っていうの？」

彼女自身も割り切れないものを感じていたようだ。

「そうなると、犯人は操さん以外ないでしょうが」

テーブルに置いたコップから、泡がスーッと引くのを見守りながら、

「あのときは、みんなで下へ行くことになっていたワ。ところが扉の開き方が違っていた。そういいたいのネ」

「はい。エレベーター仕掛けの階段室は、ひとつしかないんだ。だから上るには扉の右半分、下りるのは左半分から。でもあのときに限って、逆の右が開いていた。操さんにせかされた修市さんが、不用意に入った結果の大怪我です。操作した操さんの単純ミスだろうか。そんなことは考えられない」

ビールをどぼどぼ注ぎながら、瑠璃子が唸った。

「じゃあわざとしたってこと?」

「ええ」

「彼が——えっと、彼女が」

言いなおして苦笑した。瑠璃子にとって操はまだ美少年のままらしい。

「修市くんに怨みを抱いていた? そんなはずないわネ。あの日にはじめて会ったふたりだもの」

「だから操さんは先生の死に動揺して、ミスを演じたのか。そう考えようとしたんだけど、しっくりこないんです」

「……うん」

ビールを呑み干そうとした瑠璃子が、手を止めた。

「操さんに動機はなかった……でも伯爵にはあったかも」

「えっ」

「宗像先生にとって、平賀修市くんの存在が目障りだったとしたら」

「どういうことですか」

「邪魔だったのヨ。抹殺したいほどではないが、しばらく舞台から下りて貰いたい。そう思っていたとすれば?」

「先生はもうこの世にいませんよ」

「伯爵の忠実な秘書だったワ、彼女は。前もって指示しておけば、必ず従ったと思う」

「修市さんを怪我させせろという指示？　それはなんのために」

杯を口に当てる一兵を見つめて、瑠璃子はいった。

「キミに恋のチャンスを与えるために」

「……」

少年の口元から酒がダラダラと滴り落ちた。

「伯爵だけじゃないワ。操さんも巴さんも妾《あたし》もみんなキミを応援していたんだヨ。大きなお世話だ、ほっといてくれ、なんてことといわないでネ、いっちゃん。修市くんもいい子だヨ、もちろん。澪ちゃんとうまくいってほしいわヨ。……そう思ってる。それでもネ、キミのひび割れたハートを、見ないふりするのは辛かった。伯爵もたぶんおなじ思いだった。どうせ世界にオサラバするなら、行きがけの駄賃に最後のおせっかいをしてやろうと……いっちゃん？」

カラになった杯を手に、一兵は固まっていた。

「いっちゃん……」

「違う」

かすれ声を絞り出した。

「それは……違うよ、降旗さん」

「そうオ？」

自分を見る目が、温かいのか冷たいのかよくわからなかったが、彼女はいった。

「でも、レコードを用意してくれたのは、先生――伯爵だったと思うのよ」

一兵はグッと詰まった。

あのときの『東京音頭』だ。

これ以上ないというくらい、グッドタイミングで電蓄の電源がはいった。電気の引き込み口――コンセントは直前まで昌清がいた足元にあった。電蓄の蓋を開けるとそこにちゃんと、傷のついたレコードが準備されていた。

「黙っていたけど、伯爵はハラハラしていっちゃんの謎解きを見つめていたと思うの。無手勝流で推理する内、壁にぶち当たったらどうなるだろう。そう考えていたはずだわ」

「当たり前だよ」

ムッとした。

「だしぬけに、なんの用意もしていないのに、ステージへ引きずりあげてさ。なにもかもわかっていた先生が話せばいいのに、俺に押しつけて」

「……聞いたのヨ、巴さんに」

「なんのこと」

「伯爵が杏蓮さんと心中した。その経緯を聞いて大泣きした夜遅くよ」

口を噤《つぐ》んだ一兵は、しげしげと瑠璃子を見た。

「あの朝に笑いながら仰ったって。探偵が犯人とおなじなんて詰まらない。自分の犯罪を暴露するのなら誰でも神さま面で謎解きできる。だから汗をかきかき懸命にその場で推理してゆく名探偵の方が、私は好きだなんてね。巴さんはポカンとしてたらしいけど」

ビール瓶がもうカラになっていた。

「その結果、キミは立派に名探偵の役をこなした。多少危なっかしいところは、伯爵が援軍を送ってくれた。それでいいじゃないノ」

追加の注文をしようとした瑠璃子は、一兵に嚙みつかれた。

「いいよ、それならそれで。我慢ならないのは、修市さんのことだ！　あの先生が俺をそんなに安く見ていたなんて、承服できない！」

空っぽの杯をまた呷《あお》っている。

「傷ついたライバルにザマ見ろと叫ぶ、そんな男だと思ったのか先生は！　俺って、先生やあなたたちに、そんな風に見られていたのか！」

テーブルにもどした杯が、少年の手の中で細かく震えていた。

「いっちゃん……」

瑠璃子は言葉を失った。この子は腹の底から怒ってる……。

そのとき食堂車に現れたのは崔と金であった。

2

一等車にいた崔は、二等車を探していたらしい。見るからに高級な生地と仕立ての三つ揃いを着用した彼は、東洋の大富豪らしい後光を放って見えた。

「ここだったか、きみたち」

笑顔で一兵の前に座り、立ったままの金にもかけさせた。秘書だからおなじ一等車なのは当然と思っていた一兵も、テーブルに乗せた崔の手に彼女の白い手がそっと被るのを見て気がついていた。

(崔さんと金さんは、できてるのか?)

夫人と愛妾《あいしょう》を同道していたこの大富豪は、看護婦兼秘書の金白泳とも、男女の仲であったとみえる。崔はなんの蟠《わだかま》りもなく口を開いた。

「帰国すればおなじ家に住むつもりだよ」

「それはどうも」

新聞記者のカンなのか、瑠璃子は既定の事実を聞かされたようにニコリとした。

「おふたりが妾たちを探してくだすったのは、そのご発表のために?」

皮肉まじりだが、崔はビクともしない。

「それもあるがね。……この際オープンにしておかないと、少年に痛くもない腹を探られては困る」

「俺が、ですか？」

思わず瞬《また》きした。

「そうだよ。さもないと、賢いきみは疑うだろうから」

「……え？」

「潭芳を殺害する動機がわしにあったのではないかとね」

一兵は驚かない。つい今までの怒りをどこかへ忘れて、ミステリ好きの目をキラキラさせていた。

「そうですね。崔さんは潭芳さんを見殺しにしたんだから」

「いっちゃん！」

目くじらたてる瑠璃子を尻目に、少年は落ち着いていた。たった今、自分のことで沸騰したのを忘れたように、淡々といった。

「崔さんは〈いこいの間〉が六階にあり、周囲は堀だから実質的に七階以上の高さと承知していらした。三階のつもりの潭芳夫人と久遠さんが飛び出せば、死ぬことが予想されました。それでも止めようとしなかったんだ。探偵小説では未必の故意と呼ぶそうですが」

崔の表情に変化はない。

「だがそれを証明する方法はないのだよ、少年。突然のことで、わしには止める暇がなかったから」

「はい。そう仰ると思いました」

だからあえて疑義を呈しませんでした……その思いをこめて、一兵は十分なタメをつくってから聞いた。

「……違いましたか?」

「ふむ」

崔は微笑した。

ふたりの視線の交差を見て、瑠璃子は凝固したみたいだ。注文したコーヒーを口に含んだ金とは、対照的だった。

大人《たいじん》の風格の主だと、瑠璃子は崔を評価していた。だが新しい愛人をシャアシャアと紹介してのける彼を、ふてぶてしい好色漢と呼ぶことだって、今ならできそうな気がした。

「残念ながらそんな弁解はしないよ」

「そうですか?」

「いうとすれば一言だけ。……宗像昌清くんはわしの友人だった。それも刎頸《ふんけい》の交わりであった。古いたとえだ。わかるかね、若いきみに」

「わかります」一兵は昂然として答えた。

「『史記』……ですね」

崔が大きくうなずいた。

「この人のためなら、たとえ首を斬られても悔いはない。そんな友情が、彼とわしの間にあった。……あったと過去形でいわねばならんのは、実に残念な思いだが」

「……？」

しみじみとした口調だ。一兵も瑠璃子も迷っていた。

この富豪は、いったいなにをいおうとしているのか。

「そんな友達が工夫した階数誤認のトリックを、自分の妻の謀殺に使うものか。そういいたいんですか？」

一兵の問いかけに、崔の笑みが分厚くひろがった。

「惜しい」

と、彼はいった。

「だが違う……真意はそこにはない」

どう違うのか口に出してくれなかった。彼が金に合図すると、袱紗《ふくさ》に包んで携えていた品をテーブルに置いた。ひょうたんそっくりのフルスである。

「これをきみに進呈しよう。われわれときみが交わることは、二度とあるまいから」

口を挟もうとする瑠璃子を、崔はやんわり制止した。

「金白泳は特高に監視されている。以後の交誼を絶つのは、きみたちのためだ」

「特高ですか」

この時代の特別高等警察——略して特高は、内務省に属して、警察より遥かに強権を持つ捜査機関だ。大日本帝国の国体護持のため、主として社会主義者、共産主義者、無政府主義者などを内偵、摘発する国家警察であった。

「『篠竹』の王くんは、つとに観察の対象とされていた。養女にいった白泳は、名字こそ違えその妹だ。……いっておくが、王くんはわしの手で保護している。満州に帰るとき同道するから、心配は無用だ」

コクンと小さく金が頭を下げた。王も自警団に殺された親を持っていたのだから——一兵は納得した。

「一時は甘粕さんが、彼に目をかけていたようだが」

崔はフッと笑った。

「あの人は信義に篤い真面目な人物だ。満州を新天地にしようという熱意は買うが、彼の不動の軸足は日本の皇統にある。黄河文明四千年の歴史を背負ったわしとは、しょせん水と油なのだよ」

コーヒーを飲み終えて立とうとした崔は、思い出したように一兵に声をかけた。

「ひとつ聞いておきたいのだが」

「なんでしょうか」

「きみの炯眼《けいがん》にはほとほと感じ入った。惜しいかな動機の点を除いて、だったが」

指摘された一兵が口をへの字に曲げたのは、瑠璃子が見ても可笑《おか》しかった。やはりまだ子供だワ……。

「計画の首謀者として宗像くんに目をつけたのは恐れ入る。最初に彼を怪しく思った理由を、参考までに教えてくれないか」

「どうってこと、ないです」一兵はぶっきらぼうだ。「降旗さんがなぜあんな目に遭わされたか、その意味を考えただけです」

「はあ？　妾？」

鳩が豆鉄砲を食ったとは、こんなときの瑠璃子のことだろう。

「妾が魚雷に閉じ込められた、あのことかしらネ」

「それです。もちろん本物の魚雷じゃない。あれは外からの録音を聞かせる実験でした。耳のいい降旗さんが、実際の音と録音を区別できるかどうか」

「なんなの、それ？」

声を高めた瑠璃子が、ハタと思いついた。

「ひょっとしたら銀座の夜店の！」

「そう思います。今回のトリックのキモは、名古屋を銀座に錯覚させることでしょう。せっかく澪ちゃんを名古屋に連れてきても、偽の夜店がバレては無意味ですから」

「なるほど。耳のいい彼女を騙せたから、トリックは合格だった」

納得したように、崔が幾度もうなずいた。

「降旗さんを攫《さら》う時間的な余裕があったのは、操さんです。最後に万平ホテルで解放すれば、すぐ崔さんへ、そして白壁町へ連絡がはいる。降旗さんに迷惑をかけることが最小限ですむ。

その判断ができたのは先生だけなんです」

「そんな簡単に断定していいの」

「いいんです。なぜかといえば、降旗さんが音に敏感だということを、俺が話した……その聞き手は宗像先生しかいなかったから」

微笑した崔が、音をたてずに拍手している。

「いや、きみが理屈の達者な少年ということは、よく理解したよ」

その称讃を一兵が制した。

「俺からも、お聞きしたいことがあります」

「なんだろうね」

「亡くなった先生がこの計画をたてたのは、杏蓮さんの病巣が明らかになったときですね。実際に行動を開始したのは、崔さんが名古屋へいらしたときだ……違いますか」

「なぜそう考えたのかな」

「犯行のための材料が、すべて揃ったのがあのときだから。瑠璃子さんが社長から預かった包みを先生に渡したことで、スタートしたんですよね」

瑠璃子が声をあげた。

「あの包みって……あれになにがはいっていたのヨ！」

一兵が笑った。

「なにも知らないお使いだったんだ。スクプロに使うための夜店のフィルムだよ。澪ちゃんも気づかなかったけど、あのトリックはカラーフィルムだから使えた。ところが日本映画はまだカラーを一本も撮ってない」

「あ……」

「でも社長の樽井さんは趣味でカラーを撮っていた。むろん短いものだけど、スクプロ用ならループして使えばいい。澪ちゃんが、あの晩は日本髪の人が多かったと話したでしょう? 当然さ、繰り返しおなじフィルムを見ていたんだから」

「そうか……してみると妾って大事な役目をしたんだネ!」

嬉しそうにいってから、声をひくめた。

「ついでに妾も、ひとつ伺っておきたいワ」

「ほう……なんだろうね」

「男同士の友情と仰ったけど、そこに女は割り込めないのかナ」

どういう意味かわからないらしく、一兵と顔を見合わせる崔に、瑠璃子が上目使いでいった。

「杏蓮さんは崔さんの愛人。でも彼女は伯爵の恋人でもあった。単刀直入に聞きますヨ、そうとわかってから男と女の仲はどうなったんですか?」

「……」

「心中する前に、先生は当然彼女を抱いたでしょう。崔さんはそのふたりを見て見ぬふりをしていたんですか!」

「ちょっと、……」

止めようとする一兵に、瑠璃子はニベもない。

「大人の話はきれいごとではすませられないノ！」

崔は静かに笑った。

「……彼がなぜシカゴから大陸へ流れてきたか、話しておこう。ギャング同士の抗争で、あの男は重傷を負っていたのだよ。男の機能を失うという」

「……」

瑠璃子も一兵も息を呑んだ。

「だから彼は、決して杏蓮を抱くことができなかった」

一兵の目に、中村の夜の性戯を見つめる、昌清の表情がよみがえった。

ここではない、どこか遠くの——遠い過去の一点を見つめていた彼。

そこへ特徴のある靴音が割り込んだ。カチャカチャと耳障りな金属音は、佩刀《はいとう》が鳴る音だ。

陸軍の青年士官三人が食堂車に現れたのだ。とっさに一兵が肩章を確かめると少尉たちであった。

揃ってがっちりした肉体に日焼けした顔を乗せている。ひとりだけ眼鏡をかけていた。場をとりなすようにわざとらしい瑠璃子の独り言。

「あの眼鏡の子、可愛い」

「バカ」

思わず一兵が叱った。

彼らは粗野でも無骨でもなかった。入室に際して軍帽を脱いでいて、帝大生を連想させる学究的雰囲気に溢れ、瑠璃子や金の横を通るのに一揖《いちゆう》する作法も心得ていた。

とはいえ、崔たちの居心地が悪いのは致し方ない。

金を促して立ち上がった彼は、軍人たちに聞こえぬように言い残した。

「再見《ツァイチエン》……いや失礼。もう二度と会うまい」

3

見えなくなるまで後ろ姿を凝視していた瑠璃子が、息を吐いた。

「悲しいネ」

「別れが、ですか？」

「お隣の国の人が、自分の言葉を使えないなんて、悲しいわヨ」

「俺はもっと悲しかった……」

忘れられていた杯に酒を注いで、一兵は漏らした。

「潭芳さんに久遠さんがいると知って、それでも崔さんは結婚したんだ」

「本家の名があっても金がない。潭芳さんの実家は金だけの分家だから、名門の崔家の血が欲しかった。下僕と結婚させるなんて考えもしなかった親なのヨ」

「纏足《てんそく》にまでして、娘の幸福を願った親なんだ……」

料理を平らげていた少尉たちが、声をあげた。

「今日の富士はみごとだぞ」

「おお、なるほど！」

しばらく三人は、車窓に展開する霊峰の姿に見とれていた。

彼らだけではない、一兵と瑠璃子も美景を堪能した。残雪が消えコニーデ型の山容を余すところなく晒《さら》した富士は、理屈ぬきで日本人の心の琴線に触れてくるのだ。

眼鏡少尉がぼそっといった。

「この美しい日本を守るのが軍人の務めだ」

「その通り」

仲間ふたりが声を揃える。

一兵と瑠璃子はしばらくの間沈黙していた。

やがて――「どうなの？」

瑠璃子の視線が少年を掬《すく》いあげるように動いた。

「動機はわかるの？　崔さんが残した宿題ヨ」

「う……ん」

自信はなさそうだが、白旗を掲げるつもりはなさそうだ。

「あのとき、金さんは『軛《くびき》のひとつが折れた』……そういった」

「あのときというのは」

「潭芳と久遠が窓から落ちたとき」

「轜ねエ……崔さんをつなぎ止めていたひとつが、潭芳夫人だったのネ」

「そう。では崔さんは、どこへ向かって走ろうとしているのか」

一兵の目は少尉たちを見ていた。

「あの人はいったね。甘粕さんは満州の未来を真剣に考えている。それでも自分とは水と油だって」

軍人たちの屈託ない哄笑《こうしょう》が、食堂車を賑わせていた。彼らと一兵たち以外に客は二組いたが、節度を保った若者の談笑を好意的な微笑でながめている。思いは一兵たちもおなじなのに、崔と金は席を立たねばならなかった。

「崔さんと先生は刎頸の友といった。死ぬまで親友だった。先生の目が黒い内は、決して崔さんは裏切らない、日本を敵に回さない。そういうことだった」

「いっちゃん」

瑠璃子も、思い当たった様子である。

「つまり宗像伯爵の存在が、崔さんを繋ぐもうひとつの轜だった。そうだったのネ」

内容を理解するにつれ、彼女の顔は青ざめていった。

「そんな……じゃあ伯爵は、崔さんが日本を敵に回していいと、意思表示したことになるの！」

「降旗さん」一兵は彼女の腕に触れた。

「声が大きい」

眼鏡の将校が笑顔を消し、ふたりのテーブルを見やっている。

瑠璃子の押し殺した声。

「事件は表向き伯爵と杏蓮さんの心中だったワ。芥川龍之介《あくたがわりゅうのすけ》みたいに『ぼんやりした不安』で死んだ。そう片づけられて終わるでしょうネ。でも伯爵は、逡巡《しゅんじゅん》する友のために、自分で、自分の首を刎ねたのだ！　そう考えたワケだ、いっちゃんは」

「わからないよ」

額を押さえて、かぶりをふった。

「親友の遺志を汲み取った崔さんが、この後どんな行動に出るかで、答えは決まる」

「そうなんだ。宿題はそう簡単に解けないのネ」

それにつづく一兵の溜息は、さらに深かった。

「宿題はまだあるんだ。先生が修市さんを傷つけた動機……」

バタバタバタと小さな足音が食堂車に駆け込んできた。

学齢前の男の子だが、白人かと思うほど洒落た服装に身を固めている。その男の子が、目を丸くして立ち止まった。三人の少壮士官を発見したのだ。たちまち子供は目をキラキラさせ、踵《かかと》を合わせて直立不動の姿勢をとった。

「兵隊さんに敬礼！」

ポーズはなかなか決まっていた。

三人は一様に白い歯を見せ、眼鏡の少尉が代表して答礼した。子供相手だからといって手抜きはない。きっちりと右腕を折り、指の先端をこめかみに当てている。

男の子が弾けるように笑った。車内の客も全員が笑った。

「ボク、ヘイタイさん大好き！　ボクも戦争に行って、勲章をもらうんだ！」

小走りに追ってきた若い夫婦が、男の子の頭を小突いた。

「ここは食堂車だぞ」

「マアちゃんの席はあっちでしょう」

子供に比べて安物の身なりだ。周囲にペコペコと頭を下げてから、息子を引っ張ってゆく。

グズる声が聞こえた。

「ボク、好きだもん！　のらくろ伍長、大好きだよオ」

犬の兵隊にたとえられた少尉たちは、やや白け気味に笑っている。

ちょうどそのとき、車窓が闇に突入した。

天井燈はあっても、車内は日食のように暗くなって、テーブルのそこここで声があがった。

士官が眼鏡を光らせて、誰にともなく解説する。

「帝国科学技術の結晶だよ、この丹那トンネルは」

轍《わだち》の響を伴奏に、闇はいつ果てるともなくつづいた。

4

昭和を包む闇は長い。

〝平和〟博覧会閉会後、わずか二カ月で亜細亜の平和は破られていた。

〝東洋永遠の平和〟のため、〝暴支膺懲《ぼうしようちよう》〟のため、大日本帝国は〝正義〟の戦《いくさ》の火蓋を切ったのである。

ただし政府は、はじめこの戦いを北支事変と呼んでいた。戦線が拡大して北支の名に納まらなくなっても、まだ戦争といわずに支那事変と呼称した。

「国民政府を対手《あいて》とせず」

ときの近衛首相はそう宣言した。

――だが。

事変であろうと戦争であろうと、人と人が殺し合う事実に変わりはない。

勃発後四年たって〝支那事変〟は〝大東亜戦争〟に〝昇格〟した。

闇はいっそう深くなった。

昭和二十年八月十五日。

ようやく晴れた昭和の闇の向こうには、無残な焼跡が横たわっていた。〝大東亜戦争〟はさらに〝昇格〟して、歴史に〝太平洋戦争〟の名を刻むこととなった。

かつて日本の内田《うちだ》外相は満州建国時に熱弁をふるった。

「たとえ焦土となっても帝国は権益を守る」

焦土にしないため外交があるはずと、評論家清沢は批判したが——結果は、今の読者ならご承知だろう。大日本帝国の名は地図から消え、焦土だけが現実となった。

帝国最大の軍需都市であった名古屋に、アメリカ軍爆撃機B29が投下した爆弾・焼夷弾は一四〇五四トンに及ぶ。人口ひとりあたりに換算すれば、東京・大阪を凌ぐ帝国最大の空爆の対象となり、軍需生産最盛期の昼間人口百五十万を擁したこの都市は、敗戦時五十万余に減少していた。

跋　名古屋の墓苑に青年は頷ずく

1

五月の空はどこまでも青い。

操が笑った。

本堂の縁にお尻を乗せた国民服の一兵は、飽きずに空を見上げていた。

「那珂くん」

「なにをぼんやり見ているの」

頭を青々と剃り上げた彼女は、墨染めの法衣を纏《まと》っていた。別宮操は名古屋市東郊の斜面に墓地を抱く昇竜山円正寺の住職である。代々別式女の家柄だった母は、操の実父が寺を捨てて去った後、別な僧侶と再婚したのだ。

寺領は約千坪ある。さいわい戦災は庫裏《くり》の一部に受けただけだが、東新町に集まっていた大小の寺院は例外なく焼き払われていた。抜本的な都市計画に従い、市内の墓地はすべて東部の平和公園に集められることになっていた。徹底して受けた名古屋の戦災が、石川栄耀以来の構想——大都市計画実現に踏み出させたのだ。

円正寺の墓苑の眺めも、いずれ消え失せるのが確実であった。

「那珂一兵はペンネームだったね。本名の灘一平《なだいっぺい》と呼ぼうか」

「いいよ。絵を描くときは、これからもその名を使うんだ……ああ、空が青いなあ！」

「青いのは戦争前からおなじでしょ」

「でも俺は臺湾にいた。南国の空はセルリアンブルーだったからね。……内地の空を描くなら、ライトブルーの絵の具が一ダースほしい」

答える一兵はもう少年ではない。昭和は二十二年となり、彼が臺湾から復員して半年過ぎていた。

その半年の間、故郷の南信で体を休めていた彼は、熱心にあのころの知人の消息を探りつづけた。

最初にわかったのは名古屋の宗像家が、二十年五月十四日の爆撃で跡形もなくなったことだ。四百八十機のB29が翼を連ねて名古屋北部を焼き尽くし、天下の名城も儚《はかな》く焼け落ちている。そのおなじ日だった。城を守る大身の武士のお屋敷町も、一部を残して主君の城の運命に殉じていた。

疎開を嫌って亡き御前さまの家を守っていた巴は、骨さえのこらなかった。

やや遅れて、帝国新報あらため夕刊サンの瑠璃子に連絡がついた。樽井建哉と同棲していた彼女は、東銀座の焼け残りのビルに亭主ぐるみ——会社ぐるみで転がりこんでいた。彼女と文通を重ねたおかげで疑問のいくつかが解明された。

夜店の仙波たちは疎開して無事だったが、肝心の銀座が瓦礫《がれき》の山では当分もどってこられまい。そんな身近な知らせはすぐ聞こえたけれど、さすがジャーナリストだけあって樽井のもとへ更に貴重な情報が集まっていた。

満映理事長であった甘粕は、あの日隠し持っていた毒を呷《あお》って自決している。理事長室の黒板に「大ばくちもとも子もなくすってんてん」と、自嘲《じちょう》の落書きを残したという。その知らせに樽井はつけくわえていた。

「日劇をファンの人垣で包囲してみせると豪語した通り、李《り》香蘭《こうらん》という大スターを送り出した。彼は、夢の一部でも叶えてから死んだのだよ」

清濁《せいだく》併せ呑む人物だった甘粕を経由して、敗戦直前の寺中と王の消息もわかっていた。

寺中少将は愛人同伴でトラックで鮮満国境の突破を図り、寝返った満州軍の銃撃を受けて鴨《おう》緑江《りょくこう》に沈んだ。

王は毛沢東《もうたくとう》の赤軍に身を投じ、反対して兄と別れた金白泳は、正式に崔桑炎と結婚していた。それ以前、博覧会閉会後帰郷した崔は、家財土地のすべてを満州国政府に売却していたという。ただ、収穫の秋を迎えたころ、赤軍の放火で見渡す限りのケシ畑は烏有《うゆう》に帰している。それが偶然か誰かの企みだったかは不明のままだ。

わかっているのは、代償として得た巨万の金すべてを、崔が中国政府に寄付した事実であっ

た。樽井の解説によれば、

「南京陥落で蔣介石はお手あげになる、日本軍はそう信じていた。ところが中国軍は粘りに粘って、太平洋戦争まで持ちこたえてしまった。崔家の資金があったからだよ」

伝え聞いた一兵が、甘粕と昌清の問答に出た〝日本切腹、中国介錯論〟を想起したことはいうまでもない。ふたつの軛《くびき》——昌清との友情、潭芳夫人名義の財産。双方の軛から自由になった崔は、堂々と青天白日旗の下に馳せ参じたのであった。

「だけどその崔さんは、もういないの」

瑠璃子の手紙にはそう書かれていた。

「南京陥落の日、崔さんと白泳さんは城下にいた。戦闘に巻きこまれた民間人に大勢の犠牲者が出たというけど、日本にそんな知らせは伝わってこない。でもそれきり崔さん夫婦が消息を絶ったことだけは確かなの。日本軍の大勝利を祝って、妾《あたし》たちが提燈《ちょうちん》行列で浮かれていた頃にね」

そうした風の便りを、一兵は長い時間かけて操に話し終えていた。

「……こないね」

一兵が地上に目を落とした。立ち並ぶ墓碑の影が長くなっている。

「やはり無理だったかしら」

「交通事情が悪すぎるよ。俺だって中央線の汽車に、窓から乗ったんだぜ」

一兵がぼやいた。敗れた日本は本州・北海道・九州・四国に領土を削られ、そこへ敗軍の将兵を含む国民が、海外からぞくぞくと引き揚げていた。狭隘《きょうあい》な島国には、食料がなく物資がなく夢も気力もなくした日本人が犇《ひしめ》いている。

「子供連れでは、会津から東京を越えるだけでも死に物狂いね」

溜息をついた。僧形の彼女はなかなかに艶っぽく、一兵はちょっと見とれた。昌清に最愛の女性がいるとは知らず、衆道趣味もあるのかと邪推したほど清麗な容貌であった。

今日は五月三十日、昌清の命日である。どういう風の吹き回しか、唐突に澪から手紙が届いて、昌清の墓参に伺うという口上があったという。

一兵が操の所在を知ったのも最近なので、どうせ訪ねるならとおなじ日に決めたのだが、汽車の混雑を考えれば約束を反故にされても無理はない。単身の一兵が帰郷するのでさえバスと市電で名古屋駅に出るまではいいとして、いつの列車に乗れるか見当もつかない。ひそかに夜汽車を覚悟している一兵であった。往きの殺人的な混雑を思い出せば、テツのはずの一兵が、げんなりしている始末なのだ。

「……諦めた」

ぼそっと呟いて縁側を離れた。

「仕方ないわね」

操も僧衣の裾を払って立ち上がった。

「澪ちゃんによろしくいっといて」

「ええ。……お芋を沢山、ありがとう」

「ひとりで背負ってくるのは、あれが限界だったよ。ごめん」

軽くなった雑嚢《ざつのう》を背で揺すり上げた。

山門まで送るつもりだった操だが、ちょうど郵便配達がきたので印鑑を取りに戻ることになった。

引き返す操の後ろ姿に、一兵は十年越しの胸の閊《つか》えを思い出した。

なぜ昌清は、修市を事故に見せて傷つけたのか、という疑問だ。事件に残された最後の謎が、その動機であった。

思い出とその後の推移を告げる間も、操に尋ねたかったが——けっきょく一兵は疑念を胸に納めてしまった。うかうかして「きみが気の毒だったから」なぞと答えられては、たまったものではない。

それにしてももう一度、宗像家の墓前に額ずこう。そして先生と問答してみよう。そう思いついた。

——昌清の墓碑は大きくも小さくもなく、いたって特徴のない黒大理石の墓碑だが、名家の末裔らしく建立の場所はよかった。南西に向けてスコーンと開けた高台にある。おりしも西に傾いた太陽がカッと照りつけ、宗像昌清之墓の文字を清めていた。墓碑の横面には『妻　杏』の文字も添えられている。

しばらく一兵はその前に佇《たたず》んでいた。

脳内のもやもやは消えないが、問いただす前にと思った彼は、雑嚢からフルス——ひょうたん笛を取り出した。見よう見まねで練習した甲斐があって、たった一曲『会津磐梯山』だけ、奏でられるようになっていた。

フルスを口にあてたとたん、墓石に反射した陽光に目を射られ取り落とした。背後の斜面に転げてゆく笛を、一兵はあわてて追いかけた。

勾配が急な上に日当たりがいい。気の早い夏草が生い茂っているので、探し当てたときは笛は五メートルの崖を落ちきっていた。汗ばんだ額を手の甲でこすって、草に摑まりながら上りだした。すると思いがけない女の子の声が聞こえ、一兵は動きを止めた。

「ママ、こっちだよ！」

「へえっ。あんた、お墓の名前が読めるの！」

母親らしい声が降ってきた。声の主は澪であった。

2

「読めるよ。ほらッ、ここ。私とおなじ名前が彫ってある」

「あら……伯母さんの名前を貰ったのね！」

と、操の声がつづく。

「残念だったなあ、澪……もう一本早い東海道線に乗れれば、ゆっくり那珂くんと話せたのに」

　惜しがる修市を、かえって澪が慰めた。

「いいんだ。いっちゃん、生きて帰ってきたんだもん。またきっと会えるよ。それよか宗像先生に」

　かさかさという音は、墓前に花を捧げた様子である。

「ああ。やっとこれでお礼がいえるんだ、杏の」

「私の？」

　幼い声の主は、小学校にあがって間もないと思われた。

「そうよ杏。あなたが今ここにいるのは、お墓の下の先生のおかげなんだから」

　フルスを手に斜面で固まっていた一兵が、あっと息を詰めた。

　ああ、やっとわかった。最後の謎が今解けた！

「ここには政治的な圧迫も、民族的な迫害もありません。むしろ日本農民の活躍に、大きな期待と、大きな感謝が捧げられています」

「日本が東洋に於ける唯一の一等国である点をよく考慮し、いやしくも日本の存在を危うくし、東洋の平和を攪乱《かくらん》するが如き事態に対しては断固としてこれを排撃するように努めねばなりません。これこそ日本の使命——聖業であります」（『移住の栞 満洲は招く』より）

　十年前のあのとき、大陸の花嫁を夢見ていた澪であった。

　御国が描いた夢を信じきって修市と満州に移民していたら、彼女は——彼は——ふたりの間に生まれる子の運命は——果たしてどうなっていたことだろう。

敗戦時の在満日本人はおよそ百五十万。最盛期の名古屋の人口に匹敵した。怒濤《どとう》のソ連軍に粉砕された関東軍は、開拓民など知ったことではない。極秘だった細菌部隊は無事に帰国しているのに。

国策に従順だった農民たちは身ひとつで逃げ惑った。泣く赤子は涙ながらに親に殺され、中国の家庭に預けられ、売りさばかれたが、昭和二十二年のこの時点では、内地の人々にまだその悲報は届いていなかったのだ。

(だが世界を巡った自由人の先生は、当時の孤立した日本を知っていた。いつか必ず幕を開ける悲劇を予感して、愛する人の妹をその舞台に乗せまいとした。国を信じて新天地を目ざす若者を止めるには、あの強硬手段しかなかったんだ……)

長い間、墓地は静かであった。

杏もいっしょに心をこめて、合掌瞑目《めいもく》していたに相違なかった。

ややあって、操がいった。

「……修市さんの足、その後のお加減は?」

「多少足をひきずる程度ですから、神主の仕事には差し支えありませんよ」

亡父を継いで神職に納まった修市は快活に答え、操もすっかり安心したようだ。

「庫裏へどうぞ。一兵さんが持ってきたお芋をふかすわ。彼もきっと喜ぶから」

「おイモ、おイモ、大好き!」

杏は元気がいい。足音の中からひときわ冴える幼女の歌声。

「赤いリンゴに唇寄せて……黙って見ている青い空！」

戦後第一号のヒット曲の詞を書いたのは、『あゝそれなのに』で非常時に相応《ふさわ》しくないと物議をかもした、サトウハチローである。

修市と澪と操まで幼女に合わせた歌声は、しだいに遠く霞んでゆく。

一兵は——夏草に額をすりつけて、動かなかった。

「先生……ありがとう……澪ちゃんを助けてくれて、ありがとう！」

答える者はない。歌声はもう聞こえなくなっていた。

参考資料・謝辞

名古屋汎太平洋平和博覧会会誌　上・中・下〔博覧会事務局〕
名古屋汎太平洋平和博覧会画報〔朝日新聞社名古屋支社〕
郷土文化　59巻　200号　博覧会特集号〔名古屋郷土文化会〕
歓楽の名古屋　稲垣勝二郎〔趣味春秋社〕
名古屋絵はがき物語　井上善博〔風媒社〕
名古屋市電が走った街今昔　徳田耕一〔JTB〕
名古屋の市電と街並み　日本路面電車同好会名古屋支部〔トンボ出版〕
百萬☆名古屋　島洋之助編著〔『百萬☆名古屋』復刻実行委員会〕
日本のおへそ　山本周二〔中部日本教育文化会〕
あいちの政治史　中日新聞社会部〔中日新聞本社〕
大須物語　大野一英〔中日新聞本社〕
私の銀座昭和史　水原孝〔泰流社〕
銀座細見　安藤更生〔中央公論社〕
銀座　松崎天民〔新泉社〕
あの日の銀座　佐藤洋一・武揚堂編集部〔武揚堂〕

エロ・エロ東京娘百景　壱岐はる子／監修・毛利眞人〔えにし書房〕
「幽霊屋敷」の文化史　加藤耕一〔講談社〕
猥色文化考　長谷川卓也〔新門出版社〕
からくり　立川昭二〔法政大学出版局〕
不思議の部屋2　だまし絵百科　桑原茂夫〔筑摩書房〕
試してナットク！錯視図典　馬場雄二・田中康博〔講談社〕
日本のポスター　三好一〔紫紅社〕
予言する日本人　竹内書店編集部編、加藤秀俊解説〔竹内書店〕
昭和のくらし博物館　小泉和子〔河出書房新社〕
昭和漫画雑記帖　うしおそうじ〔同文書院〕
昭和流行語辞典　グループ・昭和史探検〔三一書房〕
明治大正昭和世相史　加藤秀俊ほか〔社会思想社〕
昭和二万日の全記録　第四巻（日中戦争への道）講談社編〔講談社〕
眼で見る昭和　上巻　朝日新聞社編〔朝日新聞社〕
昭和の消えた仕事図鑑　澤宮優〔原書房〕
誰か「戦前」を知らないか　山本夏彦〔文藝春秋〕
別冊太陽・乱歩の時代　米沢嘉博構成〔平凡社〕
昭和恋々　山本夏彦・久世光彦〔清流出版〕

昭和十二年の「週刊文春」　菊池信平編〔文藝春秋〕
少年少女昭和ミステリ美術館　森英俊・野村宏平〔平凡社〕
汽車時間表　第10巻第12号　鉄道省〔日本旅行協会〕
食堂車の明治大正昭和　かわぐちつとむ〔グランプリ出版〕
時刻表でたどる鉄道史　宮脇俊三編著〔ＪＴＢ〕
日本の鉄道１００年の話　沢和哉〔築地書館〕
皇戦　高嶋辰彦〔世界創造社〕
図説・満州帝国　太平洋戦争研究会著〔河出書房新社〕
移住の栞　満洲は招く　米野豊實〔満洲日日新聞社〕
お隣の支那　後藤朝太郎〔大阪屋号書店〕
ぼくの満洲　上・下　森田拳次〔あゆみ出版〕
満州裏史　太田尚樹〔講談社〕
満州メモリー・マップ　小宮清〔筑摩書房〕
野昿《むな》しく戦声なし　池内昭一〔村田書店〕
昭和史　決定版別巻１〔日本植民地史〕〔毎日新聞社〕
甘粕大尉　角田房子〔筑摩書房〕
李香蘭・私の半生　山口淑子・藤原作弥〔新潮社〕
それでも、日本人は「戦争」を選んだ　加藤陽子〔新潮社〕

其の逝く処を知らず　西木正明〔集英社〕
戦中用語集　三國一朗〔岩波書店〕
××
侏儒の言葉　芥川龍之介〔文藝春秋〕
学者気質　小酒井不木〔春陽堂〕
小酒井不木全集6　小酒井不木〔改造社〕

そのほか、インターネット・雑誌などから資料を収集しました。
小説作品では、船戸与一・夢野久作・久生十蘭・泡坂妻夫の諸作を参照していますが、特に、
　パノラマ島奇談　江戸川乱歩
　人間灰　海野十三
の二作は、戦前に初読して以来大きな影響をうけて、本作を書いております。
舞台を借りた博覧会については、名古屋の金城学院大学のみなさんが制作された3D－CG「1937年開催の名古屋汎太平洋平和博覧会会場の3D－CG・Webアーカイヴによる再現」に啓発され、開会中に名港共栄会が発行した案内図を重宝させていただきました。

紙上から感じにくい当時の空気感（名古屋弁を含む）については、愛知一中の同期生諸君および中銀ライフケア10号館居住者の方々に教えていただきました。

あわせてご苦労いただいた編集の神原佳史さん、校正のみなさまに厚くお礼を申し上げます。

本作はフィクションで、それもむろんミステリです。荒唐無稽な部分が多々あります。原文の引用といえども扱いについては、作者の責めに帰すことを申し添えます。

また物語の舞台が昭和十二年で、今日の目から見れば地名や呼び名など看過できない叙述も残っていますが、時代色表現のためやむを得なかったとご理解いただきたく存じます。

辻　真先

解説

大矢博子

二〇二〇年十二月、嬉しいニュースが飛び込んできた。

毎年恒例となったミステリの年間ランキング——「このミステリーがすごい！」（宝島社）、「ミステリが読みたい！」（「ハヤカワ・ミステリマガジン」1月号）、「週刊文春・ミステリーベスト10」（「週刊文春」12月10日号）で辻真先『たかが殺人じゃないか　昭和24年の推理小説』（東京創元社）が1位を獲得、三冠を達成したのだ。

『たかが殺人じゃないか』は昭和二十四年の名古屋を舞台に、初めての男女共学を体験する高校生が殺人事件に巻き込まれるという物語である。時代描写とトリックが見事な融合を見せていること、昭和の話なのに現代の私たちに直接刺さるテーマであることなどが、支持を集めた理由として挙げられた。

この『たかが殺人じゃないか』が二〇二〇年を代表するミステリであることは間違いないし、前述の理由にも諸手《もろて》を挙げて賛成する。だがそれでも、三冠のニュースを聞いて私が最初に思ったことを正直に書くと、「今頃かよ！」だった。

辻真先は一九三二年、名古屋生まれ。「エイトマン」「鉄腕アトム」から「名探偵コナン」まで という目眩《めまい》のするようなキャリアのアニメ脚本家としても知られている。小説家としても別名義で執筆していた初期の頃も含めればゆうに半世紀を超え、八十八歳にしてミステリランキング三冠という大重鎮《だいじゅうちん》だ。

その長い筆歴の中で、自らの体験・知見を色濃く反映させた戦前・戦中・戦後ミステリはこれまでも多く著しており、そのすべてで「時代描写とトリックが見事な融合を見せて」いるし、「昭和の話なのに現代の私たちに直接刺さる」ものばかりなのである。確かに『たかが殺人じゃないか』は瞠目すべき完成度を誇っているが、いや、これだけじゃないんですよ、と私は声を大にして言いたい。他にももっとあるんですよ、と。

昭和ミステリについて詳しくは後述するが、本書『深夜の博覧会　昭和12年の探偵小説』もその中の一冊である。サブタイトルからもわかるとおり、『たかが殺人じゃないか』へと続くシリーズの第一作だ。『たかが殺人じゃないか』が注目されているこの時期に文庫でお届けできるのは、実に喜ばしい。ぜひ併せてお読みいただきたい。

まず『深夜の博覧会』のアウトラインを紹介しておこう。

昭和十二年の銀座から物語は始まる。銀座の夜店で似顔絵描きをしながら漫画家を目指している少年・那珂一兵は、帝国新報の女性記者・降旗瑠璃子に名古屋行きを持ちかけられる。開催中の名古屋汎太平洋平和博覧会に同行し、会場のスケッチを頼みたいというのだ。超特急燕号に乗れるとあり、一兵は二つ返事で引き受ける。

名古屋で彼らを歓待してくれたのは、伯爵家の当主・宗像昌清。好事家《こうずか》の宗方は平和博覧会会場のすぐ隣に「慈王羅馬館」という塔を建てており、そこから会場全体が見渡せるという。博覧会を楽しみ、「慈王羅馬館」に驚き、名古屋を満喫する一兵。だがちょうどその頃、名古屋にいたはずの女性の足が東京で発見されるという、恐ろしい事件が進行していたのだった……。

東京と名古屋の二点を結ぶ謎解きが、まず読みどころのひとつだ。館ものでもあり、アリバイ崩しでもあるというケレン味と稚気《ちき》に溢れた、実に大掛かりなトリックが用意されている。よくぞこんなスケールのトリックを成立させたな!と驚くばかりだ。作家に性別や年齢は関係ないというのは重々承知しつつも、八十歳を超えたならば、なんというか、もっとこう「枯淡《こたん》の境地」というか「わびさびの世界」というか、そういう方向に向かってもおかしくはないと思うのだが、「本格ミステリの面白さに目覚めたばかりの若者が、喜び勇んでありったけの情熱とアイディアを力一杯詰め込んでみました!」と言わんばかりの仕上がりなのである。精緻《せいち》を極める物理トリック、大胆なミスディレクション、エログロと論理の両立。汲《く》めども尽きぬ本格ミステリ愛に、凄みすら感じられる。

特筆すべきは、これら複数のトリックや仕掛け、謎解きが、いずれも昭和十二年という時代背景と密接に絡み合っているという点だ。この時代にしか産まれ得ない、この時代だからこそ成立するトリックには脱帽するしかない。

その時代背景が、本書のふたつめの読みどころである。

夜店が並び、市電が走る銀座の風景。「東京音頭」が流行し、空にはアドバルーンが上がる。戦前で唯一最大の国際博覧会だったにもかかわらず、地元以外にはあまり知られなかった名古屋汎太平洋平和博覧会。舶来の自動車と牛車やリヤカーが混在する幹線道路。東京―名古屋間の日帰りを可能にした超特急燕号と、その食堂車の様子。中でも著者が生まれ育った名古屋の描写は一読の価値がある。名古屋は戦争で焼け野原になった後、大規模な都市計画を実行したため、その様子は戦前と戦後でかなり違う。名古屋に住む私の目には、今と戦前の名古屋の映像が重なって浮かび上がった。

その一方で、満洲が五族協和の旗印《はたじるし》のもとに建国された希望に満ちた土地だと喧伝《けんでん》されていたことや、名古屋汎太平洋平和博覧会から「平和」の名を削るよう陸軍が要請したこと、その博覧会の呼び物が海軍による魚雷発射実演だったことなど、忍び寄る軍靴の音が否応なしに聞こえてくる。戦争が嫌だとは口にできない同調圧力が強まり、軍人が力を持つ一方で、家族を養うために身を売る女性がいる。今になってみればそれは間違いと言えることでも、その時代のその空気の中ではそれが普通、それが当たり前になっていることの恐ろしさ。

大正から昭和に変わって花開いた様々な文化文明と、世界から孤立し確実に戦争に向かっていくきな臭さが混じりあった時代が、実在の建物や人物、当時の流行歌や小説、漫画、芸能人、実際にあった出来事などを通して、体感として描かれる。そしてそれが殺人事件のトリックに有機的に結びつくのである。ミステリがもたらすサプライズと、反戦への願いが心の中で入り混じる。これができるのは、辻真先をおいて他にない。

本書で主人公を務める那珂一兵は、辻真先の多くの著作に登場するファンにはお馴染みの人物だ。彼の来し方・行く末を他の著作から辿ってみよう。

昭和七年の銀座が舞台の『怪盗天空に消ゆ　幻説銀座八丁』（徳間書店）で、十二歳の那珂一兵が主人公として登場する（ただしこの作品では那珂は大阪出身と言われている）。ミルクホールで働いた後、「銀座某重大事件」（講談社文庫『名探偵登場！』所収）では銀座の夜店で似顔絵描きをしながら、金田一耕助とともに事件を解決。この二作と本書を併せて読むと当時の銀座の様子がよりクリアになる上、お馴染みの人物が登場する楽しみもある。

本書を経て、召集され戦争に。『残照　アリスの国の墓誌』（東京創元社）で復員後に南信《なんしん》の実家に戻るものの、祖母が何者かに殺されるという事件が起きる。上京して貸本漫画家になるが妻を亡くし、ひとり娘のめぐみを盟友・新谷《しんたに》の養女に。苦労の末、『TVアニメ殺人事件』（ソノラマ文庫）で、「トコトン君」のアニメ化によってブレイクした。

辻作品のキャラクターが集まるスナック「蟻巣《ありす》」の常連で、『アリスの国の殺人』（双葉文庫）をはじめとする「蟻巣」シリーズに登場する他、『列車内での悲鳴はお静かに』（新潮文庫）で可能克郎《かのうかつろう》の縁結びに手を貸すなど、シリーズ横断で活躍する。

そして『白雪姫の殺人』（徳間文庫）で、牧薩次《まきさつじ》・可能キリコの結婚を待ち望みながらこの世を去る。――と思ったら、『デッド・ディテクティブ』（講談社ノベルス）で、死んでなお探偵趣味の尽きないところを見せてくれるのである。つまり、十二歳から天寿を全うするまで――いや、全うした後も辻作品に出続ける、主要なキャラクターだ。もちろん『たかが殺人じゃないか』にも登場し、主役の高校生をサポートする（もうひとり、本書の主要人物が『たかが殺人じゃないか』に再登場している）。今となっては入手の難しい作品もあるが、これを機に、ぜひ那珂一兵の出演作に手を伸ばしていただきたい。

入手が難しいといえば、前述した、戦前・戦中・戦後を舞台とした一連の辻ミステリもそうだ。特に名古屋を舞台にした、実体験に基づく作品の臨場感と具体性、何よりそこに込められた時代描写から浮かび上がる現代への警鐘は、「入手が難しい」で済ませていいものでは絶対にない。

たとえば、名古屋戦時下ミステリの傑作である『悪魔は天使である』（東京創元社）は、名古屋大空襲と戦時中に東海地方を襲ったふたつの大地震（東南海地震・三河地震）が物語の核になる。あわせて三千人を超える死者が出たこのふたつの地震は、戦時下ということで情報統制され、まったく報じられなかったのである。

さらに、『平和な殺人者』（カッパノベルス）は、『たかが殺人じゃないか』同様、終戦直後の名古屋を舞台に高校生が殺人事件に巻き込まれる物語である。価値観がひっくり返り、学校は共学になり、遅すぎる初恋に戸惑う若者たち。『たかが殺人じゃないか』に通じる逸品だ。

また、昭和十九年が舞台の一風変わったSFミステリ『急行エトロフ殺人事件』（講談社文庫）や、短編「名古屋城が燃えた日」（双葉文庫『殺されてみませんか』所収）も、その当時の名古屋がどうだったか、その時人々は何を感じたかが、体験を通して描かれている。

これらはいずれも本書や『たかが殺人じゃないか』同様、その時代・その場所だからこそ成立するトリックが使われるのみならず、現代の私たちが継ぐべき記憶の宝庫である。これを機に、本書と併せてぜひ創元推理文庫に納め、一連の名古屋昭和ミステリをもう一度読めるようにしてほしい。切に願う。

名古屋もの以外でも、『進駐軍の命により』『沖縄軽便鉄道は死せず』（ともに徳間書店）『あじあ号、吼えろ！』（徳間文庫）は、戦中戦後鉄道ミステリの秀作である。こちらも、ぜひとも復刊を願いたい。

これまでも良作が多くあったにもかかわらず、二〇二〇年という時代に昭和ミステリでランキング三冠を獲得したのは、作品に込められた反戦への願いがかつてないほど今の読者に刺さったということではないだろうか。

半世紀以上にわたり、米寿を迎えた今でもミステリ界のトップランナーとして走り続ける辻真先。走り続ける姿を見て「すごいなあ」と言っているだけではダメなのだ。継がなければ。継いでいかなければならないのだ。それが今なのだと、ミステリファンとして、名古屋に住む者として、出版に携わる者として、強く感じている。

本書は二〇一八年に刊行された作品の文庫化です。

検印
廃止

著者紹介　1932年愛知県生まれ。名古屋大学卒業後、NHKを経て、テレビアニメの脚本家として活躍。1972年『仮題・中学殺人事件』を刊行。1982年『アリスの国の殺人』で日本推理作家協会賞を、2009年に牧薩次名義で刊行した『完全恋愛』が第9回本格ミステリ大賞を受賞。19年に第23回日本ミステリー文学大賞を受賞。

深夜の博覧会
昭和12年の探偵小説

2021年1月29日　初版
2023年2月17日　3版

著者　辻《つじ》　真《ま》先《さき》

発行所　(株)　東京創元社
代表者　渋谷健太郎

162-0814/東京都新宿区新小川町1-5
電　話　03・3268・8231-営業部
　　　　03・3268・8204-編集部
URL　http://www.tsogen.co.jp
萩原印刷・本間製本

乱丁・落丁本は、ご面倒ですが小社までご送付ください。送料小社負担にてお取替えいたします。

©辻真先　2018　Printed in Japan

ISBN978-4-488-40516-8　C0193

黒岩涙香から横溝正史まで、戦前派作家による探偵小説の精粋！

日本探偵小説全集

全12巻

監修＝中島河太郎

刊行に際して

現代ミステリ出版の盛況は、まことに目ざましい。創作はもとより、海外作品の夥しい生産と紹介は、店頭にあってどれを手に取るか、戸惑い、躊躇すら覚える。

しかし、この盛況の蔭に、明治以来の探偵小説の伸展が果たした役割を忘れてはなるまい。これら先駆者、先人たちは、浪漫伝奇の炬火を掲げ、論理分析の妙味を会得して、従来の日本文学に欠如していた領域を開拓した。その足跡はきわめて大きい。

いま新たに戦前派作家による探偵小説の精粋を集めて、新しい世代に贈ろうとする。

少年の日に乱歩の紡ぎ出す妖しい夢に陶酔しなかったものはないだろうし、ひと度夢野や小栗を垣間見たら、狂気と絢爛におののかないものはないだろう。やがて十蘭の巧緻に魅せられ、正史の耽美推理に眩惑されて、探偵小説の鬼にとり憑かれた思い出が濃い。

いまあらためて探偵小説の原点に戻って、新文学を生んだ浪漫世界に、こころゆくまで遊んで欲しいと念願している。

中島河太郎

1 黒岩涙香 小酒井不木 甲賀三郎集
2 江戸川乱歩集
3 大下宇陀児 角田喜久雄集
4 夢野久作集
5 浜尾四郎集
6 小栗虫太郎集
7 木々高太郎集
8 久生十蘭集
9 横溝正史集
10 坂口安吾集
11 名作集1
12 名作集2

付 日本探偵小説史

乱歩の前に乱歩なく、乱歩の後に乱歩なし

江戸川乱歩

創元推理文庫

日本探偵小説全集 2 江戸川乱歩集

《収録作品》
二銭銅貨, 心理試験, 屋根裏の散歩者, 人間椅子, 鏡地獄, パノラマ島奇談, 陰獣, 芋虫, 押絵と旅する男, 目羅博士, 化人幻戯, 堀越捜査一課長殿

EDOGAWA RAMPO 乱歩

乱歩傑作選
（附初出時の挿絵全点）

①孤島の鬼
密室で恋人を殺された私は真相を追い南紀の島へ

②D坂の殺人事件
二癈人, 赤い部屋, 火星の運河, 石榴など十編収録

③蜘蛛男
常軌を逸する青髯殺人犯と闘う犯罪学者畔柳博士

④魔術師
生死と愛を賭けた名探偵と怪人の鬼気迫る一騎討ち

⑤黒蜥蜴
世を震撼せしめた稀代の女賊と名探偵, 宿命の恋

⑥吸血鬼
明智と助手文代, 小林少年が姿なき吸血鬼に挑む

⑦黄金仮面
怪盗A・Lに恋した不二子嬢。名探偵の奪還なるか

⑧妖虫
読唇術で知った明晩の殺人。探偵好きの大学生は

⑨湖畔亭事件（同時収録／一寸法師）
A湖畔の怪事件。湖底に沈む真相を吐露する手記

⑩影男
我が世の春を謳歌する影男に一転危急存亡の秋が

⑪算盤が恋を語る話
一枚の切符, 双生児, 黒手組, 幽霊など十編を収録

⑫人でなしの恋
再三に亙り映像化, 劇化されている表題作など十編

⑬大暗室
正義の志士と悪の権化, 骨肉相食む深讐の決闘記

⑭盲獣（同時収録／地獄風景）
気の向くまま悪逆無道をきわめる盲獣は何処へ行く

⑮何者（同時収録／暗黒星）
乱歩作品中, 一と言って二と下がらぬ本格の秀作

⑯緑衣の鬼
恋に身を焼く素人探偵の前に立ちはだかる緑の影

⑰三角館の恐怖
癒やされぬ心の渇きゆえに屈折した哀しい愛の物語

⑱幽霊塔
埋蔵金伝説の西洋館と妖かしの美女を繞る謎また謎

⑲人間豹
名探偵の身辺に魔手を伸ばす人獣。文代さん危うし

⑳悪魔の紋章
三つの渦巻が相擁する世にも稀な指紋の復讐魔とは

名探偵帆村荘六の傑作推理譚

The Adventure of Souroku Homura◆Juza Unno

獏《ばく》鸚《おう》

名探偵帆村荘六の事件簿

海野十三／日下三蔵 編

創元推理文庫

◆

科学知識を駆使した奇想天外なミステリを描き、日本SFの先駆者と称される海野十三。鬼才が産み出した名探偵・帆村荘六が活躍する推理譚から、精選した傑作を贈る。

麻雀倶楽部での競技の最中、はからずも帆村の目前で仕掛けられた毒殺トリックに挑む「麻雀殺人事件」。

異様な研究に没頭する夫の殺害計画を企てた、妻とその愛人に降りかかる悲劇を綴る怪作「俘囚」。

密書の断片に記された暗号と、金満家の財産を巡り発生した殺人の謎を解く「獏鸚」など、全10編を収録した決定版。

収録作品＝麻雀殺人事件，省線電車の射撃手，
ネオン横丁殺人事件，振動魔，爬虫館事件，赤外線男，
点眼器殺人事件，俘囚，人間灰，獏鸚

得難い光芒を遺す戦前の若き本格派

THE YACHT OF DEATH ◆ Keikichi Osaka

死の快走船

大阪圭吉

創元推理文庫

◆

白堊館の建つ岬と、その下に広がる藍碧の海。
美しい光景を乱すように、
海上を漂うヨットからは無惨な死体が発見された……
堂々たる本格推理を表題に、
早逝の探偵作家の魅力が堪能できる新傑作選。
多彩な作風が窺える十五の佳品を選り抜く。

収録作品＝死の快走船，なこうど名探偵，塑像，
人喰い風呂，水族館異変，求婚広告，三の字旅行会，
愛情盗難，正札騒動，告知板の女，香水紳士，
空中の散歩者，氷河婆さん，夏芝居四谷怪談，
ちくてん奇談

綿密な校訂による決定版

INSPECTOR ONITSURA'S OWN CASE

黒いトランク

鮎川哲也
創元推理文庫

◆

汐留駅で発見されたトランク詰めの死体。

送り主は意外にも実在の人物だったが、当人は溺死体となって発見され、事件は呆気なく解決したかに思われた。

だが、かつて思いを寄せた人からの依頼で九州へ駆けつけた鬼貫警部の前に鉄壁のアリバイが立ちはだかる。

鮎川哲也の事実上のデビュー作であり、
戦後本格の出発点ともなった里程標的名作。


本書は棺桶の移動がクロフツの「樽」を思い出させるが、しかし決して「樽」の焼き直しではない。むしろクロフツ派のプロットをもってクロフツその人に挑戦する意気ごみで書かれた力作である。細部の計算がよく行き届いていて、論理に破綻がない。こういう綿密な論理の小説にこの上ない愛着を覚える読者も多い。クロフツ好きの人々は必ずこの作を歓迎するであろう。――江戸川乱歩

泡坂ミステリの出発点となった第1長編

THE ELEVEN PLAYING-CARDS◆Tsumao Awasaka

11枚のとらんぷ

泡坂妻夫

創元推理文庫

◆

奇術ショウの仕掛けから出てくるはずの女性が姿を消し、
マンションの自室で撲殺死体となって発見される。
しかも死体の周囲には、
奇術仲間が書いた奇術小説集
『11枚のとらんぷ』に出てくる小道具が、
儀式めかして死体の周囲を取りまいていた。
著者の鹿川舜平は、
自著を手掛かりにして事件を追うが……。
彼がたどり着いた真相とは？
石田天海賞受賞のマジシャン泡坂妻夫が、
マジックとミステリを結合させた第１長編で
観客＝読者を魅了する。

北村薫の記念すべきデビュー作

FLYING HORSE◆Kaoru Kitamura

空飛ぶ馬

北村 薫

創元推理文庫

◆

——神様、私は今日も本を読むことが出来ました。
眠る前にそうつぶやく《私》の趣味は、
文学部の学生らしく古本屋まわり。
愛する本を読む幸せを日々噛み締め、
ふとした縁で噺家の春桜亭円紫師匠と親交を結ぶことに。
二人のやりとりから浮かび上がる、犀利な論理の物語。
直木賞作家北村薫の出発点となった、
読書人必読の《円紫さんと私》シリーズ第一集。

収録作品＝織部の霊，砂糖合戦，胡桃の中の鳥，
赤頭巾，空飛ぶ馬

水無月のころ、円紫さんとの出逢い
——ショートカットの《私》は十九歳

記念すべき清新なデビュー長編

MOONLIGHT GAME ◆ Alice Arisugawa

月光ゲーム
Yの悲劇'88

有栖川有栖

創元推理文庫

◆

矢吹山へ夏合宿にやってきた英都大学推理小説研究会の
江神二郎、有栖川有栖、望月周平、織田光次郎。
テントを張り、飯盒炊爨に興じ、キャンプファイアーを
囲んで楽しい休暇を過ごすはずだった彼らを、
予想だにしない事態が待ち受けていた。
突如山が噴火し、居合わせた十七人の学生が
陸の孤島と化したキャンプ場に閉じ込められたのだ。
この極限状況下、月の魔力に操られたかのように
出没する殺人鬼が、仲間を一人ずつ手に掛けていく。
犯人はいったい誰なのか、
そして現場に遺されたYの意味するものは何か。
自らも生と死の瀬戸際に立ちつつ
江神二郎が推理する真相とは？

出会いと祈りの物語

SEVENTH HOPE◆Honobu Yonezawa

さよなら妖精

米澤穂信

創元推理文庫

◆

一九九一年四月。
雨宿りをするひとりの少女との偶然の出会いが、
謎に満ちた日々への扉を開けた。
遠い国からおれたちの街にやって来た少女、マーヤ。
彼女と過ごす、謎に満ちた日常。
そして彼女が帰国した後、
おれたちの最大の謎解きが始まる。
覗き込んでくる目、カールがかった黒髪、白い首筋、
『哲学的意味がありますか？』、そして紫陽花。
謎を解く鍵は記憶のなかに——。
忘れ難い余韻をもたらす、出会いと祈りの物語。

米澤穂信の出世作となり初期の代表作となった、
不朽のボーイ・ミーツ・ガール・ミステリ。

第22回鮎川哲也賞受賞作

THE BLACK UMBRELLA MYSTERY◆Aosaki Yugo

体育館の殺人

青崎有吾

創元推理文庫

◆

旧体育館で、放送部部長が何者かに刺殺された。
激しい雨が降る中、現場は密室状態だった!?
死亡推定時刻に体育館にいた唯一の人物、
女子卓球部部長の犯行だと、警察は決めてかかるが……。
死体発見時にいあわせた卓球部員・柚乃は、
嫌疑をかけられた部長のために、
学内随一の天才・裏染天馬に真相の解明を頼んだ。
校内に住んでいるという噂の、
あのアニメオタクの駄目人間に。

「クイーンを彷彿とさせる論理展開+学園ミステリ」

の魅力で贈る、長編本格ミステリ。

裏染天馬シリーズ、開幕!!

第26回鮎川哲也賞受賞作

The Jellyfish never freezes◆Yuto Ichikawa

ジェリーフィッシュは凍らない

市川憂人

創元推理文庫

◆

●綾辻行人氏推薦――「『そして誰もいなくなった』への挑戦であると同時に『十角館の殺人』への挑戦でもあるという。読んでみて、この手があったか、と唸った。目が離せない才能だと思う」

特殊技術で開発され、航空機の歴史を変えた小型飛行船〈ジェリーフィッシュ〉。その発明者である、ファイファー教授たち技術開発メンバー６人は、新型ジェリーフィッシュの長距離航行性能の最終確認試験に臨んでいた。ところがその最中に、メンバーの一人が変死。さらに、試験機が雪山に不時着してしまう。脱出不可能という状況下、次々と犠牲者が……。

第27回鮎川哲也賞受賞作

Murders At The House Of Death◆Masahiro Imamura

屍人荘の殺人

今村昌弘

創元推理文庫

◆

神紅大学ミステリ愛好会の葉村譲と会長の明智恭介は、
曰《いわ》くつきの映画研究部の夏合宿に参加するため、
同じ大学の探偵少女、剣崎比留子と共に紫湛荘を訪ねた。
初日の夜、彼らは想像だにしなかった事態に見舞われ、
一同は紫湛荘に立て籠もりを余儀なくされる。
緊張と混乱の夜が明け、全員死ぬか生きるかの
極限状況下で起きる密室殺人。
しかしそれは連続殺人の幕開けに過ぎなかった——。

*第1位『このミステリーがすごい！ 2018年版』国内編
*第1位〈週刊文春〉2017年ミステリーベスト10／国内部門
*第1位『2018本格ミステリ・ベスト10』国内篇
*第18回 本格ミステリ大賞〔小説部門〕受賞作

〈昭和ミステリ〉シリーズ第二弾

ISN'T IT ONLY MURDER?◆Masaki Tsuji

たかが殺人じゃないか
昭和24年の推理小説

辻 真先

四六判上製

◆

昭和24年、ミステリ作家を目指しているカツ丼こと風早勝利は、名古屋市内の新制高校３年生になった。たった一年だけの男女共学の高校生活を送ることに――。そんな高校生活最後の夏休みに、二つの殺人事件に巻き込まれる！

著者自らが経験した戦後日本の混乱期と、青春の日々をみずみずしく描き出す。『深夜の博覧会 昭和12年の探偵小説』に続く、長編ミステリ。

＊第1位『このミステリーがすごい！ 2021年版』国内編
＊第1位〈週刊文春〉2020ミステリーベスト10　国内部門
＊第1位〈ハヤカワ・ミステリマガジン〉ミステリが読みたい！ 国内篇
＊第4位『2021本格ミステリ・ベスト10』国内篇